CHARLES DANTZIG

PARIS DANS TOUS SES SIÈCLES

roman

BERNARD GRASSET
PARIS

ISBN 978-2-246-83720-6

Tout autour de moi ma bataille se livre.

Berlin Alexanderplatz

I

Les lampadaires en cou de dinosaure semblaient inspecter les voitures allant de front sur l'autoroute par deux, puis par quatre, puis par huit, vers

PARIS
↓↓↓

annoncé par de vastes panneaux noirs à lettres orange, avec le nombre de minutes restant avant d'y accéder. Paris ! Paris ! ricanaient les mouettes au-dessus des fonceurs peu à peu ralentis. L'une, d'un œil topaze, visa l'entrée de la ville, au-delà du fossé du boulevard périphérique et, les ailes en triangle, plongea. Encore une fois elle trouva que, par quelque côté que l'on y pénètre, l'arrivée dans cette capitale était mesquine et décevante, mais enfin bah, et loopings aaah ! aaah ! aaah ! aaahaaahaaah ! La banalité servirait-elle à rebuter les entrants ? Ou à ménager leur cœur, au contraire, eux qui un kilomètre plus loin découvriront la plus harmonieuse architecture de la terre ? La mouette frôla des écritures peintes sur les parois des tunnels, en couleurs comme pour contredire le béton qu'elles tapissaient mais aussi grosses que leurs piliers, penchées en avant à la façon des voitures rapides ou tirées en arrière comme les cheveux sous le vent de cette passagère de moto, ALFE COKUR TAPALOY XARE REPS ! SEMORSHEAT STEPO MOK ZEKIR TAAH ! BRE ? QEZEN NOKOZ, ignora son reflet dans les parois en verre des sièges sociaux d'entreprise côté banlieue, puis d'un coup, sans un panneau qui ait annoncé l'entrée dans

PARIS,

coupa le boulevard périphérique. Travaux, travaux, travaux, avenue, Idéal Hôtel, Mangue rouge Thaï bar, Franprix, boulanger-pâtissier, BCO Bazar, MF Chicken, Bel Chou's chaussures homme, Bio C Kool, CIC, Hairfix, Nicolas, Darty, Duvernois, Celio, pharmacie, Crédit agricole, pharmacie, Cabinet JP Immobilier, boulangerie-pâtisserie, pharmacie, quelques immeubles d'habitation en pierre, de plus en plus amples quoique minces si on comparait à Londres, bas si on comparait à Manhattan et denses si on comparait à Berlin, l'élégance en France est basse, voyez Versaaahaaahaaailles, dit une mouette qui en arrivait, ajoutant : « Ultra chicos ultraaah ! aaah ! aaah ! aaahaaahaaah ! – Ou plutôt quel orgueil, n'est-ce paaah ! aaah ! aaah ! aaahaaahaaah ! », répondit la première prête à se poser sur la tour Eiffel. Tête baissée, épaules levées, ailes claquant, elle jetait son cri au-dessus des touristes aux jambes nues. Que mes ailes soient des hachoirs ! Comme elle ralentissait, elle perçut un tic-tac d'horloge. Il émanait d'un trottoir, régulier, vif, comment dire ? pimpant. Un chien ! Le petit œil jaune robotique parut pris d'inquiétude et, boomerang, elle reprit de l'altitude en direction de la banlieue à côté de sa sœur versaillaise, « je te prierais de ne pas ranger Versailles dans la banlieuaaah ! aaah ! aaah ! aaahaaahaaah ! » Le duo circonflexe s'éloigna, laissant Paris à Guillaume. Et il parlait, ce ravissant teckel à poils ras, tout en trottinant joyeux de vivre à Paris et sans laisse, et il parlait ! Avant de prendre la rue Soufflot, il observa la place du Panthéon en faisant rouler les billes de ses sourcils puis poursuivit : « Comme je le disais, la définition de la France est : un carré. À cause de la conformation géographique, bien sûr, mais aussi de ses régimes politiques. Monarchie : grignotages pour arriver à cette forme si idéale que les premiers rois portaient une couronne carrée. Napoléon, pays en caserne, coupe au carré. Républiques enseignant l'envie que le monde portait à ce quadrilatère presque parfait bordé de mers diverses et rempli d'une variété de paysages encore plus nombreux que fromages, la Cinquième, oui, la nôtre, étant la plus parqueuse

---

Torre Eiffel… torre Eiffel… por aca. Pop pop pop pop POP ! Vas-y, vert, vert. Vert ok. Can you tell me next métro ?

---

de toutes. Heureusement… » Guillaume s'interrompit, leva sa petite cuisse galbée contre un angle de mur qu'il compissa en deux-trois secousses puis, patte rabaissée et promenade reprise : « Heureusement se trouve, dans ce carré d'angoisse, au tiers supérieur, une forme ronde. Paris ! » Et il releva son museau vers le dôme du Panthéon, suivi de la troupe arrêtée des écouteurs de sa conférence, trois souris, un ratier, deux surmulots, moucherons, pollens. Guillaume se tenait au pied des marches, en plein milieu, immobile et dodu, fier comme si la coupole était sa fille. Soudain, oreilles levées, tête tournée, clip-clip, clip-clip, en arrière toute : il avait entendu un sifflement à ultrasons.

Le pizon le pizon LE PIZON ! Lass mich sehen in deinem Rucksack. Vous prenez votre Coca ici ? Coca issi Coca issi COCA ISSI ! Non on va les jeter i sont vides. Moi j'aimerais habiter à Paris.

Allongé dans sa couche, une caisse en planches rembourrée d'un vieux coussin en velours fâné sur lequel brillait son pelage noir et caramel, Guillaume semblait dormir, mais le tremblement de sa lèvre supérieure révélait sa molle conversation avec une mite qui voletait : « Victor possède très peu de machines. Il grille ses tartines à la poêle. Pas de mails sur son ordinateur. Un principe. Il refuse d'être à la merci des GAFA et de la modernité. – Quel rebelle ! », dit la mite, et elle s'éloigna d'un vol alcoolique.

....

Sortant du taxi qui l'avait ramené de l'aéroport, Victor fit rouler sa valise sous le porche. À

Vraiment les bus n'importe quoi il ne manquait que les vélos merci Khadija regardez-moi celle-là sur sa trottinette avec son portable si elle se ramasse elle saura pourquoi rrha vise-moi ce connard

---

trente mètres de la place du Panthéon, son immeuble n'avait pas l'air du quartier. En béton, sobre, gris, bureaucratique, ses fenêtres rectangulaires brillaient sous le soleil cogneur de début novembre. La tête penchée sur l'épaule où il maintenait un téléphone contre la joue, il parlait fort pour surmonter le roulement de char d'assaut de sa valise. « Marseille ? Sur la corniche, on exposait un immense mannequin de supporter de foot portant un T-shirt *Paris on t'encule*. Mmm. Imagine porte d'Orléans un mannequin *Marseille on t'encule*. Mépris ! Arrogance ! Parisianisme ! J'ai mis deux heures à arriver, une manif bouchait l'avenue du Général Leclerc. Sache que tu parles à un coupable : comme je sortais du taxi pour me dégourdir les jambes, un flic est venu me démontrer que j'aurais pu blesser quelqu'un en ouvrant la portière. Je lui ai répondu que précisément je ne l'avais pas fait, et j'en ai eu pour cinq bonnes minutes de remontrances et de menaces vagues. Sans même dire que j'avais le dos cassé, maintenant qu'on est devenus les employés d'Air France : non seulement on doit imprimer soi-même sa carte d'embarquement, mais en plus il faut trimballer sa valise sur le tapis roulant. Oui, la promeneuse est venue le sortir deux fois par jour. Il est ravi, tu penses, elle lui permet d'aller sans laisse. Tu dois venir voir le palmier qui remplace la fougère géante de la vasque centrale dans la cour intérieure. Bientôt un jacaranda ! Pardon, je suis en train d'arriver, je te rappelle. » Il rattrapa le téléphone en quelques moulinets. « Je rejoins ma carapace, dit-il en tournant la clef dans la porte et à voix haute. Mais qui est là ? Bonjour, Guillaume ! »

Le teckel enroulé en O levait un sourcil vers Victor vidant sa valise sur des airs d'opéra. Il s'éloignait, portant du linge sale, revenait, l'avenirrrr de mon fils et le destin des Trrrreuilliens, repartait avec des sacs de chaussures où une tête en laiton d'embauchoir brillait, est-ce meuaaaa qui te liiiivrrrre eû bourrrrô, trousse de toilette en cuir enflée comme une panse, encore plus enflée la trousse de médicaments, livres, livres, livres, hanhin hahon hous houala heuls hanhanbles, accroupi il tourna le bouton de la chaîne hifi. « La femme de ménage a encore changé la radio, hein, Guillaume ? » Celui-ci remua une tête hésitante puis la reposa sur ses mains griffues, observant Victor qui poursuivait son rangement sur Oasis en esquivant un fauteuil austère, une commode mal cirée au plateau de marbre écorné sur laquelle un livre était ouvert, un crayon au milieu (souligné : « Le soleil est devenu noir / Je vois la lune qui va choir »), une console à la dorure rougie où un vase en céramique craquelée contenait un magazine roulé. La femme de ménage avait tous les droits sauf de déplacer livres et journaux. Comme il entrait dans sa chambre, Guillaume qui n'avait pas la permission de l'y suivre contint ses muscles bandés. Sur la couverture d'un cahier que Victor posa en haut d'une pile d'autres cahiers était écrit « *Biographie de ma chambre* ? ». Il tourna le regard vers la fenêtre.

« J'aimais Paris parce qu'il avait des ciels de Tiepolo », pensa-t-il en prenant note d'un énorme nuage noir venu peser sur la ville, n'autorisant qu'une bande de bleu par où un soleil insistant visait les toits en face, en une nuance « dernier bonheur avant la catastrophe », se dit-il. En bas, deux adolescents qui se croyaient dissimulés roulaient un pétard. Il avait vécu étudiant dans une chambre sous les toits de ce même immeuble, regardant les mêmes immeubles en face, le même sommet du dôme du Panthéon, la même petite place triangulaire. « Immobile est un immeuble, immobile est ma vie. Tant mieux », avait-il écrit dans *Place de l'Estrapade*, son dernier livre, il avait bien dix ans maintenant. « Au moins tu n'as pas à voir Notre-Dame-de-Paris », lui avait dit Gabrielle au téléphone. Elle abhorrait sa façade en guillotine servant selon elle à menacer Paris. « Louis XIV aurait pu raser ça », avait écrit Victor, phrase qui lui avait été reprochée comme un conseil alors qu'elle était un constat, ce roi ni plus ni moins que les autres ne tenant vraiment pas Paris pour fragile et y détruisant de vieilles choses pour en construire, à son goût, de plus belles. Mots reproduits avec injures sur des réseaux sociaux, bref incendie éteint par un passage ultérieur très liké : « Évidemment, aujourd'hui, mieux vaut tout garder, sans quoi les architectes nous mettraient des immeubles genre Sécu. » Cette phrase-ci était régulièrement citée, avec des erreurs, car ceux qui le faisaient l'avaient trouvée, non dans le livre, mais sur Internet. Ainsi, ces jours-ci, par un pamphlétaire vomissant « Saint-Germain-des-Prés » parce qu'il rêvait d'en faire partie, dans une plaquette à couverture noire pelliculée brillant, titre en rouge, colle bavant sur les charnières, 18 €. On trouvait au catalogue de la maison d'édition un général à la retraite ayant des idées sur l'islam et un écrivain cherchant depuis trente ans à faire carrière dans la provocation qui avait écrit un *Éloge de Yishaï Schlissel* ; ce Schlissel était un Juif ultra-orthodoxe qui, à peine sorti de prison pour avoir tenté de tuer un homme à la Gay Pride de Jérusalem en 2005, avait tenté d'en tuer six à la Gay Pride de 2015. Au kiosque de la place Edmond Rostand (à cinq minutes de chez Victor), une certaine Jeanne Wong acheta un magazine sans voir cette dernière plaquette que le kiosquier avait pourtant mise en évidence, entre *Rage* et *Kontre-poing*. Elle était très jolie, Jeanne Wong. Elle avait découvert dans la bibliothèque de son père *Dernière ville avant la fin du monde*, le premier livre de Victor, dont elle avait raffolé, le trouvant d'une prodigieuse intelligence, d'une prestesse enthousiasmante, d'un mordant réjouissant et pas banal. Victor n'en savait rien et rognait l'os d'une idée désagréable dans son appartement tout en observant la place de l'Estrapade en contrebas, petite, triangulaire, discrète, si Paris, trois arbres, une fontaine : « C'est ma vie. J'habite *derrière* le Panthéon. » Gabrielle lui avait

---

Une soirée nulle. Il n'y avait que des filles du genre : « Je suis Cindy, du Poitou-Charente. »

---

récemment dit : « Tu fais une chose qu'il ne faut jamais faire à Paris, des mots d'esprit sur toi-même. Paris qui a mille choses à quoi penser finira par les croire. » Guillaume ayant bondi sur ses cuisses tendait la tête vers son menton, léchant dans le vide. « Ah, Guillaume, Guillaume, c'est toi que j'aurais dû avoir pour fils ! »

Deux croissants une orange pressée un express ! Excuse me, the restroom ? Bonjour M. Martin !

Nous les paumés nous ne sommes pas aimés des bons bourgeois qui nagent dans la joie. Paris n'est qu'un cri : « Des rats ! » Certains disent que notre présence résulte du mode de vie glouton des humains. Ils injurient trois espèces à la fois. Les ennemis de la maire de Paris ajoutent : « Ha ! La ville est bien gérée ! Bravo Khadija ! » La sous-partie de l'espèce humaine la plus portée à ces amabilités sont les chauffeurs de tacos. Tassé comme un bossu dans mon caniveau, j'ai entendu un homme qui aidait sa gonzesse à sortir : « Il trouve que Khadija fait chier, moi je trouve que les chauffeurs de taxi pestant contre Khadija font encore plus chier. Beurk, un rat ! » La gonzesse a poussé un cri de dégoût. Avec une prestesse de nageur, je me glisse dans le drain du trottoir.

....

Des femmes riches, d'un œil lourdement neutre (pour ne pas avoir l'air de désirer trop fort, je présume), observent les vitrines de joailleries rue de la Paix. Eh bien moi ce sont les traiteurs, et sans retenue. La vitrine de la maison Lavelière, mon regard l'avale. C'est tellement somptueux, un traiteur, surtout quand on a été pauvre ! Autant qu'une joaillerie ! Pauvre je l'étais tellement quand je suis arrivé à Paris que Lavelière me semblait une grotte aux trésors. Cette forteresse de macédoine de légumes, bordée d'un rempart ondulant de mayonnaise ! Le vert tendre des petits pois souligné par le vert plus soutenu des haricots verts hachés, les carrés orange des carottes et blancs des navets, les braves pavés de soutènement en pommes de terre, le tout pastellisé par un jaune d'œuf, dites-moi quel architecte, quel peintre pointilliste a fait mieux ! Les pyramides de homards pareilles à des toreros prêts au combat ! Et ici c'est quoi, ils ont mis l'étiquette à l'envers oh pardon madame je vous empêche de voir ?... aumônière de tagliatelles. O que é, aumônière ? On dirait un panier... Quelle passion du goût ont les Français ! Ils parent ce qu'ils vont détruire en le mangeant ! Ça m'a frappé quand j'ai posé le pied à Roissy 2E. L'aéroport le plus élégant du monde, avec sa symétrie, son ampleur proportionnée, ses couleurs discrètes, sa voûte à caissons, ses bruits chuchotés (à l'aéroport de São Paulo on peut enfiler ses bouchons d'oreilles bien avant de monter dans l'avion) ! Une certaine froideur, aussi... Ah, ces coquilles Saint-Jacques avec leur croissant en pâte feuilletée : des planètes de crème ! Arti... artichaut norvégien... un dôme enveloppé de, de, de saumon. Truites en gelée... Elles sont tatouées d'une rosace de radis et d'un trèfle de persil : le brazão du chevalier de la Boustifaille ! (Je viens d'apprendre ce mot dans une BD à la Fnac à côté où j'ai passé deux heures à lire.) Chaud-froid de volaille… On dirait un obus à l'attaque de la purée voisine. Cette purée, cette simple purée, comme elle est sublime de simplicité ! Solide, rassurante ! Non, madame, je ne fais pas la queue, je suis en pèlerinage. Oui, oui, je vous laisse passer. Entrons derrière elle. Qu'elle a l'air heureux, cette vendeuse qui, avec un geste de ballerine, dit : « On peut faire plein de choses, avec le jus de poulet ! » Vendeurs et vendeuses passent les uns derrière les autres, légers, rapides, fiers de leur tunique rose avec « Maison Lavelière » brodé à l'emplacement de la poitrine. Quel plaisir ils semblent prendre ! Et polis ! Et aimables ! Et souriants ! On devrait envoyer les policiers de Paris prendre des cours chez Lavelière. J'avais découvert ce traiteur en me promenant, je marchais beaucoup, que faire lorsqu'on est pauvre et qu'on ne connaît personne ? À l'angle du magasin, grand spectacle : un marché de rue ! Allons y achever notre matinée, invisible à ses fourmis humaines en mission. Les étals de la poissonnerie sont une image partielle de la société parisienne, avec leurs bancs de poissons écarlates et scintillants à la

---

Oh là là cette queue ! Je t'avais dit, on aurait dû passer commande par téléphone. Garde la place, je vais à la boulangerie avec la petite. Pain norvégien ? Graines de courge ? Pardon madame. Cyprienne, laisse le monsieur ! Tu viens avec maman acheter un pain au chocolat ?

---

façon de riches Américaines sortant du Ritz à 20 h 30, leurs écrevisses aux yeux révulsés de punk à l'ancienne, leurs rascasses à menton de politicien mauvais... Tiens, une vieille comme on en voit peu dans ce quartier prospère. Aussi poilue qu'une framboise, sous la cloche d'un coupe-vent en plastique, aidée d'une canne en fer à embout de caoutchouc, elle saute d'un pied sur l'autre à cause de douleurs à la hanche. Elle doit survivre dans un studio au dernier étage sans ascenseur avec un poireau par semaine. À ma pas si ancienne manière, en somme. Une grasse personne assise à la caisse de la crèmerie hausse les sourcils avec un sourire qui ne s'adresse à personne. À mon avis, elle est en train de se prendre pour une actrice qui reçoit un prix. Tout au fond de la boucherie, une porte est ouverte. Des géants à tablier blanc découpent en silence des carcasses violettes. Le patron se dirige vers eux, lent, lourd, grognant. Ils lui répondent sur le même ton sans lever la tête. Apprêtant des bœufs, ils s'expriment comme des bœufs. L'étrange métier ! Toute la journée dans la chair morte, le gras, le sang, pour des morceaux destinés au ventre. Une affaire de machos, la viande, et les machos j'en ai eu une indigestion dans mon pays. Quelques semaines après mon arrivée, il m'est

---

M'sieur, vous voyez bien que c'est l'emplacement voiturier. Quoi ? Et le panneau : « Maison Lavelière, voiturier », c'est de l'inclusif ? Merci monsieur. Allez-y, madame, laissez le contact !

---

arrivé de faire les poubelles. J'y trouvais des nourritures en parfait état qui me rendaient honteux pour ceux qui les avaient jetées. Les Parisiens sont si riches que leurs traiteurs impriment des catalogues : « La maison Lavelière, fondée par Augustin Lavelière en 1835 et demeurée dans le quartier de l'Étoile depuis cette date, est restée une entreprise familiale vouée à la Saveur et au Goût. Travaillant à partir de produits d'exception dans nos ateliers, elle rayonne dans toute la capitale pour ses préparations Traditionnelles aussi bien que de Création. Médaille d'Or du Bœuf en Gelée 2008. Oreille d'Or du Fromage de Tête 2011. Médaille d'Or du... » Si je prenais des cours de cuisine française pour ouvrir un restaurant gastronomique au Brésil à mon retour ? Voici une Maison Estève (coques de téléphones) et une Maison Rozan (cuisines sur mesure) ; depuis quelque temps, à Paris, tout magasin qui ouvre s'appelle maison, tout être qui naît s'appelle Jules. Comme on y a le respect du passé ! La crémière éclate de rire. En retrait, son mari l'observe d'un œil admiratif. Je vais m'offrir un fontainebleau. Pâtisserie délicieuse, et la crémière me regardera d'un œil tendre. Après ça, il s'agira d'aller gagner de l'argent, garçon.

Mais moi le bâtard que tu m'as dit hier, ça se dit, ça ?

Je vous dédaigne, je vous toise, je vous tourne le dos et vous montre mon petit trou du cul aux plis crottés sous le point d'exclamation de ma queue. Aux fameux dîners de Gabrielle enchantant ses convives et calomniés par ceux qui n'ont pas été invités, moments où marée basse de conversation, apparition de Moi. « Ah, ton chat qui vient se faire admirer ! » Personne dans l'appartement. J'y traîne ma lassitude comme une souris morte. Miroir flatté de me refléter, je suis bien foutu, hein. Vengeance des enfants qu'on dit ingrats. Ce froncé de la tête, ce renfrogné du corps dont je souffrais : expression d'une bataille intérieure d'où veut, d'où doit, d'où va sortir la forme la mieux appropriée à son idéal. Je me rappelle ce temps de chaton maigre et furtif, une virgule. Hérissé, méfiant, mal à l'aise. Les Autres me martyrisaient. Ne me régalais pas d'arêtes de poisson puantes, n'est-ce pas, admirais balancement feuilles fougères. Crime ! Crime ! Honte. Je me suis révolté contre la prison où je m'étais enfermé en m'en instituant le gardien.

Bagarre avec moi-même puis avec les Autres. Leurs cris de tuyau d'arrosage qu'on bouche, leur déroute. Depuis, tranquille forteresse. À l'intérieur de mon indifférence, j'ai éclos. Et voici ce beau chat moucheté, souple et mâle, assis devant le miroir. Forme de poire. Appétissant. Étirons-nous en plantant les ongles en haut du cadre doré. Coup d'œil miroir : anguille je suis. Ô métamorphoses. Que cette sonnerie de porte fait chhhhhh ! Chhhhhh ! Zzzzzzz ! Zzzzzzz !

....

Plaques des boîtes à lettres à l'entrée de l'immeuble de Gabrielle Mattromer

AARONSON
MYRIAM ASRI
DE BRUNHIERES
DJAMARI – FAVRIER
LE GOFF
LONG-NHAN
MATTROMER
MEYER
NAKAGAWA-HAYASHI
ROUSSEL – VILNER
SAADE – OBSTER – TESSIER
SCI IMMOBILIER CONSEIL
SCI UN MONDE VERT
WARD

Plaques de ces boîtes
cinquante ans auparavant

Mme BONNEFONTAINE	M. et Mme MAURETTE
M. et Mme DE BRUNHIERES	M. MORHANGE
M. et Mme CONTAMIN	M. et Mme MOSSET
M. et Mme FLORAT	M. et Mme PIRON
Mme Vve GRANIER	Mme POMMIER
MM. HUBERT & fils	Mme Vve REMI
M. et Mme JEANJEAN	M. VAN DER WEYDEN
M. et Mme LEBLOND	M. et Mme DE VERGNES
LEES-KNEELAND	

Le coursier sonnait en vain. Gabrielle n'était pas chez elle.

Le festival du film à…

Un corbeau croassait au-dessus des touristes du Champ-de-Mars. AAA ! AAA ! AAA ! AAA ! Pique-nique sur les pelouses ! AAA ! AAA ! Chinois à téléphone à perche ! Selfistes ! Taka sauter par-dessus la tour Eiffel ! Takaaaa ! AAA ! AAA ! AAA ! Brésiliens bavés par des bus, Kalmouks à CocAAA ! AAA ! AAA ! Pelouse pour messes de papes, anniversaires de chanteurs populaires, beugleries post-footAAA ! AAA ! Où est passé le temps des bébés en landau poussés par des nourrices, des cris d'enfants excités par le Guignol, des promenades à ânes et des veuves à croûtons ! AAA ! Mon père en avait conchié une qui empoisonnait son pain pour débarrasser le jardin des pigeons ! NEVERMORE ! NEVERAAA ! Ignorant les invectives venues du ciel, les visiteurs prenaient des poses, « je touche le sommet de la tour Eiffel de l'index », « j'écarte les jambes en lutteur de sumo comme si elle était mon ombre ». Le corbeau s'éloigna à lourds battements d'ailes, voguant sur un courant qui le porta tout le long du boulevard Saint-Germain où, virant lentement vers le sud, il battit des ailes avec un bruit de volets qu'on rabat et se posa à la pointe d'un triangle de pavés. En quelques pas dubitatifs, il se déplia, se muant en un petit homme à talonnettes, nez en foc, le buste si haut qu'il en tronquait son cou, qui s'éloigna en bondissant d'une petite démarche sèche. Son costume noir aux épaules trop larges prenait des moirures de couteau dans le soleil rasant de la fin de journée. Tiens, le lanceur d'alertes est rentré, pensa Guillaume dressé contre le dossier d'une chaise près de la fenêtre.

....

Guillaume, soyeux, sensuel ! Quand il trottinait sur les dalles de la cour où Victor le laissait aller lorsqu'il descendait chercher son courrier, le bruit de ses ongles semblait avoir été créé pour rappeler ce qu'avait été le son des talons aiguilles dans la même cour en 1967 (année où l'immeuble avait été reconstruit). Et peut-être ce son des talons aiguilles avait-il été créé pour rappeler le bruit de la machine à coudre de la retoucheuse au rez-de-chaussée de la même cour en 1938, et ainsi de suite jusqu'à un fait de vie à Lutèce, et qui sait à la création du monde, pensait Victor. À Paris, vers 1985 (année où l'on avait installé le digicode au portail), il avait été à la mode de donner aux chiens des prénoms d'êtres humains. Gabrielle qui bien plus tard avait offert Guillaume à Victor, prénom compris, avait appris du marchand, sur l'autre rive, quai de la

Mégisserie (environ cinq minutes à pied puis bus, douze arrêts, puis environ trois minutes à pied), que l'empereur Guillaume II avait eu la passion des teckels. Victor était attendri par les cuisses de caille de Guillaume, son nez fin, son pelage, et ému par la boule inquiète du sourcil quand le teckel se demandait s'il l'avait froissé. Ma voisine est moins délicate, se dit-il la voyant attendre son mari au bas de l'escalier en consultant une messagerie de rencontres sur son téléphone. Guillaume, couché au pied de son bureau, l'avait quelquefois entendu relire à voix haute des pages de ses anciens livres. « Paris est une ville ronde contrariée par des carrés. Ah ! qu'une ville, un jour, se fût construite en rond ! Bâtiments ronds, places rondes, rues bouclées ! Quel esprit aurait pu jaillir de cette république de champignons ! Mais voilà, la commodité et sa marâtre, la cupidité, ont fait les capitales anguleuses. Un promoteur immobilier ne veut pas perdre le moindre mètre carré. Il se peut aussi que, sorti des grottes, le profond du cerveau de l'homme se soit promis : plus jamais dans un ventre ! Le Moyen Âge, ce Calcutta de l'Occident, a tenté le rond, mais c'était par énergie de petite entreprise de reconstruction sans tutelle, après la sinistre décadence des siècles où Paris avait été un petit tas de terre méprisé par Toulouse, Montpellier, la Narbonnaise et tout ce qui avait été un peu sérieusement touché par les civilisations de la Méditerranée. Hélas ! plutôt par Rome que par Athènes ! Par l'ordre que par la pensée ! Par l'impérialisme que par la démocratie ! Ah, retors Romains, conquérants par la tortue, formation militaire en carré à qui ils ont donné ce nom d'animal rond ! Duplicité du langage, anarchie suprême du pouvoir ! » Le bras pendant hors de son fauteuil de bureau, Victor grattait le crâne de Guillaume en disant : « Je savais écrire, dans le temps. »

Un téléphone sonnant fit se précipiter l'un puis l'autre à l'intérieur. Où est-il, où est-il ? Il vibrait de rage au bord de la commode, prêt à bondir. « Gabrielle !... Pas du tout. Tu as reçu la documentation que je t'ai renvoyée par coursier ?... Ah, encore ta mère ?... Tu ne l'as toujours pas retrouvée ?... » Un portrait de l'appeleuse s'affichait sur l'écran du téléphone, contre la large oreille du parleur. Une grand-mère de Gabrielle avait fait partie d'une équipe d'infirmières anglaises envoyée en Égypte pendant la Deuxième Guerre mondiale. Une photo, une seule, restait de cette femme, grande, moqueuse, au beau visage rectangulaire, que rappelait celui de sa petite-fille à la réserve près de la longue chevelure ondulée rabattue d'un côté sous le calot devenue cheveux plus courts savamment chiffonnés de Parisienne, et l'uniforme à épaulettes portant une rose brodée, laquelle signifiait l'appartenance au fameux Convoi n° 11. Irene était intenable, délicieusement intenable (« Irresistible Irene »). Elle hissait des brancards sur les champs de bataille tous les jours de la semaine et le samedi, coiffeur, Gezira Club, danse, Hanky Panky (cocktail dont Gabrielle donnerait une recette erronée en toute bonne foi). On la voyait glisser en robe du soir sous les barrières du camp militaire pour retrouver des boys. Elle s'était assagie d'un seul coup en devenant amoureuse d'un soldat français d'El Alamein qu'elle soignait à l'hôpital. Elle apporta en France des intonations dont raffolèrent ses nouveaux amis parisiens (« Vous prononcez le français avec un accent, le Français se rend », disait-elle, peut-être avec malice, si peu de temps après la guerre), et donné à sa fille Ismena et à sa petite-fille Gabrielle un anglais parfait et des anecdotes infinies. En cet instant, Gabrielle contrefaisait au téléphone l'accent d'une de ses clientes. « "Une kranalagie." "À travair." "Chui dakar." Elle n'achète jamais rien, j'ignore pourquoi elle passe la porte de la galerie. Pour me faire entendre son ramage gratin, peut-être. Il est devenu si rare que la prochaine fois, j'appelle le Museum d'histoire naturelle pour qu'on la mette en cage. Quoi ? »

Ayant dû jadis rabattre sa galerie de la rue Louise Weiss où elle avait cru que la nouvelle bibliothèque nationale ferait éclore un quartier à la fois intellectuel et riche, mais non, Gabrielle avait hésité entre le Marais et Saint-Germain-des-Prés, pour prendre le pari du dernier, pourtant moins à la mode. Eh ! Où était l'argent ? Les multinationales du « luxe » en avaient racheté les librairies pour les transformer en magasins exposant douze objets sur des cubes en marbre blanc, tel celui-ci, immense, violemment éclairé, que Gabrielle appelait « le cimetière des sacs à main ». Ils attiraient les Kazakhes riches qui auraient payé quatre cents euros un parfum malodorant, pourvu qu'il les coûte, pas qu'il les vaille.

Les tout nouveaux galeristes, les malins, ceux qui racontaient leur histoire personnelle plutôt que d'expliquer les œuvres, possédaient une enseigne à Saint-Germain-des-Prés et une autre rue Saint-Claude, 1) argent, 2) snobs. Ayant jugé la rue de Seine au bord du touristique et la rue Jacob trop Louis XVI, Gabrielle s'était établie rue des Beaux-Arts. Elle avait loué une boutique d'angle, faisant que son nom, seul, sans le mot « galerie », se voyait deux fois, en lettres noires sur la façade lie-de-vin, rue des Beaux-Arts et rue Bonaparte. Elle y marchait en ce moment, venant de jeter son téléphone dans son sac, son léger manteau d'été long comme un dimanche magnifié par la pierre blanche d'une porte cochère ; sa haute taille, ses épaules légèrement courbées, ses cheveux châtains tombant sur ses yeux pétillants, ses joues allongées dans son visage rectangulaire lui donnaient quelque chose d'altier et de gêné à la fois. « Elle a une beauté lente », disait Victor qui ajoutait généralement : « Et la moquerie rapide. » Elle vivait dans un assez petit appartement sur deux étages, trois si on comptait la terrasse creusée dans le toit en zinc, tout en haut d'un brouillis cubiste de maisons jaunes du quartier, derrière une fenêtre duquel son chat, en ce moment posté près d'un dessin représentant un chat regardant par la fenêtre, aurait pu la voir couper

---

Quatre euros le café eh ben c'est pas donné ici. Ottante milla euro per quaranta metri quadri…

---

la rue en contrebas avant d'être retenue par un barrage de police : un homme entré chez un chocolatier écrasait ses figurines à coups de poing. Le chat se retourna d'un déhanchement tranquille, lui qu'elle avait nommé Xanax parce que, jeune, il se lançait comme une boule de griffes, déchiquetant tout ce qu'il pouvait. Un clochard assis sur le dossier d'un banc s'adressa à elle d'une voix éraillée : « Auriez-vous deux ou trois euros bonne après-midi ! », d'une traite, comme s'il avait parié qu'il n'obtiendrait rien. « Bonne après-midi », répondit Gabrielle en lui tendant une pièce. « C'est mal barré », dit le clochard. Elle fut ralentie par un groupe d'étudiants sortant par la haute porte rectangulaire percée dans la forteresse de la faculté de médecine, rue des Saints-Pères. « Oh pardon, monsieur ! Euh ! Mon… Monsieur l'a… le… » Le jeune garçon en soutane, aux larges épaules et aux cheveux ras, avait déjà été amené loin par ses larges enjambées. Gabrielle avait fait des études mais n'en parlait jamais, au contraire d'un de ses confrères qui, ayant hérité une galerie, se trouvait, suivant le nombre de verres qu'il avait bus, titulaire d'un diplôme de l'École normale supérieure ou d'une agrégation d'arts plastiques. « Paris est rempli de gens qui énoncent des approximations pour forcer la vérité, disait-elle. On dit

---

Pas d'souci ça marche. Vas-y. Ciao. Allez ciao à ttaleur. Pardon ! Pardon ! PARDON !

---

qu'on est prof à Sciences po alors qu'on est vacataire. On dit qu'on enseigne au Collège de France alors qu'on a été invité à y donner une leçon. On dit qu'on écrit dans un magazine alors que c'est pour son site Internet. L'habileté est épaisse, mais habile : presque personne ne sait, encore moins vérifie, encore plus croit ce qui est dit. » La rue était rétrécie par un échafaudage, créant un engorgement de voitures silencieuses. Sur le trottoir d'en face, passants concentrés. Seuls les étudiants parlaient avec passion. Au même endroit, bien des siècles plus tôt, des étudiants de « Sainct Germain des Prez », lui avait montré sur Internet sa fille qui faisait des recherches pour son diplôme, avaient été emprisonnés pour avoir volé des poules « et depuis renduz a l'evesque de Paris et leur cousta bien neuf escus ». « Vous êtes plus sages, mais tout aussi coûteux », avait dit Gabrielle.

Elle entra au café des Deux Rues. Sa mère était charmante, un très fin châle de soie perle voletant autour de ses minces épaules. Avec sa petite taille et ses mèches de cheveux dorées pointant sur les tempes, elle a l'air d'un sansonnet dans son nid, pensa Gabrielle, en même temps que se formulait dans son esprit, pourpre, minuscule, grésillant, le mot : Alzheimer. « Ah, ma fille ! dit

---

Un pavé saignant. Et un deuxième. Qu'est-ce qu'on boit ? Aujourd'hui j'ai un chinon très bien.

Ismena le regard tout à fait vif, tout en cassant un œuf dur sur le zinc. J'attendais Irène. » Gabrielle paya l'œuf, sa mère n'ayant rien sur elle. Sortie grignoter avant la soirée avec sa petite-fille, elle avait claqué la porte en laissant les clefs à l'intérieur. « Je suis de la génération qui a appris les numéros de téléphone par cœur, c'est heureux, et Monsieur a eu l'obligeance de t'appeler. » Un serveur penché sur un bac où il rinçait des verres leva un œil. Famille de femmes, songea Gabrielle, à ceci près que nous ne nous ressemblons pas, ou, vaguement, une génération sur deux. Je suis grande comme ma grand-mère, ma fille est petite comme la sienne, et ainsi de suite rétroactivement qui sait ? jusqu'aux grottes. Alors qu'elle aidait Ismena à sortir, elle entendit le rinceur de verres dire : « Tu ne trouves pas qu'elle a vieilli, la centenaire ? »

Au centre d'une petite place ronde, un papillon de nuit se déshabillait dans la fente d'un arbre dont les branches levées remettaient en place un désordre de feuilles. Il fit glisser sa combinaison brune, laissant apparaître une tenue bariolée. Sortant de la fente, il déploya sa forme d'enveloppe et s'éloigna d'un vol guilleret. « A voté ! »

....

Au Carreau du Temple, Victorien était assis par terre au premier rang d'une ballroom. « Ce défilé de créatures avec concours, *Paris is Burning Again*, est mon douzième », confia-t-il à l'ami qu'il accompagnait dont les noirs cheveux étaient saupoudrés de paillettes turquoise et qui portait autour de son très long cou un collier de chien en cristal rehaussé par un blouson brillant dézippé bas sur son torse nu, tandis que son menton était orné d'un faux saphir. « Turquoise pharaon ! », avait-il dit à Victorien pendant que celui-ci, ayant appliqué du blush sur ses pommettes obliques et ciré sa fine moustache en points d'interrogation, bouclait un ceinturon transformant sa salopette en sablier. Une fille aux larges sourcils brossés en grille lui fit compliment de ses escarpins en chevreau. « Je les adore depuis l'enfance que je les ai dénichés dans un placard où ma mère conservait des vêtements de ma grand-mère. » Ils s'étaient placés près de la table des juges pour éviter d'avoir la vue de la piste bouchée par les membres des Houses qui se lèvent pour encourager leurs candidats. Le maître de cérémonie commentait en anglais et en rythme. C'était sage, bon enfant, rien du malheur des Blacks efféminés de 1970 qui survivaient à la brutalité de Harlem par des féeries semblables, voguing contre mépris, reines de viscose contre chambres sordides. Une queen fit un death drop : Victorien, son ami et tout le public accompagnèrent sa chute par un gracieux déploiement du bras, paume de la main en l'air.

Victor, La Cigale, boulevard de Rochechouart. Il avait fait la queue pendant trois quarts d'heure en compagnie d'un vieux pote spécialisé, la spécialité consistant à le convier à des concerts de rock où il était invité en tant que producteur d'une émission de radio. La façade blanche, sans autre ouverture qu'une porte d'entrée tout

---

C'est de la fausse fourrure, mais à l'intérieur, je suis en vison.

---

en bas d'un fronton plat se haussant au milieu comme un sourcil, éclatait au bord de ce confortable boulevard à immeubles de pierre qui changeait de nom à l'endroit de cette salle de spectacles, judicieusement : de la place de Clichy où se trouve une statue de Pigalle à la place Pigalle où il n'y en a pas, comme il l'avait tant de fois expliqué à son fils quand il lui faisait faire, enfant, la visite des places de Paris, le boulevard était divisé en deux par une allée se composant d'une double rangée de micocouliers serrés entre ces hautes constructions créant plus d'ombre qu'eux, d'une piste goudronnée pour les vélos et d'une autre pour les piétons, dont il n'y avait jamais aucun, à part les jours de vente à la sauvette, et encore, des acheteurs hésitant devant l'étal ambulant entre la doudoune noire à vingt euros et la parka molletonnée à vingt-neuf. Victor et son ami attendaient sans rien dire, debout face à la scène, parmi quelques spectateurs déjà arrivés, d'autres arrivant, certains jetant un coup d'œil sur la scène vide puis s'éloignant, tandis que des techniciens allaient et venaient pour brancher câbles et essayer son. Après avoir écouté deux chansons de la première partie (un grand costaud de vingt ans en jean et bottes, T-shirt blanc, chapeau à larges bords, penché sur sa guitare comme s'il écoutait un grand malade), ils quittèrent la salle et allèrent boire une bière dans de grands

---

Les Strokes c'est comme James Bond. À chaque nouveauté les critiques les cassent.

---

gobelets en plastique transparent. L'ami de Victor jugea que le jeune chanteur imitait trop Springsteen, et puis bon, répondit Victor en grommelant, on est bien d'accord que les flics tabassant les Noirs c'est pas bien, mais ça finit par faire scout, non ? La musique avec son bruit subaquatique s'étant arrêtée derrière les portes, il se fit un brouhaha, ils rentrèrent dans la salle, se faufilant jusqu'au milieu du parterre, les abords de la scène étant occupés par les fans. Les micros sur leur pied, les guitares suspendues à des crochets, la batterie énorme et compliquée, semblaient veufs et perdus. Noir. Sifflements, cris. La lumière revint, sous la forme d'un éclairage canonnant la scène, qui donna à la salle, un instant auparavant un simple hangar, le prestige d'un temple où la poussière flottant avait l'air d'une poudre magique. Entra sur la scène un grand homme décharné de soixante-dix ou soixante-quinze ans, portant un jean en cuir, aux longs cheveux puissamment teints en noir, aux joues de momie inca, suivi d'un du même âge aux cheveux blancs en arbre de Noël tombant sur un T-shirt blanc et un gilet en cuir noir sans manches, et de deux autres du même genre, chacun prenant sa place sous des acclamations montantes. Son ami fit un clin d'œil à Victor : « Avec ta cravate, t'as plutôt l'air d'un fan des Kinks ! » À la sortie, enfilant leurs manteaux, nouant leurs écharpes, se frottant les mains, ils conversèrent le temps que l'ami de Victor finisse sa cigarette. « Ils tiennent encore, les vieux. – Pourvu qu'on soit comme ça à leur âge. – Arrête, je ne peux déjà plus sauter aussi haut que Trent. – Pas beaucoup de jeunes dans le public, t'as vu ? – Si tu savais ce qu'écoute mon fils ! – Bon, allez, salut. – Salut, et merci. »

Gabrielle, palais de Chaillot. En cette tardive fin de journée, un soleil rasant qui se couchait en perçant un nuage au-dessus de la colline donnait à la place du Trocadéro un éclat étrange. Les façades des immeubles semblaient en crème anglaise, les arbres, en plastique, et le tout effrayant d'artificialité. Retentirent les appels de trompette signalant l'ouverture des salles. Gabrielle, presque en retard, esquiva les vendeurs africains qui proposaient, sur des draps étalés par terre, des tours Eiffel scintillantes. Elle montra son sac à main ouvert, descendit précipitamment le profond escalier. Un des danseurs, pied en quatrième position, déclama des injures comiques sur le ballet classique. La pianiste, cheveux rasés, en pantalon et T-shirt noirs, glissa un disque compact entre les touches de son instrument, le tapota pour le faire vibrer puis le frappa au moyen d'un cylindre en métal et le cassa. Elle racla le piano. Jeta les boîtes de disques cassés par-dessus son épaule. Fit aller venir le cylindre sur les touches. Souleva le couvercle et lança des boîtes de

---

— Tu as vu le ministre qui a fait un bras d'honneur à l'Assemblée ? Ces gens sont des gorets. Tous les mêmes. — Ah non, il y a aussi des chacals.

---

disques sur les cordes. Elle était si génialement comique qu'elle volait la vedette aux danseurs, pensa Gabrielle. Dans la salle, elle avait reconnu une danseuse étoile de l'Opéra de Paris, si méchante qu'elle l'avait surnommée « le soulier de Satan ». Elle aimait tellement la danse qu'elle était seule.

Wilson, sorti d'une minuscule fête gigantesquement ennuyeuse, remonta vers la Comédie-Française. Quelques semaines auparavant, au même endroit, il avait croisé le regard acéré d'un beau quinquagénaire en costume qu'il avait suivi dans sa chambre d'hôtel. Il avait hésité à le faire payer. Si viril ! plus âgé ! pâle ! élégant ! un prototype d'Europe civilisée ! D'ailleurs, il ne m'a pas trouvé sur une application. (Dans un autre hôtel et une même circonstance, un jeune étudiant bourgeois sans besoin d'argent couchait avec un homme plus vieux qu'il fit payer.) Aucun passant dans ce quartier sage. Remontant une avenue de l'Opéra blafarde et léthargique, Wilson entendit du bruit à droite. La rue, longue, fuselée, comme cylindrique, se dirigeant il ne savait trop

---

Embrasse Nathalie et sa femme d'ailleurs. Oui c'est ça RP mmm mmm mmm pas du tout oui mmm mmm c'est ça mmm mmm mmm non mmm mmm c'est pas du tout mmm mmm mmm bien sûr mmm mmm d'autre part, avec un projet à la fois décalé comme le mien mais très fort au niveau de l'investissement professionnel… VOTRE GANT, MADAME !

---

où, était encombrée de voitures ; non seulement celles qui étaient garées des deux côtés, mais aussi celles qui, dans ce sens unique, avançaient très lentement. Lampadaires éclatants… brouhaha… conversations… rires… musique… klaxons… passe-moi une clope, y a du monde au Bronx ?… Tu viens de Perpignan, ou quoi ?… Justement Dany je la connais et si tu veux entrer au… Un chauffeur abaisse la vitre de sa Citroën GS ; il en sort un air de musique tintinnabulant, frais comme un sorbet… Un garçon, short en jean effrangé, T-shirt étroit et baskets blanches, cheveux blonds décolorés séparés par le milieu, se penche sur le conducteur, se relève, souffle sur une mèche tombée devant son œil, fait le tour de la voiture et y entre. Des dizaines et des dizaines et des dizaines de garçons sont assis sur les capots de voitures garées, déambulent nonchalamment sur les trottoirs, entre les voitures en marche… Qu'ils sont jeunes, et bizarres ! On dirait des étrangers. Folles aux yeux maquillés levant les yeux au ciel vers lequel, cambrées, elles soufflent la fumée de leur cigarette tenue dans une main au poignet cassé… Loulous à lourde chevelure brune tombant sur le cou, jeans poncés à l'endroit du sexe… Autre blond à raie au milieu portant une chemise nouée sous les seins, tresse de poils descendant d'un nombril en bouton à un pantalon de cuir blanc à taille très basse… Jeune saule pleureur ondulant, paquet de cigarettes dans une manche roulée de son T-shirt… Aucun tatouage, c'est curieux… L'un se penche, allumant entre ses mains en conque une cigarette à un briquet tenu par un autre qui regarde derrière lui... Qu'est-ce qu'ils fument ! Celui-ci les snobe tous qui fait des allers et retours d'un air méchant et concentré, un casque audio creusant un canal dans sa chevelure à lourde mèche, relié par un câble à un walkman attaché à la ceinture d'un pantalon en velours côtelé serrant ses rondes petites fesses... Celui-là, en costume de seersucker à épaules saillantes, larges revers, pantalon à pinces, polo au col relevé, il n'a pas dix-sept ans... Wilson, qui porte un pantalon tubulaire s'évasant sur des bottes à très hautes semelles crantées, un blouson large où il tient les mains plongées dans les poches comme un boxeur de film, capuche sur la tête, a lentement conscience que cet habillement gommant ses formes fait de lui l'étranger dans cette foule mi-lasse, mi-joyeuse qui semble ne pas le voir. Que c'est curieux, familier et étrange, proche et lointain ! Il sursaute : un garçon très grand, en T-shirt blanc sur lequel pend une chaîne en or, short bleu très court, hautes chaussettes blanches à anneaux de couleurs, chevelure à mèches blondies tenue par un bandeau en coton bouclé, le double en patins à roulettes, avec une souplesse rendue narquoise par le gros bruit de chenille. Wilson entend sa voix nonchalante qui s'étire : « Faut pas venir rue Sainte-Anne pour boucher le trottoir, chéri... » Trois hommes cambrés, ricanant comme des hyènes, sortent dans la rue par une petite porte qu'écarte un grand costaud, en même temps que grimpe dans la nuit la note suraiguë d'une chanson. Its so real what I feel this is why-y-y-y...

Un instant, tout semble se figer. L'un des trois hommes écarquille les yeux devant Wilson comme s'il venait de le remarquer : « Qu'est-ce qu'elle veut, la ramoneuse ? Elle boude ? Fallait pas t'habiller chez Nogamatic, mon chou ! » D'une pichenette, le parleur écarte la capuche de Wilson. Celui-ci se tend en arc de cercle, ses poings formant de grosses noix dans ses poches. « Qu'elle est nerveuse ! », s'exclame un autre homme, qui s'éloigne en prenant le dernier sous le bras : « On se casse on s'arrache on sait pas où mais on y va et en tout cas pas au Colony ! Julien, que fais-tu ? » L'interpellé reste sidéré par la tête de Wilson : ce visage rectangulaire avec une ombre de dépression aux joues, ce large nez aux narines évasées, ce teint mat avec une légère rougeur sous les pommettes saillantes, ces yeux d'un noir lumineux, ces cheveux au noir brillant qu'il a noués en chou au sommet du crâne, ce cou large et haut, la naissance émouvante des trapèzes sous le col évasé du T-shirt, aucun centurion romain n'a été plus beau. « Tu viens prendre un verre ? » Julien sonne à la porte par où il vient de sortir, « Tiens, la maîtresse de maison. Fabrice, que penses-tu de ce voyou de velours ? Il ne formerait pas un intéressant contraste avec tes heureuses du monde à l'intérieur ? Il est temps de mélanger les clientèles, mon chou ! Mort de la morale bourgeoise ! Nous sommes en 1976, que diable ! Non, j'ai déjà dîné, on descend à la boîte. Enlève ton blouson, mec, on dirait une nappe de cuisine. Ah, tu es brésilien, t'as pas un rond, alors ? Comment, ça coûte cher ? Tu tapines, alors ?... Tapiner, c'est... »

En quelques gestes, il fait comprendre à Wilson, qui ne se vexe pas. « Wilson, comme le président américain, alors ?... » Une chanteuse noire au crâne rasé, dans une très longue robe en lamé or, se moque de cette remarque de Julien. « Je suis une provinciale ! », répond-il en serrant sa veste croisée et en se penchant d'un coup sur la petite table ronde : « Vous n'êtes pas gentils avec moi, sniff ! Sniff ! Sniff ! Ah, enfin, vous avez compris ! Merci merci, j'ai ma paille en or », et il sniffe une ligne. « Tu veux un rail, Wilson ? » Wilson se trouve aux toilettes où, ayant laissé une porte entrouverte, deux garçons s'embrassent avec passion. Celui qui est orienté vers Wilson le regarde intensément. Wilson assis sur les toilettes, les sourcils froncés. De retour dans la petite salle où des garçons dansent sur une musique qu'il trouve très démodée, Julien n'avait pas tort de parler de 1976, ça doit être une soirée à thème, il voit six têtes tournées vers lui, une septième penchée sur une des tables. Julien l'invite à s'asseoir sur sa cuisse. Wilson se penche sur lui et parle à son oreille. Julien lui pince la joue. « T'es mignonne, mais je suis trop high, je ne pourrais rien faire. T'aimes les vieux ?... Trente-neuf ans, et toi ?... Dix-huit ans d'écart, l'âge de la majorité. Dis, Michel, toi qui es secrétaire d'État, tu pourrais recommander au gouvernement de décriminaliser nos déplorables mœurssssssss ?... Sss, sss, les mœurssssssss !... Sssaletés de sssalopes ! Ssss ! Ssss ! Mœurssssssss ! » Wilson ne comprend pas bien. Il reparle à l'oreille de Julien, se lève, monte l'escalier en remettant sa capuche, sort.

Une autre note suraiguë sortant de la boîte de nuit perce le brouhaha. Il fait le chemin en sens inverse jusqu'à l'avenue de l'Opéra, se retourne : la rue Sainte-Anne est maintenant tout aussi vide et blafarde que l'avenue. Une voiture de police ralentit, s'arrête à son côté, puis repart. Il est toujours deux heures du matin.

« Oh oh poulette ! », sifflotait le moineau dans le lierre du square, « Cacac ! Cacac ! je suis noire, je suis belle et je t'emmerde », répondit de l'autre côté une foulque, aux grands rires d'un merle qui alla colporter sa réponse sur un balcon en chiant de plaisir. Des toits en forme de pinces à dessin des Tuileries, les tuiles d'ardoise se soulèvent. Voici des ailes qui battent, des milliers d'ailes, dans un grand froissement. Les pigeons ! « C'est nous qui sommes gris, gris, gris, c'est nous les princes de Paris ! » Envolés, ils se figent d'un coup et se plaquent dans le ciel qui devient gris, gris, gris. « Gris de Paris, gris Paris, c'est moi le roi de Paris », dit une grosse voix pendant qu'un immense nuage (gris) enfle le jabot, replie les ailes, niche un bec dans son cou. C'est le Pigeon Protecteur de Paris : le Nuage qui toujours flotte, vaste ou minuscule à tel endroit du ciel au-dessus de la Ville, ville qui toujours nuage a, pigeon lui donnant sa teinte ! Grise, la Ville, qui se grise de gris ! Je suis un peu grise, peu grise, mais chut ! « Paris, Paris, Paris », roucoulent pigeons et colombes. Tel est le sens de ce son qui résonne dans les cours intérieures, les gouttières, les bosquets, les ramures, sur les proues des colonnes rostrales, les chapeaux des réverbères, les épaules des statues. « Paris, Paris, Paris ! » Ils adorent, tout là-haut, le Protecteur.

....

« C'est bien la peine de vivre à Paris pour qu'il y ait des oiseaux », dit Victor en fermant la fenêtre. Son fils traverse la pièce avec un mug fumant.

— Tu es obligé de porter du vernis à ongles, Victorien ?

— Tu n'aimes pas le bleu ?

Victor le regarde s'éloigner d'un œil extrêmement lent. Déjà que j'ai mal dormi. Il s'assied dans l'inconfortable fauteuil qu'il hait dans la mesure où il le pousse à rejoindre son bureau pour travailler, et se sert une vodka. Je pourrais faire installer un de ces boîtiers qui prennent des ordres vocaux, comment ça s'appelle ? Au moins ça fera quelqu'un qui m'obéira. « Gabrielle ?... Je ne te dérange pas ?... » Depuis qu'ils se connaissent, ils se téléphonent deux fois par jour, charnière du matin, charnière du soir. Ils se sont tellement plu la première fois qu'ils ont dû se reparler aussitôt après ce dîner chez des amis communs. Le rythme s'est établi sans attendre, dès le premier jour, deux appels. Leurs conversations téléphoniques sont deux rivières mêlées formant un seul fleuve qui va. « On ne peut avoir de conversation intelligente que si on est d'accord. Sinon, l'un émet des objections immédiates sur des points mineurs, l'autre réplique, et on fait du surplace. Victor et moi, c'est Papadakis et Cizeron. Ça coule, ça avance, ça tournoie, 'ttemps en temps ça crisse comme un patin sur de la glace parce qu'on écorche un épais au passage. Nous avons la dent dure, mais c'est parce que la bête est coriace. Quoi ? » « Ce qu'il y a avec Gabrielle, c'est qu'elle me fait rire. Avec elle je me sens dans un monde plus authentique, plus léger. Elle me fait rire par sa partialité qui simplifie ce que les truqueurs compliquent, par ses réflexions brusques qui font voir les choses comme on ne les considère jamais. Elle déplace les objets, voilà ce qu'elle fait. Je vous ai raconté la fois où… ? » Leur plaisait aussi la tonalité de leurs voix : Victor, un chaud baryton, Gabrielle une raucité grave transmise en famille, sa mère a la même, sa fille l'a, on peut supposer qu'Irene séduisait les soldats d'Égypte par le contraste entre cette voix de râpe et son long corps nonchalant, encore que ce sceptique de Victor objecterait que la fantaisie de la vie lui avait aussi bien donné une voix de poupée. « L'hérédité n'existe pas. Regardez comme Victorien ne me ressemble pas : un tuyau de douche, moi un Cheyenne ; mon père avait l'allure du Père Ubu. Nous sommes une famille qui n'aime pas l'idée de famille, c'est peut-être pour ça que personne ne s'y ressemble. » Gabrielle se garde de signaler qu'Irène, Irène avec accent, sa Française de fille, est la première à avoir les jambes courtes et des fesses en montgolfière.

Victor, *posant les pieds sur une table basse* : — Comprends pas mon fils. Aucune ambition. Dans Victorien, il y a rien.

Gabrielle, *feuilletant un catalogue de Marlene Dumas* : — Il fallait le prénommer autrement.

Victor : — Sa génitrice m'admirait. Mmm. Le temps de la gestation.

Gabrielle : — Veux-tu abandonner ce vocabulaire d'élevage ? Il est très bien, ce garçon. Quand il passe à la galerie, il a toujours une remarque avisée. Ne cherche pas à le comprendre.

Victor : — Et après il se plaindra qu'on ne l'écoute pas.

Gabrielle, *augmentant du pouce le son du téléphone tout en regardant par la fenêtre, Xanax en Bastet à côté d'elle, les passants en bas* : — Il se plaint, lui ? Il est là, il n'est pas là, il fréquente ses amis, encore plus souvent Irène, charmant quand il est là, charmant quand il n'est pas là. Je ne l'ai jamais entendu protester. Enfin, pour ce que je comprends, moi, idiote comme je suis.

Victor : — Nous avons fait des enfants égoïstes.

Gabrielle : — Tant mieux, ils sont légers.

Selon Victorien, le sort que l'on réservait aux étudiants français depuis quelques décennies participait de la désurbanisation intentionnelle du monde : la dispersion permettait à « la domination » de se renforcer.

« Les villes, c'est de la contestation. On nous envoie dans des campus, Jouy, Cergy-Pontoise. Les étudiants ne peuvent plus se frotter, constater qu'il existe autre chose que ce qu'on nous inculque. Une fois diplômés de leurs grandes écoles de brutes, Polytechnique, ESSEC, ils reviennent dans les villes, se croyant les génies de la rationalité, donnant des coups de règle à leurs habitants. »

Victor : — Il vit sans loyer à payer dans un studio sous les combles qui m'appartient et que je pourrais louer. Il est étudiant aux Beaux-Arts, à un quart d'heure à pied, en plein Saint-Germain-des-Prés.

Gabrielle : — L'expérience n'empêche pas l'idéalisme.

Victor : — Les trottoirs commencent à se plaindre. Ça va mal tourner.

Tout en se resservant de vodka, il expose une raison à la glissade des revendications, slogans ou graffitis, des murs aux trottoirs. « C'est depuis que nous marchons tête en bas sur nos téléphones portables. Ils nous appellent à nous soulever. Ha ha ha. »

Gabrielle : — Ou bien ce sont des crottes de chien supplémentaires ? Ce matin j'ai failli écraser un : "GPA : FIN DE L'OCCIDENT."

Victor : — Je ne tiens plus Victorien, dit-il tout en écartant son appareil pour voir qui vient de lui adresser un SMS.

Gabrielle : — Tu ne l'as jamais beaucoup tenu. Rappelle-toi Nuit debout.

Nuit debout, ça avait l'air d'un titre de chanson d'Étienne Daho ; et il avait écrit de très bonnes chansons, Étienne Daho, rêveuses, froissées. C'est ce que semblait être ce mouvement, on avait appelé ça comme ça puisqu'il ne disposait ni de chefs, ni de direction, il n'en voulait pas. « Horizontal », nuageux, deleuzien, rien de partisan (disaient-ils). « Le gouvernement a pour politique de laisser pourrir, comme en économie de laisser faire, suivant l'angélisme bien connu du libéralisme économique », a dit Victorien en ajustant les bretelles de son sac à dos pour aller dormir place de la République. Ses quinze ans viennent de parachever un corps nouveau. Voici quelques semaines encore, il était cet adolescent emmêlé assis sous la fenêtre de sa chambre. Il tenait ses mollets cylindriques entre les lianes minces de ses bras, et son regard perdu était un regard éperdu. Il avait été arraché à un monde et devait aborder à un nouveau, mystérieux et d'une indifférence hostile. Mince il est resté, mais de proportions harmonieuses, comme si le corps s'était assorti à ses grandes mains qui désormais paraissaient fines, et perdant du flou il a gagné du ferme. Victor a été surpris, en lui prenant le bras, de rencontrer un muscle dur. « Nuit debout résistera, non seulement au projet de loi sur le travail, mais à l'institutionnalisation ! » Victor, vaguement inquiet malgré son autorisation, ou vaguement curieux, se rend sur la place de la République occupée par les lycéens et les étudiants.

Les abords sont encerclés par des camionnettes de CRS, au nombre de seize boulevard Beaumarchais, de douze avenue de la République, à peu près autant dans les avenues opposées ; la place même est encerclée par des camionnettes d'autres gens d'ordre, la CGT et Sud. Seule l'esplanade appartient à Nuit debout, visitée par quelques caméras de télévision. Victor contourne le socle de la statue de la République où sont scotchés des affichettes, des poèmes, des annonces. Nouant son manteau, le printemps est frais, ou je vieillis ?, il constate que les choses sont faites avec des bouts de ficelle, vraiment des bouts de ficelle. Suspendus par des cordelettes à un « arbre à l'ordre », des cartons donnent des consignes, écrites au marqueur. Heures d'A.G., slogans, gestes collectifs. Accroupi, un bras levé : demande la parole. Accroupi, les deux bras levés, doigts joints : demande le silence. Accroupi, bras en moulinets au-dessus de la tête : trop long. Les Nuitistes ont installé des stands, enfin, stands c'est beaucoup dire, des tréteaux avec au-dessus des pancartes de signalisation balançant à une ficelle tendue. Un stand LGBTQI, une bibliothèque Bibliodebout. Victor, observant un jeune garçon échevelé en veste de peintre, se dit qu'il ne doit pas connaître ses livres. « Vous pouvez en prendre un, à condition d'en déposer un autre, monsieur ! », lui dit le garçon en souriant.

Les Nuitistes ont fait du sol de la place un kilt de citations. Certaines phrases sont en lettres bleues entourées de rouge, d'autres, truffées de points. Victor comprend que c'est une manière de chasser l'idée du neutre qui est du masculin quoique les conservateurs assurent, selon les Nuitistes. TOU.TE.S. « Évidemment, ça ne va pas être commode avec Mallarmé. "Le.a poète impuissant.e qui maudit son génie..." » Il relève un slogan sans-culottes : « LE POUVOIR QUE VOUS AVEZ PRIS AU PEUPLE VA RETOURNER AU PEUPLE. » La citation est une protection, se dit-il, qui, réfléchissant à cela, ne voit pas passer, près de lui, un garçon long et mince avec des yeux tombants qui pourrait être Victorien, mais ce n'était pas lui. Victor trouve les Nuitistes habiles de s'abriter derrière Tolstoï pour attaquer le patriotisme, position qui n'est vraiment pas à la pointe en ce moment et n'est du reste pas la sienne, mais il juge selon leur logique : « LE PATRIOTISME C'EST L'ESCLAVAGE – TOLSTOÏ. » Autre bouclier, Élisée Reclus, le seul à disposer de deux citations, notamment : « CELUI QUI COMMANDE SE DÉPRAVE, CELUI QUI OBÉIT SE RAPETISSE. » Question qui bouscule dans l'esprit de Victor une idée en voie de formulation s'évaporant sur-le-champ, « si je ramenais Victorien à la maison ? » La nuit dans un sac de couchage entre des cars de flics ? On ne sait jamais ce que, irrités d'avoir poireauté pendant des heures dans leurs fourgons, ils seront prêts à faire en sortant !

Il tente de poser une question à un officier caparaçonné comme un cheval de tournoi, casque à visière relevée, gilet pare-balles, protège-tibias, matraque, pistolet, bipeur. Il n'obtient qu'une demande rogue de montrer ses papiers. Il les communique en silence, passant le pouce et l'index entre les deux longues rides qu'il a aux joues. Il observe le sol. « ON NE RENTRE PAS CHEZ NOUS CE SOIR » est assez charmant. Bah, foutons la paix à Victorien. S'il prend une beigne ça lui apprendra la vie. (Lui-même n'a jamais pris de beigne.) On lui rend ses papiers sans un mot. Passant entre des groupes de garçons et de filles assis par terre, il lit d'autres citations. « IL FAIT BEAU, ON EST PLEIN. » C'est bien vrai. Quel monde ! La nuit, ils restent sur la place, où des instrumentistes donnent des concerts gratuits. Un rappeur a annoncé sur Twitter que son agent a refusé de le laisser se produire sans être payé ; une très jeune journaliste a posté le commentaire suivant : « Gauchiasse ! » Elle y a joint une photo montrant une bannière au bras de la statue de la République qui proclame : « Démocratie tu es out. » Victor regarde la statue. La bannière dit : « Démocratie tu es où ? » Le pli malencontreux d'un drapeau, et les CRS attaquent, se dit-il en se tâtant le cou. « L'AMOUR VAINCRA. » Pff. Ça ne va pas les aider à renverser grand-chose. Victorien aurait-il scribouillé un truc ? Il avait huit ans, ou neuf, quand, m'avait dit sa génitrice, il a été dénoncé par une élève de son école comme l'auteur d'un graffiti injuriant un prof ? Que… ? Une vieille femme en pantalon, à courts cheveux blancs et belles rides étoilées au coin des yeux, vient de passer devant lui et se tient penchée sur les inventions de la jeunesse. « "Préavis de rêve" rappelle 68, vous ne trouvez pas, monsieur ? – Mmm. Celui-ci est bien faible : "Insurrection populaire / Vive les ours polaires" ? – De braves petits Français ! En France, toute révolution commence par des calembours. – S'achève aussi, je crois, si vous avez fait 68. – Nous avons perdu par la croyance en la parole. Il y avait trop de logorrhéiques, sans compter un ou deux roublards qui ne visaient que leur mise en célébrité. Ils avaient oublié que les effroyables bavards de la Révolution de 1789 ont été renversés par des laconiques. Ces petits ne bavardent pas. Ils restent silencieux sur une place. Ils ont une chance. » Victor poursuit sa récolte. « JE NE VEUX PAS PERDRE MA VIE À LA GAGNER » serait assez le genre de Victorien. « TAPEZ RÉVOLTE SUR VOTRE CLAVIER ET SORTEZ DANS LA RUE. » Si vous voulez tout foutre en l'air, d'accord, mais bougez, au lieu de rester assis en rond ! « QUI SÈME LA MISÈRE RÉCOLTE LA COLÈRE. » La colère est devenue à la mode, depuis quelque temps. Les familles sont en colère. Les paysans sont en colère. Les policiers sont en colère. Le gouvernement « écoute la colère ». Je sens que je vais m'y mettre. *Ma colère*, par Victor, roman. « COUP D'ÉTAT DE LA JEUNESSE. » La vieille dame à cheveux blancs rattrape Victor : voudrait-il l'aider au stand où, avec des amis, elle confectionne des cônes en carton destinés à servir de porte-voix ? « Merci, mais je cherche mon fils. » Ayant zigzagué entre des garçons et des filles prenant place pour le concert du soir, il s'arrête longuement, mains derrière le dos, à lire et relire sur le sol : « MAIS COMMENT ATTENDRE QUAND LE MONDE TOMBE ? » Ce romantisme, mmm. La nuit approche. Elle rejoint la conscience de ces gamins. C'est bien, la nuit. La nuit on tient le monde. Les écrivains travaillent la nuit. Travaillons.

C'est peu après qu'il avait publié son dernier livre, qui ne s'était pas bien vendu. Le bureau de son ordinateur était encombré de dossiers comprenant des débuts. Lui dans son fauteuil, bouteille de vodka sur le sol, grattant le crâne de Guillaume : — Paris, sans cesse secoué de haines ! Manifestations, attentats, grèves, casseurs… On a monté la France contre Paris, elle monte à Paris pour s'en venger.

Gabrielle : — Ma grand-mère était moins chochotte, dans Londres bombardée. J'ai retenu de mes années de mauvaise élève que Paris a toujours été haï. Et par le pouvoir, pour commencer. Louis XIV la détestait, c'est bien connu. De Gaulle, disait ma grand-mère qui, fortement anglaise, le tenait pour un bouffon, a envisagé d'établir la présidence de la République au château de Vincennes. Ton fils le dit, les grandes écoles expédiées en banlieue ou en province.

Victor : — Et les hordes qui ont attaqué les monuments ? Mmm ? L'Arc de triomphe martelé… Les poubelles vidées sur la flamme du soldat inconnu… Les arrêts de bus fracassés, les voitures brûlées… Les commerçants défendant leurs vitrines accusés d'être des *Parisiens* et tabassés… Parisien, dégueu !… Pendant des mois, le centre de Paris bloqué par des camions grillagés… Les places bouchées par des murs anti-émeutes de quatre mètres de haut… Et nous ahanant pour aller d'un endroit à un autre… Ce qui s'est passé, pour la première fois dans l'histoire de France depuis Vichy, c'est que la France a déclaré la guerre à Paris. Eh ! La notion de Paris n'est pas démocratique.

Gabrielle : — On va dans le XXIe dimanche ?

Victor : — Lequel ? La Corse, Ré ou les Puces ?

Gabrielle : — J'ai besoin d'objets pour une exposition sur l'envers et l'endroit.

Victor : — Tu pourrais me trouver un nouveau fauteuil. Je veux remplacer celui-ci que tu m'as fait acheter il y a dix ans. Un confortable en bon vieux bois, mmm ? Coûtera pas cher… L'effondrement intellectuel du pays se remarque à l'effondrement du prix du mobilier. Les Français ne veulent plus d'ancien joliment fabriqué… Du verre, du métal, de la série !… Idem les livres, du numérique, ça laisse de la place sur les murs pour les écrans… Un buffet Louis XVI ? cinq cents balles. Bourgeoisie ? Plus de bourgeoisie. C'est pas jojo. Mmm…

Gabrielle haussa les sourcils, mais peut-être était-ce pour Xanax qui venait, posément, langoureusement, énormément, de s'installer sur le livre d'art qu'elle tenait sur les cuisses. Elle répondit à Victor, la raucité ronronnante de sa voix en partie adressée au chat, qui sait ? : « Il me faut une assez grande quantité de cadres en bois doré pour les faire démonter puis installer tout autour des murs de la galerie. Ce sera comme si on était placé derrière un des tableaux de *L'Enseigne de Gersaint* de Watteau et qu'on regardait les acheteurs, tu vois ? »

Je m'étire et bâille, exhibant à l'univers mon palais en charpente rose. C'est sur le dos que je dormais, les quatre jambes en l'air : le chat orant. Prions notre Dieu, le Gigantesque Chat en Plastique Peint Faisant le Tour de la Terre. Il m'ordonne de me préparer pour la bataille. « Xanax ! Pas le fauteuil ! » Dehors, l'orage fait un bruit de meubles qu'on tire sur le parquet.

....

Victor avait recueilli des bons mots Mattromer dans l'idée qu'ils pourraient servir à un prochain livre. L'esprit courait chez ces femmes. Quand un ami rapportait certaines de leurs répliques, Gabrielle écoutait les paupières baissées en souriant bénignement, comme pour marquer à la fois sa modestie et qu'elle reconnaissait le bon goût des citeurs. Le fichier ne spécifiait pas à laquelle appartenaient les sentences. À aucune en particulier, aussi bien, puisqu'elles participaient toutes d'une même manière de penser. Si chacune avait une façon bien à soi de lancer ses répliques, Irene d'un ton ferme et souriant très « no-nonsense » qu'elle avait, selon sa fille, acquis dans ses années d'infirmerie (avant cela, comme tellement d'enfants de son milieu, elle sentait de son devoir de bafouiller), cette même fille, Ismena, le faisait en rafales atonales assorties à ses gros yeux de grenouille, Gabrielle d'un air rêveur, l'air de rien, avec une sorte de point d'interrogation à la fin, pour donner l'impression qu'elle hésitait, tout en laissant à sa voix grave une continuation de prééminence, Irène, la plus jeune, en effectuant de vifs serrages de nœuds de sa claire et mélodieuse voix, ce qui plaçait souvent l'auditeur dans un espace de doute, toutes exprimaient une semblable vision de la vie. Victorien avait dessiné une allégorie : une hydre argentée dont chacune des têtes portait, au bas du cou, un écusson aux prénoms d'Irene, d'Ismena, de Gabrielle et d'Irène, et qui émettait des phrases à l'intérieur de flèches ou de fleurs. « Comment elles portent toutes le même nom ? avait-il répondu à l'étudiant des Beaux-Arts qui lui rendait son dessin. L'arrière-grand-mère anglaise d'Irène, Irene, a épousé un Mattromer, sa fille Ismena porte donc ce nom et l'a gardé parce qu'elle n'a jamais voulu épouser le père de Gabrielle qui était trop riche. Si, si, trop riche. Elle se détestait d'avoir la possibilité d'acheter facilement des choses chères. Le snobisme étant sa passion principale (ce qui, joint à une grande humanité, a rendu celle-ci plus efficace), elle a préféré vivre avec un aristo fauché qui n'a jamais pu divorcer d'une femme dépressive-terroriste.

Il sortait Ismena dans tous ses dîners, l'amenait en vacances, tandis que la dépressive-terroriste l'asservissait au mariage avec l'aide d'un prêtre blême, aux tempes rasées, au regard glaçant, qui reniflait la donation. Sa fille Gabrielle par conséquent Mattromer a eu Irène d'un homme qui ne lui a servi à peu près qu'à ça et n'a pas eu à la reconnaître, d'où la mère restée et la fille devenue Mattromer. Gabrielle a ensuite divorcé d'un mari fade puis entretenu une longue liaison transatlantique avec un galeriste de Manhattan demeuré pour elle un vieil ami. C'est une famille bordélique qui donne un grand sentiment de liberté aux autres. » Extraits du fichier « Bons mots Mattromer » :

« Paris, c'est quarante rues. Pour obtenir ces quarante rues, il en faut quatre mille pendant longtemps. »

« Paris est la capitale de la patience. »

« La preuve de l'esprit de résistance à Paris, c'est au moment de l'addition. Je connais cinquante personnes qui se tueraient plutôt que de payer. »

« L'avenue Foch, ça fait Nice. »

« Paris au mois d'août, on traverse tout en cinq minutes, on se croirait en province. C'est sinistre. »

« En arrivant à l'aéroport de Figari en juillet, on a l'impression de pousser la porte du Yen, rue Saint-Benoît. »

« Les vacances lointaines servent à dire du mal de gens dont on ne peut pas dire de mal à Paris. »

« Dans une ville comme Paris, tout change tous les cinq ans. En province, tout reste identique pendant cinq cents ans. »

« Paris n'est pas vantard. Il n'en finirait plus. C'est cette absence de vantardise qui passe pour de l'orgueil auprès des plus bêtes. »

« Je ne suis allée chez les X..., dont les dîners sont ennuyeux comme des portes, que pour le plaisir que Z... qui n'était pas invitée le sache. »

« À Paris, quand on annonce de quelqu'un qu'on l'aime beaucoup, les canons sortent des écoutilles. »

« On veut réussir à Paris pour s'insérer dans un passé. On veut réussir à New York pour créer un avenir. »

« Quand les gens n'habitent pas Paris, on les croit purs. »

Il existe un second fichier, « Gabrielle sur les riches ».

« Elle est si riche que quand elle ouvre son coffre elle tombe à la renverse. »

« Chez les riches, les portes ne font pas de bruit. »

« Elle est si riche qu'elle se fait faire des œufs au plat sur mesure[1]. »

« Il est riche. Il soigne son cancer avec de la salade. »

« Les riches ne sont jamais sortis de la cour de l'école. »

---

1. « Victor : — Quel bon titre ça ferait ! Gabrielle : — Je te l'offre. » D'où, dans son dossier *Projets de livres*, un fichier intitulé « Œufs au plat sur mesure » (vide).

« Les riches ne se contentent jamais d'être riches. Ils veulent être obéis. »

« Les riches ne veulent pas mourir. »

À une période où l'esprit s'enfuit de Paris comme une strip-teaseuse dans un congrès de talibans, servira à rien, pensa Victor ; et il jeta les deux fichiers à la corbeille. Il lui fallait un sujet, un sujet, un sujet ! Le bruit froissé de la corbeille se vidant lui procura un plaisir déplaisant, qui lui plut de ce déplaisir même. Ayant manqué de renverser sa bouteille de vodka d'un coup de pied, il enfila malaisément un manteau. Guillaume frétillait devant la porte. Il le repoussa du bout du pied. Son manteau boutonné de travers, il avance par à-coups, précipitamment, puis traînant le pied, s'arrêtant, repartant, trébuchant. Si peu de voitures… J'ai connu Paris grondant d'énergie… On en a fait un Ehpad… Khadija, sinistre maire !… Bruit de friture sur le bitume mouillé… Feux rouge et vert alternant au croisement… Alignement de trois croix vertes de pharmacies qui clignotent… Deux taxis se suivant, silencieux ! silencieux !… Voitures électriques furtives comme des squales… Travaux de câblage… Boas souterrains pour nous étouffer de conneries instatok !… Un taxi signal vert, l'autre signal rouge… Ces couleurs primaires auraient plus étonné nos ancêtres que le numérique… Grosses couleurs !… Mauvais goût !… Long bruit de klaxon où ça ?… Tuyau de l'avenue…

Lampadaires projetant un faible miel... Ah, les éclairages de Paris avant qu'on ne les change !... Les places dansaient comme des folles !... La grande belle fille en robe du soir et tiare de diamants est devenue une petite vieille poussant un balai dans une masure. Siècle des Lumières pff... Siècle des Lumières éteintes !... Mmm... J'aurais dû emporter une fiasque. Se tournant sèchement en direction du panneau publicitaire illuminé de l'arrêt de bus où il venait de s'asseoir, il aperçut son reflet dans un noir de la photo. Oh putain j'ai trop bu. Ou pas assez. Mmm... Dans le bus vide à part un jeune couple d'Asiatiques qui jouait silencieusement avec les paumes des mains, il regarda d'un œil morne les vitres hersées de pluie. « PALAIS DE LA DÉCOUVERTE », annonça une voix de femme enregistrée. Un homme hirsute, sale et ivre entra bossûment. Je finirai comme ça, se dit Victor qui se redressa d'un coup. Les gouttes firent un soleil de la lumière d'un lampadaire. Alors que le bus ralentissait près du Théâtre du Rond-Point, l'homme saoul : « À votre gauche, le fameux salon de coiffure Chmchfr... » « ROND-POINT DES CHAMPS-ÉLYSÉES – FRANKLIN ROOSEVELT. Afin de pouvoir accueillir de nouveaux voyageurs merci d'avancer dans le fond du bus. » Pas foutus parler français. Feu s'enclenche : étoile de gouttes vertes. Dans une allée boisée, une déesse de marbre tendait perpétuellement son arc. Mmm... Les statues s'entêtent. Le bus dépassa un arrêt, « LA BOÉTIE-PERCIER – SAINT-AUGUSTIN. » Sous une statue de Jeanne d'Arc, trois voitures et deux motos de police étaient arrêtées, plusieurs agents faisant passer un alcootest au jeune conducteur d'un scooter. Victor déchiffra, assez péniblement, un sticker de place réservée aux handicapés, puis, levant les sourcils pour entraîner les paupières supérieures et le regard à l'extérieur, une plaque émaillée : « RUE DE ROME. » Un passager entra dans le bus, suivi de l'annonce : « N'oubliez pas de valider votre ticket dès l'entrée à bord au risque d'être verbalisé. » Au risque de à la place de sous peine de, mais quel con leur écrit ces trucs ?... Élégante, la plaque. Un point après le mot Rome... Ça rappelle les livres du XVIIIe siècle où on posait un point à la fin des titres. Paris pose des points. Il décide du bon ton. La netteté parisienne. La province (les régions, pff !) n'est que locutions annonciatrices et ricochets adoucissants... « Té, on y va »... « Allez, d'accord »... On tient le propos à distance... Surtout ne pas avoir l'air intellectuel. Et puis on s'y emmerde, faut pouvoir bavasser. Le chauffeur de bus interpella une femme qui, venant d'entrer, s'avançait vers l'arrière : « Bonsoir ! » Elle progressait encore. « BONSOIR ! » Elle sursauta, fit demi-tour et se précipita vers la cabine : « Bonsoir, monsieur, bonsoir, pardon, monsieur, euh, pardon, euh, vous sauriez où je dois descendre pour la rue, euh... » Il prit un virage en tenant son volant comme s'il étranglait la femme. Tout le monde sauf Victor descendit à l'arrêt suivant. Seul dans le bus, dans ma tournée mondiale du rien à penser, rien à dire, rien à publier ! Éditions Nulàchier !... La place de l'Europe a l'air d'un parapluie ouvert ayant perdu sa toile. C'est dans cette portion de la rue de Rome que Mallarmé habitait ? Penché sur son téléphone, louchant par instants, reculant l'appareil, le rapprochant, ôtant ses lunettes à épaisse monture noire qui, jointes aux longues rides de ses joues, lui donnaient l'allure d'un intellectuel égyptien de 1960 bien plus que d'un Cheyenne, disait Gabrielle, il apprend que Paris, deux millions cent trente-neuf mille habitants, perd 0,5 % de population par an depuis dix ans, 37 245 habitants durant les cinq dernières années, ben merde, où est la calculette ? 7 449 habitants en moins par an, 20 par jour. Mmm… Vingt par jour, ça ne se remarque pas. C'est sans doute comme ça que Rome s'est dépeuplée entre les invasions gothiques et la Renaissance. Mine de rien, en quelques siècles, plus un temple, des pierres barbues d'herbe. On est passés de Maurice Chevalier Paris je t'aimeu je t'aimeu je t'aimeu à Taxi Girl Paris ça s'épelle m, e, r, d, e… « Monsieur ! Monsieur ! MONSIEUR ! Terminus ! – Oh putain, je m'étais endormi. Pardon. Mmm… Au revoir monsieur. » Descendant sur la place de la Bastille, il se trouva nez contre le dos d'une vieille femme en cape vert kaki. Comme il l'esquivait, elle se retourna en feulant avec un regard sanguinolent et venimeux. Un arrivage de gitans, se dit-il. Oh. Mes excuses au politiquement correct ! De *romani* ! Devait pas coûter si cher, quand Beaumarchais créchait ici. Vue sur prison ! Ah, le stalinisme de Louis XIV !… Je connais à peu près par cœur le passage des mémoires de Saint-Simon sur l'inspection des prisons à sa mort… « Parmi ceux de la Bastille, il s'en trouva un arrêté depuis trente-cinq ans, le jour qu'il arriva à Paris d'Italie. On n'a jamais su pourquoi, et sans qu'il eût jamais été interrogé, ainsi que la plupart des autres. On se persuada que c'était une méprise. » Ils avaient l'erreur sans remords, à l'époque : on lui annonce sa libération sans la plus petite compensation. Suit une des remarques les plus tristes que je connaisse : « Il demanda tristement ce qu'on prétendait qu'il en pût faire. » Il n'avait pas un sou, ne connaissait personne à Paris, « pas même une seule rue » (pas même une seule rue !), ses parents d'Italie avaient dû mourir depuis longtemps. « Il demanda à rester à la Bastille le reste de ses jours avec la nourriture et le logement ; cela lui fut accordé, avec la liberté qu'il voudrait prendre. » Malgré la vodka j'ai toute ma mémoire, ha !… Stalinisme peut-être, mais au moins le pays était tenu ! C'est une place calculée. On a le sens de l'espace public, en France… Une ville décente, ce sont des places. C'est-à-dire de la place. Perdue pour l'argent, gagnée pour l'organisation… Parfois le plaisir… Allez, direction Hôtel de Ville !… Mmm… Mmm… C'est devenu Montauban, cette ville. Pas un bistrot ouvert ! Comme c'est admirable, l'hôtel de Sens dans la nuit… Quelle majesté fantaisiste ! Comme on avait de l'imagination, en 1490 et quelques ! Ces deux tours d'angle

---

Quoi, tût tût ? Y a la place !… Vas-y, avance un peu, quoi ! Avance !… Putain !… 'Culé !

---

avec des chapeaux en ardoise, le bois des lucarnes peint en rouge, le désordre de la façade, mais qu'appelle-t-on ordre ? La funeste symétrie qui a ensuite pris possession de la France[1]. Voici le dernier éclat de l'imagination féerique de Paris : l'arrière du bâtiment, régulier, annonce le classicisme et son esprit d'obéissance. Que Paris a dû ruser pour survivre ! Qu'une capitale a du cœur ! Rodrigue, as-tu du pinard ?… Ah merde je rentre. Taxi !

— T'as vu comme il est beau, ce mec, avec ces deux longues rides d'Indien aux joues ? — Il a l'air méchant, je me le ferais bien !

---

1. « Les Parisiens, peuple d'angoissés. Voyez-nous, tout minces, tout serrés, tout pâles, le regard vers le sol, condamnés s'affairant ! L'angoisse vient de la symétrie, qui a pris possession du pays à partir de Louis XIV. Doublement d'angoisse grâce à Napoléon, triplement grâce aux instituteurs de la Troisième République. Ils ont tracé des jardins en damiers, organisé l'instruction comme une caserne, mais la cause initiale est la conformation du pays. La France est un carré. Les Parisiens craignent qu'elle ne se plie en deux, de là en quatre, puis en seize, puis en trente-deux, et disparition. La France ne tient qu'à un clou. Ce clou est Paris » (Victor Vonnevy, *Tristes trains d'onze heures*).

T'as deux sortes de préjugés dont la haine se régale : les absolument négatifs (les Arabes qui ne foutent rien), les absolument positifs (les Juifs très intelligents). Nous autres rats on jouit des deux : on nous accuse de transporter des maladies, mais y a toujours quelqu'un pour ajouter qu'on est redoutablement intelligents (je pensais que c'était la connerie qui était redoutable, mais je dois me gourer). Un romancier écrit sur nous des romans redoutablement erronés et transportant de graves maladies stylistiques : ça l'autorise à donner des cours d'écriture dans des master classes à trois mille balles la semaine. Dans cette cour humide entourée d'immeubles au crépi lézardé, pas une épluchure. Les pauvres conservent tout. Y a que les pigeons pour être contents. Pas besoin que je rappelle l'expression « couillon comme un pigeon », hein ? Regardez, tout en haut, sur le bord de la gouttière, oui, là, celui qui tend le cou. « Pigeons, pigeonnes ! J'ai entendu vos revendications ! Il a pu m'arriver de vous heurter par des roucoulades intempestives, mais tout ce que j'ai fait, je l'ai toujours fait pour la Pigeonnie ! » Moi, je boycotte. Retournons chez les rupins.

Une forme luisante s'enfonce dans une grille de trottoir. D'un appartement aux fenêtres ouvertes (tapis pendant comme une langue de chien harassé) jaillit un air de piano. Un homme à une fenêtre en face, arrêtant de fermer les volets, écoute. Derrière lui, une femme débarrasse la table. Soudain, ouvrant la bouche, elle lâche les couverts qu'elle tenait et qui tombent en pluie : une souris !

....

Dans la chambre de bonne (neuf mètres carrés, septième étage, zéro ascenseur) qu'il loue six cents euros par mois en espèces près du boulevard Bessières à la frontière septentrionale de la ville... Note pour les lecteurs futurs : six cents euros par mois était très cher ; un tiers du salaire minimum légal, un cinquième de la valeur du sac en cuir de grand faiseur que convoitait Wilson, le prix de l'injection d'acide hyaluronique semestrielle de Gabrielle. Wilson, en caleçon et T-shirt sans manches (peau mate, cuisses très musclées, lisses et satinées), consulte un ordinateur portable, assis à son unique chaise, près d'une petite table en bois blanc où une enceinte diffuse en Bluetooth une musique produisant une sorte de crissement au fond de l'eau. Une étagère en bois blanc supporte une console de jeux pareille à un crabe, c'est-à-dire à la place Saint-Pierre de Rome, quelques livres d'histoire de l'art, des serviettes-éponges bien pliées, plusieurs rouleaux de Sopalin et, grosse comme six d'entre eux, une boîte cylindrique de compléments alimentaires. Le fin canapé pliant en tissu synthétique à motifs géométriques orange et turquoise s'y appuie, tandis que, dans une avancée, ce minuscule placard qui ouvre par une porte accordéon contient un lavabo en plastique, un miroir à cadre beige et des toilettes escamotables sous un pommeau de douche. « "Je t'aimais inconstant, qu'aurais-je fait fidèle." Expliquez le phénomène de l'ellipse. Remplissez les espaces entre crochets. "Je t'aimais *[...]* inconstant, qu'aurais-je fait *[...]* fidèle." » Tintement. Wilson regarde son téléphone du coin de l'œil. « Zeugme. "Savez-vous le crime et qui vous a trahie ?" » Ma façon de gagner de l'argent à Paris était tout à fait envisagée quand j'ai quitté São Paulo. Après en avoir perdu beaucoup à cause de cet International French Trade Institute que j'avais réservé de là-bas et où les cours sont bien plus mauvais que ces leçons gratuites de rhétorique française sur Internet, j'ai tenté le gardiennage : tenu par les Portugais et les Serbes. L'infirmerie : les Antillais. (De toute façon je n'ai pas encore de papiers.) Les ménages : les Colombiennes. À nous les Brésiliens que reste-t-il ? Boulevard Sébastopol, je me suis assis sur un banc en face d'un sauna. Mon premier client a été très gentil. J'ai révisé mes prix, je reçois ou je bouge, limite : le crade. Les cours de l'Institut français de

Gastronomie sont chers mais sérieux. Hé !... Ça va ?... Code 51B9, sixième étage. Je vais bientôt tenter l'omelette norvégienne. Salut !... Tu veux un scénar entretien d'embauche ? Tu aurais dû me prévenir, j'au... j'aurais préparé. Je dis bien en français ? Asseyez-vous. Alors vous venez pour le poste ?... Il faut être très engagé dans l'entreprise. Plaire au client. C'est très délicat, de vendre des slips. Vous allez essayer. Déshabillez-vous et mettez... mettez... celui-ci. Pas trop haut. Laissez-moi... voilà. Penchez-vous en avant, que je vérifie l'élasticité. Bien. Plus bas. Je vais baisser le slip... Ah, tu es bien... ! Etc. Salut, à bientôt ! Le gênant n'est pas le sexe, mais l'argent, enfin, au début. Il y a ceux qui donnent avant et ceux qui donnent après. Les premiers, je ne sais pas si c'est pour expédier un geste gênant ou dans l'espoir de ne pas faire de ce qui va suivre la condition d'un paiement, les seconds... pareil. Il y a ceux qui tendent une enveloppe en regardant ailleurs, ceux qui disent « tu trouveras ce qui te revient sur la table en sortant », ceux qui disent « prends dans le tiroir ici » ; beaucoup plus rarement, les obsédés qui glissent les billets dans la poche de mon pantalon pour frôler une dernière fois ma bite. Un gentil m'a dit : « Que c'est joli, ce trait de nacre sous tes yeux ! on dirait une pelure d'asperge » puis posé un baiser sur mes lèvres tout en glissant les billets dans la poche intérieure de mon blouson. Le sexe est une comédie qui ne dépasse pas le temps de la transaction. L'argent dure. Il a existé avant, ayant nécessité du travail, il existe après, permettant de manger. Il protège le présent et parfois l'avenir. On le lègue. L'argent, c'est le Temps. Il y a parfois des jeunes honteux, toujours farouches, à moins qu'ils ne soient odieux. J'en ai eu un d'assez beau, blond, en costume, qui a été brutal au possible, avec un regard méprisant. C'est lui-même qu'il méprisait, il le savait sans doute. En partant, d'une main aux ongles rongés, il a jeté par terre trois billets en boule, l'épaule déjà engagée dans la porte. Il doit être bien malheureux. Oh là ! cinq heures ! Nouons une serviette-éponge en pagne autour de la taille et secouons la tête de côté pour chasser cette goutte d'eau de l'oreille. La nuit se délave. On essore les nuages. Le ciel devient gris. En bas, les trottoirs soulèvent le dos. Quelques camionnettes de livraison. Gris plus clair. Grondement du sol. Le dragon de la Capitale se met en branle pour la journée. Camionnettes, voitures, scooters, bus. Je me couche.

Rapport sur les équipements des uns et des autres

Abonnements à une salle de sport : Victorien Vonnevy, Wilson.

Achat de journaux ou de magazines en papier : Gabrielle Mattromer (*Art News*, *The Art Newspaper*, *Domus*, *La Gazette Drouot*, *Journal des Arts*), Ismena Mattromer (*Le Figaro*, *The World of Interiors*), Victor Vonnevy (*Rock and Folk*).

Abonnements à des médias d'information sous forme numérique : Victorien (podcast *AG/Artzine*, podcast *Fluently Fluid*, *Komitid*, podcast *Vies des artistes*, podcast *QueerStuff*), Irène Mattromer (podcast *Il n'y a pas de documentaires*, podcast *Documenteur*).

Abonnements streaming – films : Irène (*LaCinetek*, *Mubi*, *Tënk*, abonnement à la vidéothèque de l'avenue Parmentier, Paris), Victorien, sites pirates.

Abonnements streaming – musique : Irène, Victorien (*Spotify*), Gabrielle (*Qobuz*).

Applications téléphoniques payantes : Victorien (*Grindr*), Wilson (*Daddyhunt*, *Grindr*, *Romeo*, *Scruff*).

Automobile : aucun.

Bibliothèque : Gabrielle (principalement de livres d'art et d'essais d'esthétique, poésie anglaise et française), Ismena (important rayon de mémoires), Irène (aucune), Victor (quantité de murs de son appartement), Victorien (quatre rayonnages avec des livres de poche, plusieurs livres d'art, *Les Antécédents idéologiques de la calandre de Rolls-Royce* étant montré de face, quelques mangas d'enfance).

Climatisation : Gabrielle (galerie et appartement), Victor.

Comptes ouverts chez des commerçants : Gabrielle (loueur de voitures au marché Saint-Germain – pour la maison en Normandie retenue d'un divorce, Ismena ayant vendu jadis la maison du Kent ; les femmes Mattromer ont le permis de conduire, aucun des autres).

Téléphone portable à clapet : Ismena, Victor.

Télévision : Ismena (chambre), Gabrielle (chambre), Victor (chambre, séjour).

Souscriptions musées : Gabrielle (Amis du Musée national d'art moderne, Amis du musée d'Art moderne, Member of the Contemporary Arts Council/MoMA), Ismena (Amis du Louvre).

Vélib : Victorien, Wilson.

Dans un aquarium, un petit poisson à forme de francisque flottait. Les croissants mordorés qui parsemaient ses flancs améthyste, sa nageoire dorsale vert citron, son monocle vermeil ne prenaient de brillance que si, remuant une éponge, la murène filant laissait venir un éclat de lumière sur lui. Immobile, il rêvait. Songe atroce ! Dans le local d'une association politique sentant le renfermé, un écrivain donnait une conférence. Il émettait des avis moroses et suffisants, étant prétentieux, ce qui se remarquait même muet à son aspect paquet de chiffons sales. Marmonnant, il malveillait. Tout de lui semblait baver, ses cent huit cheveux, ses yeux glauques, ses joues mal rasées, sa bouche en forme d'estuaire de la Gironde ainsi que ce qui en tombait, salissant comme des eaux usées. Il se croyait exceptionnel mais incarnait le furoncle du siècle : la vindicte lâche. Si (ce qui arrivait rarement), quand il avait injurié quelqu'un, ce quelqu'un répliquait, il se plaignait d'être persécuté. « Je plaisantais ! On ne comprend rien à l'humour ! » Et il faisait téléphoner son agent, son éditeur, ses amis, sa secte, pour détruire celui qui n'avait fait que se défendre. Il était très vain de son abjection. Je suis l'Étron ! semblait-il dire, et il attirait un nombreux public de mouches. Noires, chafouines, elles tournaient autour de ce dieu, de la bouche de qui tombaient aussi des asticots. Accouraient des garçons et des filles d'apparence confortable, qui le regardaient en souriant de satisfaction. Que pensez-vous, étudiant d'école de commerce à mèche ? « Oh ! c'est délicieux ! Nous le méprisons. Il écrit comme une serpillière. Il a des idées de serpillière. Je vous conseille d'écouter ses généralités péremptoires avec mauvaises notes à celui-ci et celui-là ! Mieux que du stand-up ! Moi j'appelle ça du stand-down. Il n'est pas désagréable d'admirer quelqu'un qu'on sait au-dessous de soi. Utile comme un chien méchant, il exprime des horreurs que nous n'osons pas formuler. Nous sommes bien plus orgueilleux que lui, mais il ne le sait pas. Chut, chut, il vient de baver plusieurs asticots ! » Le conférencier parlait avec une affectation de lenteur accompagnée, c'était sa ruse, car s'il était inintelligent il surpassait Napoléon en stratégie, d'une mine défaite qui anesthésiait les rires. Il se gratta la poitrine, émit un rot poussif. « Zon, zon, nous le méprisons, nous le ballet des moucherons ! Zon, zon, zon ! Il fait des prédic-ti-ons, comme toujours à la con ! De désola-ti-on ! Les gouines de gauche (son expres-si-on) organiseront notre colonisa-ti-on, mais qu'il est con, mais qu'il est con ! » L'écrivain leva un œil d'une méchanceté dense : lentement, souplement, les eaux usées de ses phrases remontèrent vers lui, s'entortillant, se mêlant à lui qui se fondit avec elles en une gigantesque murène verte qui donna des coups de queue, décapitant les humains. Francisque souffrait de son cauchemar dans un fracas qui n'était entendu que de ses semblables, destinée des poissons. Les rafales qu'il émettait en frottant les dents signalaient un danger qui n'inquiétait pas ses semblables, habitués à ses mauvais rêves. Un ange royal qui fonçait en se déhanchant follement dit, par l'action de sa vessie gazeuse : « C'est pour compenser ça que Poséidon nous a fait des branchies en forme de sourire ! » Le remous porta Francisque contre l'antenne d'un homard qui avait l'air d'un samouraï. Se réveillant, il fit un bond, toutes ses couleurs chatoyant d'un coup, s'excusa, le homard répondit : « T'inquiète, ça roule. – On est quand même bien à Paname, ajouta une dorade. Ville à forme de dorade, comme vous le savez. Voilà pourquoi cet endroit par Jules César nommé Lutèce avait été voué par les Gaulois à la déesse-poisson Borva, car Lutèce, alors une île et de forme déjà doradesque, cette dorade en grandissant a gardé sa forme (malheur à qui modifiera la forme de la ville !), tenait ce nom latin d'un mot gaulois signifiant la "boueuse". À ces poseurs de Parisii qui ont jugé élégant de changer de nom en s'arrogeant celui de Pâris le prince troyen, je rappellerai que Paname a été, est, et restera dorade ! »

....

Descendant de l'étage des combles pour prendre l'ascenseur au septième, Victorien tira la langue devant la porte de son voisin du dessous qui se plaignait du bruit, quoi, du bruit ? Si on ne peut plus mettre la musique à fond à trois heures du matin avec des potes un peu défoncés, la France est morte, comme dirait mon père ! Au rez-de-chaussée, il chantonnait. Personne n'avait crié « ascenseur ! » (on ne criait pas, dans ce quartier), lorsqu'il l'avait bloqué pour graver de la pointe de sa clef, sur la porte en métal : « LE MONDE DE JEAN GABIN EST MORT » (lettres pointues, l'O en losange). Adolescent, il avait été soupçonné par son père d'avoir écrit, sur la porte d'alors (placage de bois), « SARKOZI » puis, en dessous : « YOHAN GOURCUF », puis, encore en dessous, énorme : « BITE. »

L'hiver chauve avançait dans les avenues, faisant frémir les feuilles des arbres sur son passage. Elles brunissaient d'un seul coup et tombaient par terre, sans un balancement, sans une mélancolie, mortes, mortes, mortes, ne provoquant qu'un regard concentré des vieilles dames s'apprêtant à traverser. Des balayeurs à oreillettes fourrées les rassemblaient en cherchant une rime à Sisyphe. L'Assemblée nationale dont Victorien était allé recouvrir à la bombe, sur le côté (aucun flic), une borne en béton d'un bonnet phrygien, était tapotée par une petite pluie molle, d'une espèce que son père, ce matin, avait qualifiée d'« humiliante ». La place du Palais-Bourbon, très accessible et pourtant très mal connue, à cause de la façade de l'Assemblée côté Seine, la plupart des gens ne font attention qu'à ce qui est de face, reste, quoique moins que jadis, une des places influentes de la ville, lui avait expliqué Victor quand, plutôt que de l'amener chez Disney, il lui expliquait les places de Paris. Y habitaient un nouveau riche de la télévision, des toujours riches de l'aristocratie, des descendants de la collaboration et un fleuriste ayant fait fortune, enfin c'est pas la gauche, se dit Victorien qui votait extrême gauche ou ce qu'on appelait ainsi. Boulevard Saint-Germain, passée la portion éteinte par les bâtiments du ministère des Affaires étrangères et celle des boutiques de cuisine, il parvint dans l'ancien quartier de l'édition, d'où la plupart des maisons avaient déménagé après avoir été rachetées par des groupes se désintéressant de la culture des lieux, sinon de toute culture. Ils les avaient envoyées aux Provinces extérieures (disait Victor), dans des tours, open spaces, flex office, virtual modulations, enfin de joyeux endroits éloignés les uns des autres, au contraire de la noix de Saint-Germain-des-Prés, puisqu'il s'agit de séparer les êtres, dont la proximité gêne le pouvoir (disait Victorien). Plissant le visage au passage d'un convoi de voitures de

---

OK, OK, ben, profitez bien en tout cas... Ben j'me suis dit... J'ai pas laissé les déménageurs tellement je tiens à ce genre de truc, c'est pour ça que si l'étagère...

---

police fonçant sur le boulevard toutes sirènes hurlantes, il nota du coin de l'œil, dans une rue adjacente, la maison qui publiait son père, minuscule entre d'immenses magasins de vêtements à vitrines de cinq mètres de haut et d'autres qui, grues, marteaux-pilons, gravats, sexy jeunes ouvriers noirs à casque, se déployaient comme des Transformers prêts à l'assaut contre le Livre : que tout devienne luxe, calme et vulgarité ! Sur le trottoir entre la cathédrale ukrainienne et la dernière librairie subsistant, deux petites filles sous un parapluie cloche transparent perlé de pluie, en doudoune et bottes fourrées, se tenaient face à face et sautaient en rythme. Victorien sourit. Son père, qui venait de passer dans l'autre sens, avait haussé les épaules. Irrité de la pluie qui, jointe à la bise refroidissant son long nez, mouillait ses lunettes, Victor avait pensé : « Pluie. C'était bien la peine que les Anglais foutent le camp de l'Europe pour que Paris gagne le climat de Londres ! » Au bout d'une laisse, fringant comme une clochette et ravi d'avoir sa truffe, jusque-là sèche et ridée comme une morille, fraîche et luisante comme un piano, Guillaume avait pensé : « Pluie. Pluie. Pluie. Pluie. Pluie. Pluie. Pluie. Pluie. Pluie. Pluie. Pluie. Pluie. Pluie. Pluie.

On l'a laissée en télétravail à La Rochelle !

Pluie. Pluie. Pluie. Pluie. Pluie. Pluie. Pluie. Pluie. Pluie. Pluie. Pluie. Pluie. Que c'est gai, ces gouttelettes giclant en perles sous l'effet de mes pas ! » Tout en marchant, encapuchonné et épaules levées, Victorien nota dans son téléphone, pour d'éventuels pochoirs sur trottoir :

La pluie pic.
Le soleil boxe.
La neige coulle.
Le vent ricanne.
La pluie est un encombrement.

Devant l'église Saint-Germain-des-Prés, un fourgon sommeillait. Des badauds tendaient le nez pour voir si on enterrait un connu. Cette église rustique et moche irait bien sur la place centrale d'un petit village campagnard, se dit Victorien. C'est pas Saint-Étienne-du-Mont. Ah, *Saint-Germain* ! Le VIe arrondissement ! Ehpad de vieille élite ! Fake bistrots intellos pour touristes ! Show-off de flagships ! Je veux le vrai snobisme, moi ! De l'entre-soi de gens sûrs d'être bien ! Habiter un ancien quartier ouvrier qui donne le sentiment de ne pas être bourgeois même si c'est 18 000 euros le mètre carré ! Et s'il peut y avoir deux-trois dealers à quelques rues, total fun ! À moi, XIXe, XXe, Botzaris ! La

---

Il faudrait que tu me dises c'est quoi la différence entre un tourniquet et une roue sur une poulie. J'arrive pas à comprendre pourquoi c'est si autant plus dur

---

possibilité de toiser ceux qui m'enseignent ! Des rues à assoces ! Des restaurants alternatifs ! En descendant la rue des Beaux-Arts, il joua au terrible petit dilemme : vais-je d'abord regarder l'école ou bien la galerie de Gabrielle ? « Thimotée ! » L'appel de ce prénom lui fit tourner la tête vers l'École des beaux-arts. Lorgnant entre les deux piliers coiffés de têtes représentant des artistes du passé avec une laideur injurieuse, il ne vit pas ledit Thimotée, cet autre élève de l'école, à qui une cicatrice en éclair descendait du front à la pommette. Elle lui donnait un aspect viril et combatif, attendrissant ce que ses pommettes obliques, ses yeux effilés, sa grande taille et sa musculature pouvaient lui donner d'inquiétant. La noirceur abîmée de sa peau émouvait Victorien. On lui avait rapporté que c'était la mère du jeune garçon qui l'avait scarifié, non pas rituellement, mais le jour où, dans la cuisine, il lui avait révélé être gay. Elle avait pris un couteau dans un tiroir et, après l'avoir calmement balafré, avait dit : « Aucun homme ne profitera de la beauté de mon fils. » Victorien qui devenait volubile et emphatique en présence de Thimotée s'était désintéressé de lui dès qu'il avait appris qu'il était gay. « Je n'aime que les bi. » Ayant constaté que la galerie de Gabrielle n'était pas ouverte et arrivant déjà, divin miracle, place des Victoires, il sourit aux éclats. Ce sourire ! Il déchirait les brumes. Quand Victorien souriait, tout en haut de son mètre quatre-vingt-dix, dans cette tête ovale et longue au nez cabossé, aux yeux tombants, les mêmes que son père, à sa rage, au fait a-t-on jamais les mêmes yeux qu'un autre si l'esprit qui les anime est différent ?, les têtes se tournaient vers lui. Un dieu paraissait s'exprimer : le plaisir existe, la gentillesse, la paix ! Il était châtain, ce sourire lui donnait l'air blond. Dans ce sourire, ses dents. Des dents, comment dire ? nombreuses. Non qu'il en eût plus qu'un autre, mais elles étaient si réussies qu'on les remarquait, quand en général c'est un élément des corps sur lequel nous nous employons à ne pas attarder nos yeux. Très blanches, très lisses, proportionnées à la bouche, régulières, d'une régularité humaine à laquelle les fausses dents n'atteignent jamais, incisives et canines légèrement bombées en haut, droites en bas, on s'affolait à ne savoir quoi fuir de ce visage, dents, yeux, fossettes, qui, nous aimantant, nous faisait le fixer du regard, nous rendait grossiers. Il portait des couettes. Sur son visage brillant de crachin, sa fine moustache et ses doubles fossettes aux joues lui donnaient un air viril et ironique. Il n'était ni l'un, ni l'autre. Il changeait souvent d'aspect ; il sortait d'une période moustache à la Napoléon III, avant cela d'une période Julia Roberts et, sur le fond d'écran d'Irène, il porte une barbe de trois jours, des cheveux rasés, un anneau d'oreille en or et une ample chemise en soie parme. « Tu es maigre comme un loup affamé,

---

Moi déjà je trouve que enlever Yves à Saint Laurent…

---

lui dit-elle en lui pinçant la taille. – Touche ça », dit-il, et elle reconnut la dureté de son biceps. Pour son teint pâle, il avait un oncle à Marseille qui, quand il le voyait, l'accueillait toujours d'un : « Alors, Parisien, on manque de vitamine D ? » Il le haïssait, cet oncle. Non parce qu'il avait le vice de la taquinerie, laquelle n'est jamais qu'une expression gaie de la méchanceté, mais parce qu'il entrait dans un stérétotype : le méchant jovial. Il tapotait la tête des enfants, éclairait les endroits où il se trouvait d'un sourire franc, était sportif, *simple*, proche des gens, efficace. Un détail de son visage contredisait sa comédie, disait Victorien : l'œil, petit, plissé, acide. Parmi les chefs d'État, deux de ces méchants joviaux à bonnes joues en pommes reinettes avaient régné en même temps, Ronald Reagan et Jean-Paul II. En embrassant Victorien, Irène remarqua un fin maquillage. Si on déroulait la condensation de réflexion qui se fit en elle dans cet instant, on obtiendrait quelque chose comme : « Au naturel, son teint est son défaut : il est au bord du terne, mais tout passe quand il allume son sourire. »

Irène : — C'est joli, ton vernis à ongles jaune.

Victorien : — Tu as fini la biographie de Francis Bacon ?

Irène : — Elle m'a donné un coup. Ma mère, ça va ?

Hé ! hé ! hé ! Y en a trois des chinois dans le coin. C'est cher ici. Y en a un il est juste devant nous.

Victorien : — La galerie était fermée.

Irène : — Tu l'aides toujours à l'accrochage pour lequel elle a demandé une préface à ton père ?

Victorien : — Heureusement qu'il y a ça pour la sortir de sa folie avec son gigolo, si tu permets.

Irène : — Il n'y a qu'elle pour croire que personne n'est au courant.

Victorien : — Il est vrai que tant que personne ne le sait officiellement, ça n'existe pas.

Irène : — Tu parles comme si tu avais été dans le placard.

Victorien : — Je crois à la magie.

Interrompons cette stichomythie volontaire entre amis. Irène et Victorien se répétaient si fréquemment l'histoire de leur rencontre qu'elle avait pris les dimensions d'un mythe. Comme ils étaient deux, l'exactitude demeurait et, si des embellissements étaient apportés, c'était d'un commun accord afin de rendre le récit plus parfait. Ils s'étaient longtemps haïs, étant des enfants d'amis et refusant de servir de preuve à cette amitié. Gifles, bouderie, éloignement, lycées différents, et puis dans un café, un étudiant pensa présenter Victorien à Irène : « Tu connais Victorien ? – Comment ? – Tu connais Victorien ? – Mes mains s'en souviennent. – Salope », avait dit Victorien en souriant (ce sourire), et voilà.

Irène : — Il y a les quarantièmes rugissants, nos parents sont dans les cinquantièmes délirants. Ma mère perd la tête avec un petit mec, ton père est en train de tourner à l'aigre. Je ne voudrais pas arriver trop tôt à l'âge où les parents deviennent les enfants de leurs enfants et où il faut les surveiller, comme ma mère avec la sienne.

Victorien poussa un petit cri et manqua de trébucher, retenu au bras par la main ferme d'Irène. On soulevait le bitume de la rue pour le déroulé historique.

Victorien : — Tu sais comment il m'a appelé la place des Victoires ? La place des Défaites. Il enrage contre la maire, persuadé qu'elle veut "immoler Paris", mais je vais te dire ce qui me frappe le plus : son parler se relâche. Pas les jurons, il en a toujours employé, mais des mots ! Des mots ! "Époque." "Système." "Délétère", lui qui dans ses premiers livres se payait jadis la tête des grincheux ! Tout à l'heure il m'a dit : "J'étais démocrate, comme un con." Tu le crois ?

Irène : — Il n'y a que les très vieilles femmes qui restent fréquentables. Ma grand-mère, que ma mère croit en voie de gâtisme…

Dans la rue Étienne Marcel bouchée par une livraison, klaxons, injures, une comédie, rien, un policier surgit sur une grosse moto blanche, ondulant entre les voitures à l'arrêt, sirène au maximum, criant : « Casse-toi ! Casse-toi ! » Ayant quillé sa moto, il alla menacer le livreur. Le bitume de la rue d'Aboukir écarté en rouleau

---

C'est comme quelqu'un qui aurait une histoire d'amour de merde.

---

de réglisse, les rambardes d'acier montèrent automatiquement du sous-sol. Irène, Victorien et plusieurs autres s'y appuyèrent pour regarder, en dessous, dans une chambre bleue, de part et d'autre d'un lit à baldaquin, un groupe d'hommes entourant une femme assise dans un fauteuil à pieds de bois torsadés, vêtue d'une robe à volants largement décolletée sur un joli cou gras entouré d'un collier de perles. L'un, l'air impatient, attendit qu'un autre eût fini sa phrase, puis lut une feuille de papier qu'il avait sortie de sa manche :

Loin de mon front soient ces palmes communes
Où tout le monde peut aspirer ;
Loin les vulgaires fortunes,
Où ce n'est qu'un, jouir et désirer.

On l'applaudit, la femme assise le félicita. Dans le brouhaha, Irène tapota de l'index la main de Victorien et, gardant les yeux intensément fixés sur la scène, dit en croyant parler bas : « C'est Malherbe ! Toujours de mauvaise humeur ! » En dessous, un homme approuvait le poème plus fort que les autres. Prenant soin de dire que son propos à venir ne concernerait en rien « notre ami », il donna un long avis sur ce qu'il appela le bon usage ; assurant qu'« il ne faut qu'un mauvais mot pour faire mépriser une personne dans une compagnie », il

---

Dépêchez-vous, sinon on n'aura pas de place au premier rang ! Amal ! Lina ! Dépêchez-vous !

---

raconta aux sourires de quelques-uns qu'il avait entendu un fournisseur pourtant très sûr de ses manières dire : « Ne démarrez point » pour : « Ne bougez pas de votre place » ! L'hôtesse fit à celui qu'elle nomma M. de Vaugelas une réponse circonstanciée qu'Irène, en haut, trouva exquise. « C'est autre chose que la vie de famille et ses conversations de machine à laver, l'hôtel de Rambouillet ! » Ses longs cheveux roux ondulaient par-dessus la rambarde, elle soulevait un joli court petit jarret en quille de bowling, le talon de son sneaker frôlant un pan de la ceinture de son manteau de laine. « Grâce aux femmes comme Mme de Rambouillet, les mecs puant la poudre et le cheval se désépaissississaient. Il a fallu ce mufle de Molière, l'idole des chefs d'entreprise qui peuvent aller à la Comédie-Française en comprenant, pour faire de la préciosité, l'exquise façon d'être à laquelle nous assistons, un ridicule. Quand un Français a dit ridicule, il croit avoir pensé. Quel connard, ce Molière ! » Un professeur accompagnant une classe lui demanda quels titres elle avait à juger Molière : un diplôme de lettres, peut-être ? Irène demanda à son tour, avec un odieux sourire exquis, s'il était chargé de lui faire passer un examen. En se retournant vers ses élèves, le professeur lança à la cantonade un commentaire acide. Alors, d'une manière un peu boulevard, un peu politique, la politique c'est du boulevard, Victorien se redressa et, la tête en arrière comme un coq, dit à voix très haute : « Les filles à pédés, ça n'existe pas. Il n'y a que des femmes intelligentes ! » Puis il s'effondra sur la rambarde, bras tombants et louchant. Irène lui donna une tape sur les fesses. Il tourna la tête, lui adressa un clin d'œil :

— On y va, Delphine ?

— On y va, Solange !

Ils traversent la place, elle petite et flambant de rousseur tenant par la taille le grand corps de Victorien sous un vaste imperméable de toile verte qui flotte derrière lui. Le ciel eut des bougonnements d'orage.

La vie de racaille, c'est très amusant. Quand je parviens à m'échapper de l'appartement de Gabrielle, femme si concentrée sur sa conversation que, quand on lui téléphone au moment où elle sort, elle reste à parler devant la porte entrouverte la clef tendue en direction de la serrure, je descends dans le XIIIe arrondissement. Un jour que, sainte horreur ! son ami écrivain était passé la prendre accompagné d'un teckel, ce naïf, croyant que je ne devinerais pas qu'il répétait une chose de son maître (on peut ici parler de maître : les humains disent animaux domestiques, on pourrait parler à son sujet d'animaux collabos), exposa avec des phrases trop bien formées : « Le drame pour l'imagination sont les cartes de géographie. Elles *nous* orientent. La Méditerranée, pour un Français, il la regarde en bas, il condescend, ceux du Sud la regardent vers le haut, ils aspirent. » Je l'ai regardé de haut en bas. Il n'a pas compris. Allons nous abaisser un peu. J'ai des habitudes dans une arrière-cour où un restaurateur chinois jette des restes dans des poubelles béantes. Huit ou dix autres chats, étiques, sales, pelucheux, torves, mauvais garçons, se tiennent au fond, sur le ciment souillé, snobement disposés à un demi-mètre les uns des autres, celui-ci allongé, celui-là assis, tels autres se grattant l'oreille ou regardant avec une indifférence attentive dans la direction du restaurant, tous prêts à bondir à la moindre possibilité de reste de poulet. L'un, jeune, borgne et pelé, excitant au plus haut point, fond parfois sur moi pour me griffer, me mordre et davantage. On me retrouvera un jour assassiné sur la plage d'Ostie.

....

Sur une commode en galuchat choisie pour son gris chaud assorti à Xanax (Oliver Nessing, 1947, marché Serpette, 12 000 euros en partie négociés contre une Vénus en boulons de Valperosa), un bouquet de grosses tulipes tigrées imitant un troupeau de chevaux buvant l'eau dans une mare. L'une, la tête tournée vers le plafond, regarde le lustre de Venise, sachant qu'elle et ses sœurs ont été choisies pour être son écho. Tout est concerté chez Gabrielle. Tout ? À côté de la commode, elle, dans un fauteuil paquebot, à l'étage de son duplex, l'étage inférieur étant occupé par une unique pièce de réception avec une longue table à manger et des tableaux partout. Voix grave : « Gaspard ? Gaspard ? » Elle écrase une cigarette dans un cendrier intégré à l'accoudoir (modèle 1950, de famille). Pas de réponse. Elle feuillette son iPad. Ne voit pas les images, distraite par ses songeries : « Il est d'un machisme délicieux. Il ne me fait jamais un compliment. » Elle tire une des mèches de sa frange. Une autre. Une autre. À la radio, le présentateur : « Son professionnalisme hors pair… Pendant vingt ans… Son immense courtoisie… » Elle : « Il doit être mort, si on en dit tant de bien. » Feuillette. Tourne la tablette dans tous les sens. « Gaspard ? » Après une bonne demi-minute, de derrière une porte émane une voix lente et posée : « Je me brossais les dents. »

Gabrielle, *qui agrandit une image* : — Si je me mets à porter des mitaines, des pulls à col roulé dégueulant et des lunettes de soleil même quand il n'y a pas de soleil, je t'autorise à me tuer !

Voix de la salle de bains, après un certain temps : — Pour répondre à ta question : je ne tiens pas à être présenté à tes amis.

Gabrielle : — Tu… Mais comme tu veux ! Tous ces vieux t'ennuieraient, de toute façon. Quoi ?

Double coup de poignard, se dit-elle en allumant une cigarette. Et qu'est-ce que c'est que cette désinvolture d'arriver du sport en nage et de demander à prendre une douche ?

Voix de la salle de bains, après un temps encore plus long : — Ton ami Victor est si proche de toi qu'on ne voit pas ce qu'un tiers viendrait faire entre vous.

Gabrielle : — Il n'y a jamais rien eu entre nous. Nous sommes trop différents.

Voix de la salle de bains : — Il passe pour arrogant.

Gabrielle : — Paris, ville de réputations, et toutes sont fausses.

Voix de la salle de bains : — Vous allez bien ensemble. C'est vrai que j'ai aussi entendu dire qu'il était gentil.

Gabrielle : — Je ne comprendrai jamais tes alternances de méchanceté et de tendresse.

Voix de la salle de bains : — Ah ah ! Je vais prendre un bain.

Gabrielle : — Je hais le miroir où tu te regardes.

Deux moineaux perchés sur une palissade observaient un immeuble en travaux. En partie détachée de l'échafaudage, une bâche en plastique claquait au vent. « Sous la nuit qui approche (tôt ! si tôt ! infect hiver !), on dirait une clocharde qui s'éloigne avec son chariot de misérables richesses. – Tu as vu… ? » Les deux moineaux se penchèrent ensemble, l'un tournant la tête vers la droite, l'autre, vers la gauche. Imitaient-ils une paire de Lalique de la chambre d'Ismena ? Qu'en sais-je, et qu'importe ? Qu'en sais-je et qu'importe ! Kkk kkk, kkk kkk ! Sots moineaux ! railla une corneille venue des Tuileries où, de l'autre côté de la Seine, tout près, elle loge : c'est un rideau de théââââââtre ! Noire et sarcastique, elle fondit sur les moineaux frémissant de peur et les assourdit du théââââââtre qui se trouvait dans le palââââââis, inauguré par un opérââââââ offert par le câââââârdinal Mââââââzâââââârin pour le mââââââriââââââge de Louiiiiiiiis (qu'elle est stridente !) quââââââtorze, intitulé *Hercule ââââââmoureux*, mâââââânière de le flââââââtter (quelle conteuse, quelle raseuse !), sur quoi la débiteuse d'informations historiques partit en donner à d'autres. Sur le mur protégé par la bâche, des graffitis se battaient. Un sarcophage devenu le masque de *Scream*, orbites dégoulinantes, bouche amère et punitive, décapite en boomerang un petit homme à chapeau mou dont la tête roule dans un « JÉSUS VOUS AIME » qui se disloque en hurlant. L'O du mot « vous » se coule sur la tête du sarcophage qui s'amenuise, glisse hors du nœud coulant et lâche un liquide vert sur le mot « THIMOTÉ ». Dans un i strident se muant en un a caverneux, le masque emporte tout dont lui-même dans un cyclone qui s'évase vers le rien. Le ciel où s'essuie un gigantesque pinceau s'épaissit de sinueuses coulées de bleu sombre ; une escadrille de triangles en tungstène y est attaquée par une nuée d'enfants afghans allaités à la guerre dont ils connaissent tout le lexique ; abrités derrière des tortues verticales, ils chargent en plein vol, criant dans leur langue et en capitales grasses comme dans les bandes dessinées Marvel : « CRAN DE MIRE ! », « JAVELIN ! », « MANPADS ! » Le ciel est encapuchonné d'un sifflement universel.

....

« On n'a jamais vu de femme fouiller dans son sac sans déplorer ce qu'est un sac », dit Ismena à sa petite-fille qui venait de la rejoindre au café des Deux Rues. Elle trouvait vulgaires les bars d'hôtel, petits-bourgeois les salons de thé et « marrant » d'aller au café « du coin » avec ses amies ou d'y convoquer Irène. La petite à cheveux blondis parfaitement coiffés et la petite à longs cheveux roux, assises côte à côte et non face à face, autre principe d'Ismena. Femme à principes mais qui étaient les siens, chose très Mattromer. Il n'était pas question pour elle de posséder une valise à roulettes (« Des valises d'hôtesse de l'air ! ») ni de ne pas faire monter un bouquet de fleurs à son goût en arrivant dans un hôtel. Le principe du côte à côte avait été décidé par précaution : en cas d'ennui, elle pourrait se distraire avec les entrants. Elle souffla la fumée de sa cigarette entre ses dents serrées, lentement, et cela lui donna l'air d'un dragon prêt à tuer. « Au prix des céramiques, à mon âge, je resterai avec mes dents telles quelles ! » Elle avait été un soldat de la fête, Ismena, et en parlait souvent. New Jimmy's. Castel. Élysée-Matignon. Palace. Toute une épopée d'anciens combattants ayant survécu à beaucoup d'excès sortait de sa bouche par une tambourinade : « Les Halles ! Joe Allen. La Movida. Quincampoix. Chez Coffe. Le Costes. Open Market. Rue Saint-Denis. Bains Douches. Les Bouchons. Royal Mondétour. Le Bleu nuit. » Remontée des grottes à danser vers six heures du matin, « je voyais dans le ciel des éléphants blancs qui ressemblaient à des nuages », disait-elle. (La drogue ? Un jour qu'on lui demandait pourquoi elle n'aimait pas le sport : « J'ai horreur des drogués. ») Bruine de prénoms. « Serge. Jean-Pierre.

… un monastère près de Toulon. Un homme extraordinaire m'a montré la lumière.

Daphné. Paolo. Yves. Emmanuelle. Élodie. Philippe. Vincent. Titi. Zaza. » Irène prenait note dans son téléphone. « On fait la fête pour empêcher qu'il y ait demain », dit Ismena. Irène : « Tu es géniale, mamie. » (Comme, tout enfant, sa petite-fille l'appelait Masmina, elle avait tranché : « Chez les Mattromer on n'est pas pour les enfantillages, je suis mamie et personne d'autre. ») Irène comptait réaliser un documentaire sur les femmes de sa famille. Ismena refusait d'être filmée : « Avec mon cou en branches de baobab ! Je t'ai déjà raconté l'histoire de... ? » Cent fois, mais Irène adorait les rabâchages. Les vieilles personnes racontent, c'est-à-dire encordent, des merveilles au bord du précipice qui sans cela s'effondreraient. Et puis, comme ça, elle n'avait pas à parler d'elle. Gabrielle disait : « Si les vieillards se souviennent, c'est parce que les jeunes le leur imposent. Comment c'était ? Mamie s'en fiche, mamie a oublié, mamie invente pour la féerie que sa petite-fille croit l'exactitude. Le passé est une illusion. Le présent, quand il est modeste, rêve de lui. Quand il est idéaliste, il veut de l'avenir. Le passé est en nous comme le désir, l'avenir flotte en petit nuage comme l'espoir. Quoi ? » Entra, très grande avec une étroite tête parallélépipédique sur de larges épaules, une jeune cinéaste « catégorie punaise qui filme donc des histoires sur la sororité », expliqua Irène. « On dirait un flacon de parfum », dit Ismena en écrasant sa cigarette pour obéir enfin aux gros yeux du serveur. La cinéaste s'adressa à un voisin avec la dernière morgue. « De loin, elle a l'air odieuse, mais de près, elle est pire », dit Ismena. Une de ses comédies, quoiqu'on ne fût jamais bien sûr avec elle dont le visage restait toujours impassible, consistait à dire du mal du XVe arrondissement : la réalisatrice y vivait à coup sûr, pour être aussi hautaine. « Mais où ? Rue Etam ? Rue Kookaï ?... C't'une plouc qui se croit snob, vu la façon dont elle s'habille. Ah voilà. Elle habite place de Fursac. » La cinéaste fut rejointe par un homme cubique et verruqueux, d'un mètre soixante au plus. « Quitte à prendre un homme laid, prenez-le petit », commenta Ismena. C'était le compagnon de la cinéaste, révéla Irène, un critique cinématographique qui débinait tous les jeunes réalisateurs autres que sa compagne. Ismena : « Un couple de malfaisants en marche vers Paris est une force effrayante. » Elle toussa, d'une toux sèche et brève, non sans dissemblance avec le bruit d'une scie. Portant le poing à la bouche, elle se pencha en avant et fit un rictus. Irène le vit de profil, qui découvrait les longues dents et les gencives de sa grand-mère comme si ses lèvres avaient disparu et qu'elle fût morte. Levant très haut ses sourcils, Ismena dit : « Well... » puis se lança dans un récit sur les étrangers qui ont « fait Paris », et ne sont donc pas des étrangers. La famille maternelle de Rolf Liebermann ayant fui l'Alsace occupée pour s'établir en Suisse, la fille devient amoureuse d'un Allemand, la famille s'oppose, elle s'entête, l'épouse, voici l'enfant Rolf. Il devient pianiste de cabaret. Paris était déjà sa ville. « Car, ma chérie, et ceci est une sentence que je te recommande

---

J'ai orienté ma vie vers Dieu.

---

de prendre en note dans ton téléphone perfectionné, s'il n'y avait que les natifs de Paris pour faire Paris, Paris serait Cannes : une ville confortable où les gens vivent comme on digère, sans personne pour inventer. Comme disait ma mère, il y a les villes qui vivent et celles qui songent. En 40, disait-elle avec sa voix de miel dont je n'ai pas hérité, Londres songeait à la victoire et Vichy vivotait en trahissant Paris. Trente ans après, le jeune Liebermann amenait de jolies Suissesses rue Cambon pour leur faire des présents. Un caissier : "Monsieur, auriez-vous l'obligeance de monter ? Mademoiselle Chanel voudrait vous voir." La vieille couturière, en jupe et tailleur, concave comme une guéparde, avec sa tête de très vieux tenancier de tripot à Hong-Kong : "Jeune homme, je vous observe depuis quelque temps. Vous venez chez nous. Vous avez du goût. Vous êtes hétérosexuel. Les femmes sont indécises par nature. Leurs maris s'en fichent. Leurs amants sont subjugués. Elles ont besoin de conseils sûrs. Je vous engage." Il refuse. Appelé à l'Opéra de Paris après avoir dirigé celui de Hambourg, il obtient un très gros salaire qu'il mérite, car sous sa direction la maison est devenue une grande bouche au bout de l'avenue de l'Opéra où s'engouffrait le monde entier, A..., E..., I..., O..., U... *[ici des noms de chanteurs et de chefs d'orchestre qu'Irène oubliait à chaque fois, à l'exception de Pavarotti]*.

La force mystérieuse et invisible de la prière. Cette expérience sera féconde sur les autres.

Un des grands trucs de Rolf consistait à dire, quand les choses se compliquaient : “Je m’en charge !”, et à ne rien faire. Les choses se débrouillent en général toutes seules, ou grâce au personnel intermédiaire. Il passait pour un magicien. Il en était un. Charmant, roublard, généreux. Tout à fait capable de te dire : “Irène, il vous faut une robe du soir”, de t’amener chez Lanvin, de t’en faire essayer une et de te l’offrir, à ses frais. Assez, Charbon ! »

Ismena venait de recueillir un petit chien noir hérissé qui trottinait comme une vieille dame sûre de ses droits. Il détestait tout le monde et toussait de colère dès que quelqu’un le croisait. Ce n’était pas par peur, contrairement à ce qu’Ismena disait pour sa défense, car il aboyait aussi contre elle qui le nourrissait. « Je ne déteste pas les animaux, je ne les aime pas, je les considère comme une partie de l’humanité qui a le droit à la tranquillité et nous aussi. Nous ne faisons jamais que payer de leurs aboiements et de leur mauvaise haleine le fait que nous les ayons esclavagisés. Charbon a bien le droit d’être de mauvaise humeur. »

— *Votre prière sert aux autres ?* — *Oui.*

Et comment, que j'ai le droit d'être de mauvaise humeur ! Je pisserai plus tard sur les pieds de la vieille. Ce n'est pas beau à voir, un escarpin au bord craquelé par un oignon. La race supérieure !

....

Irène était distraite de sa grand-mère par leur voisin de table, un ancien élève de l'ENA devenu député, elle l'avait compris à ses dires, qu'il n'émettait pas à voix basse. Une quarantaine d'années ou comme ça, barbe de trois jours, lunettes à monture invisible, cheveux en arrière, costume bleu foncé, cravate étroite, poignets de chemise à boutons cousus, il n'y a pas une grande différence entre ça et un directeur d'agence immobilière de ville moyenne, pensa la plus ancienne des Mattromer. Il appuyait sur certains mots, les *et* en particulier. Avec son accent au bord du parigot, tout chez lui frôle le vulgaire, songea la plus récente qui, de ses fins yeux bleu ardoise, lui jetait des regards qu'elle espérait magiques : « Abracadabra, je te mate, tu la fermes ! » S'avança en tanguant un garçon, main en étoile de mer sous un plateau qu'il portait haut. Le député lui demanda : « C'est tout ce que vous avez comme tarte du jour ? » en agitant le menu d'un air réprobateur. Son convive, un barbu moins apprêté, faisait office de mur de service, émettant un « ah ! » ou un « bien sûr… » quand ses balles le touchaient, sans que le député s'interrompe :

« Ma circo. L'agglo. Les socialos. »

« Le bureau de vote est *l'église* de la République. »

« Voilà pourquoi je suis *contre* le vote électronique. Comme on dit il faut vivre avec son temps, *mais bon*. »

« C'est un département qui *intéresse* les sociologues : il est caractéristique de l'installation de ce qu'on appelle les *néorurbains*. Ça te dit quelque chose ça ? »

« Mes activités associatives… Local… Trois mandats successifs… J'ai eu la chance de pouvoir être président au moment où… On peut difficilement digérer un agenda aussi *chargé*… Quand j'ai pris les rênes… »

« Des gens de vingt-cinq ans, qui sortent de Sciences po, de l'ENA, avec des cerveaux disons vierges, il *faut* les former. »

Chose incroyable, j'ai croisé deux Japonais !

« Tchalindje. »

« En responsabilité. » « En résilience. »

« Cotisations diverseuzetvariées. »

« Cela étant… Les outils… Système de pilotage… Indexé… CDI… *Deuxièmement*… »

« Le sujet numéro *un*, qui est mettons, grosso modo, d'entrée de match, de *désasphyxier* les urgences de l'hôpital… »

« Le technocrate n'est pas *forcément* si idiot, mais il a un logiciel… »

« Ouais *l'auto* c'est un domaine que j'ai longtemps décanté… »

« C'est quoi, vot'cœur de métier, là, maintenant ? »

Hop bougez pas c'est bon hop hop impeccable merci.

Chère Gabrielle,

L'imagination est une pauvre chose. Entrant dans la chambre funéraire de ta mère, j'ai vu son corps tout à fait semblable à un corps de personne vivante, et je me suis attendu, comment dire, pas vraiment attendu, c'était peut-être une forme d'espoir, non pas que la mort n'existe pas, mais, peut-être, que j'entrerais moi-même dans un monde où c'est le cas. Angoissé, je suis sorti, gêné, je suis revenu : même sensation. On croit qu'on pense, on éprouve. On croit qu'on imagine, on reproduit un rythme. J'aimais beaucoup Ismena. Toujours à prendre grand soin de ce que j'avais écrit, citant des passages de mes livres, s'inquiétant des prochains. Elle était la caryatide des années 1970. Et moi qui suis, quoique incomplètement, l'atlante de ma génération, vois comment on me traite ! La littérature littéraire n'intéresse plus personne. Mon erreur a été de croire que la façon de dire importait. À mon corps défendant, je me suis soumis à la dictature d'une bien-pensance. À propos de corps défendant, les corps de l'époque ne s'interdisent plus rien. Victorien sombre dans les errements de l'hédonisme. Il est puéril de s'habiller de cette façon. Il y a des hommes, il y a des femmes. Tout pour s'opposer à moi. Il me dit, à moi ! des bisounourseries comme : « L'utopie, c'est maintenant. » Tout le monde n'a pas eu la chance de perdre ses parents le jour de sa majorité comme moi, mais on ne peut pas dire que je le persécute. Ce qu'il me faut, c'est un livre à sujet. À sujet actuel, qui parle aux gens. Qu'est-ce qu'ils lisent avant tout, hommes ou femmes, et les femmes lisent plus que les hommes ? Des histoires de meurtre. Voilà, un meurtre. Je vais écrire une enquête sur un assassin où je me montrerai enquêtant. Je me suis permis de poser quelques questions aux internes de l'hôpital.

Je pense à toi,
Ton Victor bien affecté.

Comme un empereur suspicieux écoutant l'éloge de son règne, le lézard se tient, le menton en l'air, sur le socle de la statue. Soudain il file, actionnant ses petites guiboles. Elles ne sont pas sans ressembler à celles du teckel qui arpente là, tout seul. Encore un qui se prend pour un aventurier parce qu'il marche très en avant de la promeneuse qui ramasse ses crottes ! Le lézard a-t-il été choqué par les mots « des putes » ajoutés en blanc à la plaque en émail bleu « COURS LA REINE » ? Les lézards n'ont pas l'humour qu'on a, nous les rats ! Sont pas assez persécutés. Je me repose sur cette bande de pelouse au bord de la Seine, provinciale comme un dimanche : jamais, jamais, jamais un gonze. Les gens d'ici n'ont rien à y trouver, pas même un banc public. D'ailleurs les bancs publics, on en installe de moins en moins : faut empêcher le citoyen de se rassembler et de causer, ça pourrait lui donner des idées politiques. Pour les touristes cet endroit n'existe pas, vu qu'il est pas dans les applis ; ils sont en train de fourguer, à trois cents mètres en ligne droite, place de l'Alma, des fleurettes d'avares sur la Flamme qu'ils prennent pour un monument commémoratif à une Angliche claquée jadis dans un accident de bagnole. Se dressait ici, m'a raconté un ancêtre (des Parisiens de toujours, ma famille !), la statue d'un rimailleur du XIXe. Quand on a décidé qu'il était plus tchak, on a envoyé la statue dans sa Toulouse natale. N'a conquis Paris que celui qui y reste mort. Parole de rat !

....

Que c'est joli, la rue de l'Université entre la rue de Beaune et la rue des Saints-Pères ! Des façades légères et sans ostentation, de cette pierre blonde qui prend si bien les caresses du soleil. Derrière les hautes fenêtres des premiers étages, on devine la très vieille bourgeoisie qui, d'après ce que j'ai appris, tient la France depuis 1830. Enfin, ça doit être des Qataris qui tiennent la France depuis qu'ils ont acheté un président de sa république au millénaire suivant, d'après ce que certains disent à Paris. Il me semble que je parle mieux le français, surtout depuis que j'ai pour client ce professeur de la faculté de droit d'Assas (marié, femme odieuse, deux enfants qui le sous-estiment) qui, en plus de ce qu'il me doit, verse de l'argent sur un compte bancaire « Études » qu'il a ouvert à mon nom. Pour le français vivant, je visionne des émissions de débat sur YouTube. J'ai appris l'importance des mots « valeur », « sécurité », « famille », « marché »,

« gestion », « identité », « protection », « génétique ». Des émissions d'histoire, aussi. La France ! Paris ! les droits de l'homme ! me disais-je au Brésil avec une auréole bleu-blanc-rouge autour de la tête. J'ignorais que les Français étaient royalistes. Enfin, à la télé ; dans les cafés on renverse le gouvernement tous les jours. Se faire des amis français ? Les Parisiens restent entre eux, par strates. Selon le Professeur, leur ville se compose de constellations inconnues les unes aux autres, aucune n'ayant conscience des voisines. Certaines constellations restent inconnues jusque par ceux qui en seraient socialement proches. « La moyenne bourgeoisie est la classe la plus bête, dit-il. Je le sais, j'en viens. Elle s'imagine connaître le pouvoir quand elle connaît un *député*, mais elle ne connaît rien. Elle discute dans des dîners de gens de même métier où l'on commente ce qui est dit sur les réseaux sociaux en le pimentant d'une information *confidentielle* et sans intérêt sur un politicien, puis on étale ses irritations contre le fisc et le ministre de sa corporation, qui va aux putes (grande causalité française), sans avoir idée que, à un arrondissement de là, dans un petit appartement de cinquante mètres carrés bourré de meubles ne datant pas d'après le roi Louis-Philippe, une vieille comtesse à chignon dîne avec un banquier d'affaires cultivé, un président de musée américain, un poète français, le conseiller diplomatique du président de la République et une princesse romaine qui a pour confesseur le pape. » Dans l'autre direction (ajoute-t-il), ces moyens bourgeois croient connaître le peuple parce que l'électricien leur a raconté ses vacances. Et ils sont terrorisés par les banlieues où l'on saignerait les Blancs au couteau de boucher. « Il n'y a que la sexualité pour poser des bombes dans cette convention, mon chéri. » (Il manque de tendresse[1].) Je n'ai pas tout à fait saisi quand, allongé dans le lit en me caressant une cuisse, il a parlé avec un sourire rêveur d'un de ses confrères se rendant à un dîner payant à l'Opéra de Paris organisé par son syndicat et qualifiant cette sortie de « mondaine ». Le Professeur, venu du Bordelais, a mis longtemps à saisir les nuances de la capitale. « J'ai dû apprendre la langue de Paris. Pas qu'on ne dit pas "bon appétit" en passant à table *[il a la délicatesse de me donner des indications indirectes]*, mais le genre de mots de rien qui sont des ouvre-boîte. Et puis, surtout, ce dont on ne parle pas. Tous ces enrichis dont la

1. Le Professeur, qui participait de moins en moins à des dîners de professeurs (« des ruches où les reines des abeilles parlent grille indiciaire »), n'avait pas idée d'autres genres de dîners, bien plus amusants, bien plus intelligents, où peuvent se mélanger, de tous sexes et de tous pays, des metteuses en scène d'opéra, des écrivains, des journalistes, des éditrices, des acteurs, des cinéastes, des historiens d'art, des décoratrices, des peintres, des professeurs, de philosophie ou de littérature plutôt que de droit, des Gabrielle, où la conversation fait des saute-moutons de culture et de rires, où aucun ne cherchait à se vanter, trouvant très simple d'avoir fait ce qu'il avait fait, parce qu'ils avaient tous oublié les forêts de couteaux qu'ils avaient traversées. Dîners qui ne servaient à rien, pas plus à entretenir des relations (comme on cirerait des parquets) qu'à placer des intérêts (comme on louche dans un sac qui s'ouvre), dîners, à leur façon, pour l'idéal, dîners, à leur façon, œuvres d'art.

conversation porte sur la nomenclature des cépages, les grands restaurants et la carrière de leurs *chefs* seraient stupéfaits d'apprendre qu'on ne commente pas ce que l'on mange. C'est simple, mon chéri, il suffit d'apprendre à se taire. Pendant ce temps-là on écoute et on comprend. Hélas moi c'est mon pic à glace de femme que j'ai écoutée. Oh ! c'est à vous, ceci, monsieur Wilson ? »

Les enfants du Professeur étant, l'un interne dans un lycée de Paris, l'autre étudiant à Sydney, quand sa femme va superviser ses terres, il me reçoit chez lui. Dans mes premiers jours en France, j'avais visité la place du Tertre : je n'avais pas osé m'avouer que je la trouvais factice. L'univers entier m'avait conseillé de l'admirer, comme il conseille Times Square, la place Tien An-Men et la fontaine de Trevi ! Les tableaux à peinture épaisses, les caricatures ratées ne correspondaient pas aux œuvres d'art qui me fascinaient sur Internet, mais, comment dire ? je ne faisais pas le lien. C'est la première fois que je voyais de vrais tableaux, jusque-là je n'avais observé que de minuscules surfaces brillantes sur un écran de tablette. L'épaisseur de peinture m'a intimidé. Je n'ai pas osé juger. Jamais je ne serais retourné à Montmartre sans le Professeur. Je me suis perdu trois fois avant de trouver son immeuble. Montmartre est le bonnet médiéval de Paris. (Je connais le Moyen Âge par les films, nous n'en avons pas eu en Amérique du Sud ; nous étions civilisés.) Le Professeur habite tout près de la place factice où vont s'abreuver les assoiffés de mensonge : à cinquante mètres, dans une étroite rue en pente où ne se hasarde aucun d'entre eux (comme je me repens d'avoir manqué d'imagination !), des maisons en pierre brune. On sonne à une porte percée dans un contrefort, assombrissant cette rue qui y prend une allure de rigole pour géants. Deux minutes après, d'une fenêtre au dernier étage de cette maison étroite et haute, on regarde une plaine de cubes parsemée de coupoles dorées et du sapin de la tour Eiffel. Bien plus fascinant, de la fenêtre opposée, on voit les jardins des voisins (sans parler du sien, tout petit, triste, avec un arbre maigre au tronc noir comme une allumette brûlée) dévalant vers l'arrière de Paris. Il y a trop de fascination dans le monde. La plupart des gens ne veulent que connaître ce qu'ils ont vu sur des images qualifiées de merveilleuses. Ils ne connaissent pas la joie de la crise, de la rupture, de l'exil, de la métamorphose.

II

« Ver, ver, ver.

Vers, vers, vers.

Charles Baudeler »

Graffiti sur un pilier à l'entrée
du cimetière Montmartre, avenue Rachel

....

La goutte d'eau descendait le pare-brise avec des hésitations puis des trottinements subits de vieille dame. À droite. Encore à droite. Vite à gauche, arrêt brusque. Tout droit, comme une grosse larme d'enfant. Autour d'elle, les néons des grands magasins égayaient le pare-brise mouillé, qui clignotait à mesure des freinages de la voiture précédente. Ses passagers y regardaient des images sur un écran minuscule. On devinait que c'était un film d'action aux changements incessants de plans créant de vives variations de lumière. Dans la voiture voisine, un homme à forte mâchoire arrondie et courts cheveux en feuilles de hêtre, demi-dieu grec ou joueur de rugby, bâillait ; près de lui, une blonde inspectait ses ongles. Il avança très lentement (reste ! reste !), remplacé par un très gros homme dans une toute petite auto qui parlait à son téléphone en le tenant devant lui à la façon d'un micro, reculant par instants pour vérifier que l'appareil avait bien compris. Les voitures progressaient peu, car deux gendarmes campés près de leurs motos contrôlaient on ne savait quoi, engendrant un encombrement de centaines de mètres et de nombreux quarts d'heure. Ils consultaient les papiers d'un air buté, semblant en jouir. Loin derrière, des conducteurs ignorant leur présence klaxonnaient. « Que c'est bruyant, la rive droite, dit Gabrielle. Vous avez dû remarquer, ajouta-t-elle à l'intention du chauffeur, que rive gauche nous avons des feux rouges, mais c'est pour rassurer les gens de la rive droite qui seraient affolés de ne pas en voir. Comme vous le savez, la rive gauche a douze habitants et ferme à 23 heures. Rive droite, les immeubles sont de simples façades : les habitants vivent en voiture ; ils y développent un admirable sens de l'injure. Rive gauche, nous avons l'air d'aller à un enterrement, rive droite ils en préparent un. Quoi ? » En remboursement de ses rires, le chauffeur lui offrit une histoire sur une célèbre actrice de cinéma, que Gabrielle qui ne croyait pas aux réputations savoura particulièrement :

elle contredisait celle de cette femme qui passait pour avare. « La première fois que je l'ai prise, elle m'a fait remarquer que j'avais dix minutes de retard. "Je suis désolé, lui ai-je dit en lui montrant une contravention, je viens d'être verbalisé." La course finie, elle m'a tendu un billet de cent euros : "C'est ma contribution." J'ai dit que je ne pouvais pas accepter, elle a insisté. Quelque temps plus tard, je suis appelé chez elle pour une course. À la fin du trajet, je me penche, prends un bouquet de fleurs que j'avais eu le temps d'acheter avant de passer la prendre et lui dis : "C'est ma contribution." "Je ne peux pas accepter", a-t-elle répondu, et je lui ai rappelé notre précédente rencontre, qu'elle avait oubliée. – C'est le principe de la générosité : elle oublie », dit Gabrielle qui se tourna vers Victor grommelant. « Qu'est-ce que tu as, mon génie ? – Le capitalisme a fait des bourgeois des employés. Mes parents ont connu les porteurs dans les gares. Rien n'était jugé plus humiliant que de devoir porter sa valise, comme un immigrant, un trafiquant, pire, un employé : on payait quelqu'un pour le faire. Les fabricants ont inventé les valises à roulettes, qu'il a fallu vendre par milliards, et depuis nous les roulons, employés de nous-mêmes. Ta mère les haïssait, tu t'en souviens ? Et maintenant, grâce aux ordinateurs, on est devenus les secrétaires des administrations, des entreprises, de tout le monde. Seuls les super-riches conservent un confort qui descendait jadis jusqu'à la classe moyenne, devenue vraiment moyenne. – Si tu le disais en souriant, ce serait moins désagréable, dit-elle en rajustant la cravate de

Victor au centre de sa poitrine. – Le désagréable existe. – Est-ce la peine de le doubler d'un ton, disons amer ? – Oh, ça va. – Oui, pardon. » Elle pressa la main de Victor en pensant : « J'enterre ma mère, mais c'est lui que je console. »

Demi-enterrement, à vrai dire. Ismena avait légué son corps à la science, qui malgré son grand âge en avait voulu, et Gabrielle haïssant l'idée d'une absence de lieu « un peu joli » où se recueillir avait organisé une cérémonie à Montmartre. Devant le caveau de famille, photographiés à tout hasard par des touristes, ils avaient écouté le pasteur, d'une laideur d'aigle, une laideur sublime. Gabrielle s'était demandé quelle religion aurait pu vouloir sa mère qui n'en avait aucune mais était très protocolaire. Sa grand-mère Irene était anglicane : alors, protestant. Quant à savoir les distinctions entre luthériens et calvinistes ! Elle avait choisi sur Internet. Dans l'assistance, le minuscule homme dont l'œil semblait s'être dissous dans une face longue, l'air d'un nœud dans une planche en bois, était donc celui qui avait été le compagnon marié et lâche d'Ismena ! Ses mains, décharnées et grises, s'appuyaient sur une canne en acajou à poignée d'argent. Un serin grinça. Peut-être protestait-il, ignorant sa mort, contre l'absence du père de Gabrielle. À côté du semi-compagnon ratatiné, un ancien ministre bronzé par les lampes, l'œil toujours aux aguets sur une présidence à rafler, ressemblait à une prune dans l'eau-de-vie. Quelques vieilles amies, beaucoup plus vivaces, aux cols roulés crème, aux boucles d'oreilles en perles, couraient de l'œil le fastidieux gravier. Une que personne ne connaissait, grosse, avec des cheveux mal peignés, un nez en escargot, un manteau framboise, une écharpe citron, des pantalons léopard, des sneakers à paillettes, avait des sanglots au bord des lèvres. Gabrielle, s'enserrant elle-même dans ses bras, légèrement voûtée, souriait de chagrin. Les pommettes figées par une décision inconsciente empêchent le relâchement lacrymal, pensa Victor à sa gauche qui, lorgnant Irène à sa droite se dit que, avec le même œil effilé et le même long nez busqué que sa mère, elle était son écho en modèle réduit, son ombre, la perpétuation d'une espèce existant depuis la création du monde (le mattromeryx volant) et existerait jusqu'à la fin (le mattromer augmenté). De l'autre côté d'Irène, Victorien aurait pu éviter les cheveux dans un foulard en soie et l'œil égyptien, peut-être ? Les employés des pompes funèbres descendirent le cercueil dans le caveau. Avec un cri de douleur suraigu, Charbon sauta. Personne ne sachant quoi faire, le maître de cérémonie adressa un signe à l'un des employés qui descendit dans la fosse. On entendit : « Toutou !... Toutou !... Sale bête !... », puis on vit apparaître le chien en trophée au bout des deux bras de l'employé. Comme Irène s'avançait pour le prendre, Charbon eut un jappement irrité et s'enfuit dans une allée. On ne l'a jamais revu. Le cercueil était vide de corps, mais pas d'objets ; Gabrielle et Irène avaient choisi ceux qui permettraient à l'esprit de leur mère et grand-mère de passer plaisamment l'éternité : une brosse à cheveux à manche d'ivoire, un bracelet-jonc en or blanc, un repose-pied en tapisserie, une tasse en porcelaine à l'effigie du roi George VI, un exemplaire du roman *Le Repos du guerrier*. Irène s'était approchée de l'inconnue : « Elle est morte, pouf, comme ça. D'un coup, le menton dans le cou, un AVC. Oh non, pas souffert du tout ! Les meilleures morts sont les morts pouf. D'ailleurs, elle ressemblait à un pouf, la malheureuse, toute ramassée. » La vieille amie, dont on ne comprenait toujours pas qui elle était, expliqua qu'elle avait appris la mort d'Ismena en lisant *Le Monde*, version papier, en attendant sa correspondance de bus à… Victorien nota dans son téléphone : « Fabriquer une série de plaque tombale portant les circonstances où on a apprit la mort des gens. Insérer la mort de ce camarade de classe par moi apprise lorsque j'était dans un euf en classe de neige. » Comme ils marchaient vers la sortie, Irène lui dit à l'oreille : « J'ai vu ton Thimotée tenant la main à une fille en sortant du cinéma. – Il est homo. – Il n'est pas homo. – Arrête. On ne l'a jamais vu avec une fille. – Je ne sais pas avec qui on voit les gens ni qui voit quoi. »

Sortie du taxi, Gabrielle s'arrêta sur le trottoir et fouilla dans son sac en tenant un gant entre les dents comme une chatte son chaton. Elle lança la tête en avant en direction de la voiture qui s'éloignait, marmonnant un « Monsieur !… » désolé, puis hocha la tête tout en posant une main contre la poche de son manteau.

Elle sourit. « Quelle conne ! », dit-elle en ôtant des clefs de sa poche. Montant les escaliers après avoir ramassé le gant tombé par terre, elle se demanda si la mort de sa mère la vieillirait. La marche suivante elle pensa : stupidité hydraulique ! À la suivante elle se formait une image des bras en moulin à poivre de Gaspard. Il a des défauts. Je l'éduque. Le blessant, c'est sa frivolité. La frivolité est une chose dure, impitoyable, inhumaine. Il m'admire trop. Il devrait m'aimer davantage. Cette admiration me fait peur. Il m'imite dans mes goûts, mes jugements, mes formules. Il veut devenir galeriste. L'imitateur veut tuer celui qu'il imite. Le pauvre chéri, il manque de moyens pour ça. Bah ! je l'aide parce que ça me fait plaisir. Irène est en train de se réussir toute seule. Chez les Mattromer, aucune femme n'a jamais rien dû à sa mère. De là que nous pouvons les aimer. Enfin, je crois que. Irène m'aime bien. Nous ne leur devons même pas le sens de. L'amusement est une. Ouf la clope. Il se tiendra mal. Puisqu'aussi bien. Ses élans de bébé. Ses rétractions de tigre. Apologie de « l'esprit d'enfance ». Égale : « Cédez à mes caprices ! » Ses. « Xanax, ne sors pas ! Xa... ! Bon. Gaspard ? Tu es là ? Gaspard ?... »

Au téléphone, on lui répondit : « Non, monsieur. » Elle composa le bon numéro. Impossible de l'avoir depuis deux jours. C'était bien la peine de lui avoir confié une clef ! Irène me tuerait. Heureusement, elle ne sait pas qu'il existe. C'est pour lui que je conserve le secret. L'inhibition sur la différence d'âge viendrait-elle de... ?

La technique moderne a multiplié l'espoir, et donc la peur. Quand on ne pouvait pas avoir facilement de nouvelles, on ne s'inquiétait qu'au bout de quelques jours. La quasi-immédiateté des contacts par téléphone ou par mail nous met dans des états de nerfs atroces. Me. Enfin, à son sujet. Avant lui je ne m'étais jamais abaissée à ces petites humiliations. Bah bah bah ! Il n'existe pas de *petites* humiliations. « Ah tu es à Besançon ? Je ne savais pas. Ah ta mère est souffrante ? Quand reviens-tu ? Bon, tu me rappelleras. »

Trompe en avant, la libellule en retard fonçait dans le jardin du Luxembourg pour le Colloque Mondial des Insectes, troisième gingko biloba après la porte de l'Observatoire. « Le premier rhinocéros vu en France l'a été en 1749, à Paris. Un capitaine de vaisseau hollandais l'ayant ramené des Indes le montrait à travers l'Europe contre de l'argent. Pauvre rhinocéros. – Les humains ont domestiqué certains animaux (aucun insecte, pas si bêtes !) pour avoir un esclave à portée de la main. "Donne la patte !" Je me demande ce qui est le plus ignoble, d'être un esclave ou d'en avoir un. – Le plus ignoble : les chiens, ou les propriétaires de chiens ? – Ah, j'ai connu un propriétaire de chien encore plus sale que son chien avec de ces succulences sous les aisselles ! – La sous-section "Hygiénisme et contrôle social" se situe à la branche à côté, cher ami. – Un écrivain noir d'Amérique a raconté son voyage en Afrique dans les années 1930. Aucun homme n'a relevé le passage sur un singe qu'il avait acheté dans un port du Congo : il note sans émotion que l'animal l'a mordu quand il a essayé de lui enfiler des chaussures et une chemise. Il était *naturel* d'habiller un singe, de quoi se plaignait-il ? L'ayant finalement dressé, il jugea que l'animal s'était mis à l'aimer, puisqu'il lui passait les bras autour du cou. Et pourtant, chaque fois qu'il l'enfermait dans une cage, le singe découvrait ses dents, levait les bras et virevoltait en hurlant. La douleur de l'animal que ce Noir pourtant souffrant appelait une bête… – Notre honorée consœur la puce en rajoute peut-être ? – Je ne fais que déplorer la dureté des faibles envers les faibles. Un persécuté ne devrait pas avoir un persécuté plus petit que soi. – La section "Programme politique" se trouve à l'avant-dernière branche, cela pourrait vous intéresser. » Sur la deuxième branche, où l'on s'occupait d'art, un hanneton donnait la parole « à notre confrère le moustique arrivé de Nîmes à la limite de sa mort (quarante-deux jours). Et les "humains" se vantent de Marathon ! » Le moustique, qui venait de se reconstituer en pompant du sang à un petit garçon qui jouait à la balle, répondit : « J'ai vu là-bas, au musée des Beaux-Arts, un tableau constituant la quintessence de la vulgarité des humains. Le peintre est François Boucher. Ce Boucher est le fournisseur bien connu de pornographie pour riches. Ils appellent cela l'érotisme. Des culs bien blancs hors de bouillons en soie bleue. Et les femmes acceptaient ça ! Elles avaient mérité leur soumission, je le dis en tant que femelle ! Le Boucher de Nîmes, représentant un homme et une femme ravis de voir un petit chien à fanfreluches dressé sur ses pattes arrière, s'intitule avec bonheur *La Soumission*. – Bzzz ! Bzzz ! Bzzz ! BZZZ ! » Troisième branche. Philologie et philosophie. « Chez les "humains", tout ce qui est minoritaire sert d'injure. Têtu comme un âne. Bête comme une oie. Un porc, un blaireau, une morue. – Si je pouvais... – Heureusement qu'il y a leurs minorités sexuelles et ethniques pour nous soulager du poids de l'injure : elles leur sortent comme du napalm de la bouche. Taper comme un sourd. Un compte borgne. Une histoire boiteuse. Un travail d'Arabe. – Deux en un : pédé comme un phoque. – Je voudrais ajouter... – Et donner aux animaux domestiques des noms plaisantins, comme s'ils n'étaient pas des êtres vivants ? Même état d'esprit que les racistes spirituels de jadis qui disaient : "Bamboula." On ne devrait même pas les tutoyer. – Et ceux qui postent des photos de leur chien avec des lunettes sur le nez ! – Permettez, mais il y a aussi les petits vocatifs d'amour, mon chat, mon lapin, mon loup... – Hypocoristique, donc condescendant ! » À la quatrième branche, « Science et Vie de la terre », un taon signalait une urgence, le danger venu des petits. « Oh ! – Mais oui : les champignons parasites qui réussissent à se faufiler dans le corps de nos sœurs les cigales qu'ils dévorent de l'intérieur, mais pas jusqu'à les faire mourir, puisqu'elles sont leur logement et leur garde-manger, et qui... – Solidarité avec les champignons ! Notre confrère oublie sans doute les humains producteurs d'œufs qui broient vivants les poussins mâles parce qu'ils ne deviendront pas des poules pondeuses. Ils se croient bien moraux, avec leurs législations sexuelles, mais ils sont des assassins. – Les maniaques des “mœurs” sont toujours des assassins en puissance. » Dans une cavité supérieure, le Conseil de déontologie entomique condamnait à l'unanimité la motion des mantes religieuses justifiant le cannibalisme par comparaison avec les truies et les Indiens tupis : « La valeur-insecte, parfaite en soi, n'a pas à être comparée. » Si on redescendait à la branche philosophie, on pouvait entendre : « Au lieu de leur affreux dieu unique, les humains auraient dû conserver l'essaim des dieux païens (dénomination injurieuse, soit dit en passant) en y ajoutant Pythagore. Ce philosophe proscrivait les sacrifices d'animaux, parce que, il le savait, nous avons une âme. Et voilà pourquoi les pythagoriciens pratiquaient ce geste infiniment poétique : ils offraient des nombres aux dieux. Les oiseaux et les mammifères seraient plus tranquilles si, au lieu des nuages, il y avait dans le ciel des 4, des 7, et même des racines carrées et des delta ! Pythagore éduquait les animaux comme les hommes : il a convaincu une ourse de devenir végétarienne. » À la branche politique, la puce qui avait évoqué les singes disait se méfier du dressage. « On arrive vite à cette idée faussement fine du conte pour humains intitulé *Le Petit Prince*, où le renard dit au petit garçon : “Je ne suis pour toi qu'un renard semblable à cent mille renards. Mais, si tu m'apprivoises, nous aurons besoin l'un de l'autre.” Oh la belle morale ! mais c'est un être humain qui l'a écrite. – Les humains sont des insectes comme les autres ! – Nous tous, domestiqués, non domestiqués, vaches à purin, caniches à crottes, larves même, chions sur leur terre seconde après seconde. – À part les chats, qui enterrent sottement leurs déjections ! Attentistes ! Sympathisanten ! – Humains et chats, nous les engloutirons tous de merde ! Chions, chions, chions sur la Terre humaine ! » Le monarque qui présidait le colloque déploya ses grandes ailes marbrées et en appela à la modération : « Chers confrères, je crois que nous pourrions nous entendre sur une motion en faveur de l'animalisation des humains. Pour vous en convaincre, je vous prie de lever la tête vers la branche supérieure, celle de la Poésie, où notre consœur la cigale se propose de clôturer nos travaux par la lecture du bref écrit d'un humain auteur de livres, peu importe son nom, montrant qu'une communion est possible. » Tout en haut, frottant ses élytres, la cigale récita : « Dans toute nature je me percevais moi-même ; quand, dans ma hutte, je faisais couler en moi l'écumant lait tiède qu'une créature hirsute avait tiré du pis d'une vache au regard doux pour le recueillir dans un seau de bois, cela n'était pas pour moi différent des moments que je passais, assis sur le banc encastré dans la fenêtre de mon atelier, à puiser dans un in-folio la douce nourriture effervescente de l'esprit. » Une araignée à très longues jambes anguleuses s'éloigna avec la noblesse précautionneuse d'une vieille danseuse arthritique, accompagnée d'une amie frileuse qui se protégeait au moyen d'un beau pelage marbré. « Je n'en peux plus de l'arrogance des humbles. Toutes ces punaises de lit qui posent à la sympathie sont des fourbes en plus d'être de fausses modestes. On finirait par se réjouir des insecticides. »

…

L'éléphant malade défonça la grille du zoo de Vincennes. Ivre de douleur, il barrit avec un bruit de train qui freine, puis fonça, fonça, fonça en direction de Paris. Pariiiiis ! Pariiiiis ! Au début du XIXe siècle, son espèce y avait été reine sous la forme d'un éléphant de quarante pieds de haut, place de la Bastille, en maçonnerie peinte d'un joli vert, maquette d'une statue que le dictateur d'alors avait ordonné d'ériger, mais chute du dictateur, abandon de la statue et ruine lente de la maquette, dont le plâtre avait noirci, tombant par plaques comme le maquillage de ma vieille et bonne cousine Marie-Christine qui avait l'accent de Narbonne. C'est là que Victor Hugo a logé le fameux Gavroche. Il note à ce sujet l'apparition du mot gamin dans la langue française. S'est ensuivie, tant les hommes aiment se rassurer à l'intérieur de types, l'espèce « gamin de Paris ». Son acte de décès a été enregistré dans une chanson de 1951. Ce qui glorifie tardivement n'est jamais qu'un constat de disparition. Rongé d'une maladie de peau comme l'éléphant de la maquette l'avait été d'une maladie de plâtre, l'éléphant du zoo pénétra trompe levée place de la Nation. Les voitures pilèrent, un bus dérapa. L'éléphant renversa des motards, donna des coups de trompe à des passants, déracina un feu rouge. Sur la vaste place, qualifiée de tourniquet à courants d'air dans un livre de Victor Vonnevy, au centre du jardin rond auquel on ne peut accéder qu'au risque de devoir traverser la très large avenue circulaire qui l'annèle, s'était avant Gavroche dressée une guillotine. Elle avait remplacé celle, plus centrale, de la Bastille, une fois que la portion ahurie de la population, plus nombreuse que la portion féroce, s'était lassée des exécutions. Les corps du millier de décapités de la place de la Nation avaient été enterrés dans un proche terrain devenu un cimetière privé où, le snobisme bouturant sur tout, seuls les membres des familles aristocratiques descendant des cous coupés ont droit à une sépulture, procurant à leurs survivants une pincée de supériorité. « Encore un truc gratin que Valéry Giscard ne pourra jamais s'offrir », avait dit sous sa présidence Ismena de sa voix aggravée par les cigarettes. Gabrielle ayant répondu : « Maman, je connais la suite ! », Ismena avait ouvert un gros œil et pouffé de rire en se resservant un whisky qu'elle appelait scotch. « Ce soir je dîne chez Joe Allen, et puis on va au Privilège, tu seras sage », ce que Gabrielle avait été, elle adorait rester seule dans l'appartement à lire des livres d'art. Ayant grimpé sur le dos d'un lion en bronze, puis sur celui du Génie de la Liberté, l'éléphant posa les jambes antérieures sur la statue de la République, barrissant toujours

---

Putain, mate ! Mate je te dis ! Un éléphant ! Attends je filme on va se faire des couilles en or en revendant à une chaîne d'info !

---

plus fort comme pour réclamer sa guérison au ciel, à cet instant bouché par un matelas de nuages crayeux. La République tomba. Elle n'est pas à un coup d'État près, dit un mulot se faufilant dans un égout. Les jambes arrière sur le Génie, une jambe avant sur le globe terrestre d'où la République avait chuté, l'autre repliée, l'éléphant lança sa trompe en l'air et barrit de plus belle. Quelques passants filmaient. Un petit garçon échappa à la main de sa nounou et, titubant sur ses jambes bardées d'un pantalon rembourré, main en étoile, se précipita vers l'éléphant. Il s'arrêta d'un coup. La nounou arrivée se pencha sur lui en hurlant, pour elle aussi s'interrompre d'un coup : l'odeur de l'animal était vraiment forte. Elle reprit l'enfant par la main et lui fit traverser la place d'un pas net. Un autobus klaxonna puissamment. Un arbre agita ses branchages nus de manière affolée. À la neige du matin, le vent qui balayait le sol en bourrasques violentes donnait, au goût de l'enfant, d'enchanteresses ondulations blanches. L'éléphant n'était pas plus effrayé par le froid que par les camionnettes de police. Deux jeunes agents dégainèrent leurs armes. Ils tirèrent sur une voiture dont la conductrice, prise de panique, ne s'était pas arrêtée sur leur injonction. Elle mourut aussitôt, ainsi que sa mère à son côté. Un troisième policier se

---

I zont rien d'autre à foutre que des tournages de films quand on a des livraisons à faire !

---

précipita sur un homme qui filmait la scène et confisqua son téléphone ; comme l'homme protestait, un quatrième agent le verbalisa pour outrage à agent dépositaire de l'autorité publique. Plusieurs autres policiers accoururent, laissant la voie libre à l'éléphant qui prit la rue du Faubourg Saint-Antoine en barrissant. Sur les trottoirs, serrant le col de leurs manteaux, les gens sortis des cafés et des boutiques se postaient. Il s'arrêta. Les curieux reculèrent. Il se frotta à un arbre. La chose faite, il arracha un nouveau feu rouge et deux panneaux de signalisation, comme s'il débarrassait les arbres de concurrents. Une pharmacienne sortit de son officine en courant ; une seringue dans un poing fermé, elle cria de plus en plus fort à mesure qu'elle approchait de l'éléphant. L'aiguille se brisa sur la peau de l'animal qui ne sentit rien, au contraire de la pharmacienne : heurtée par sa queue, elle tomba par terre. Un vieux monsieur sévère prit une photo et lui dit, se penchant sur elle qui gémissait sans lui proposer d'aide : « Vous pouvez faire un procès à la ville ! Khadija ! Khadija ! Donnez-moi votre numéro ! » L'éléphant fracassa un panneau publicitaire à l'aide d'une poubelle en fer. Sur le porche de Sainte-Haldetrude, un prêtre en aube, chasuble et étole le bénissait pendant que deux enfants de chœur balançaient des encensoirs. Deux corbeaux se posèrent dans un bruit de ciseaux, puis escortèrent l'éléphant en marchant sur la fine couche de neige à pas balancé. À l'intérieur d'un taxi bloqué dans une des rues adjacentes où tous les véhicules avaient été détournés (on avait fermé les stations de métro de quatre arrondissements), le chauffeur ouvrit la radio, où le Premier ministre, d'un ton solennel, annonça : « Nous mettons tout en œuvre pour assurer la sécurité des Parisiennes et des Parisiens, en adhérence avec le bien-être de l'animal », alors que sa passagère, casque sur les oreilles, écoutait, dans l'émission *Moi et le monde*, le philosophe qui l'animait parlant de son enfance où les zoos n'étaient pas dénigrés et où le principe d'autorité voulait qu'on pût donner une gifle à son fils sans risquer la prison ; on ne sait pourquoi il ajouta une sortie contre l'art contemporain, alors que, si l'on prenait le mot au sens strict, l'art contemporain était revenu à tout ce dont il regrettait la perte, « le dessin », « la figure », « l'âme », et qu'un des principaux musées de Paris exposait une rétrospective *Fuck Abstract*. Peu importaient les faits, il s'agissait de récriminer. Il parlait d'une voix lente et plaintive, qui s'affaissait à la fin des raisonnements pour, dès que son invité tentait de glisser une réponse, se précipiter dans les aigus et lancer un nouveau soliloque. « La monopensée est partout ! Bientôt on ne pourra même plus dire éléphant ! » Ôtant son casque, la cliente dit : « Qu'est-ce qu'ils ont tous, avec leur monopensée ? Pourquoi faudrait-il ne s'intéresser qu'à ceux qui nous haïssent ? – Bah, madame, c'est l'effet des idées qui changent, les vieux tentent de retenir le tapis en

---

ALLEZ ! RECULEZ ! JE VOUS DIS RECULEZ ! NE DISCUTEZ PAS !

---

inventant des dragons. Tous les dix ans, ceux qui haïssent l'idée d'être humains jettent un nouvel os dans le chenil. On a eu dictature molle, soft idéologie, politiquement correct, wokisme, maintenant c'est ça, dans quelques années ce sera autre chose. – Plus la casserole est vide, plus elle fait de bruit ! », dit la cliente en remettant ses écouteurs. Trente camions de CRS arrivèrent place de la Bastille en même temps que l'animal. Des hommes en cagoule élevèrent des barrières anti-camions tout autour de la colonne de Juillet. L'animal sembla hésiter. Un instant après il dressa la tête et, ses vastes oreilles de chou se repliant en arrière et la trompe dressée, il lança un barrissement plus triste que tous les olifants de tous les Rolands de tous les Roncevaux. Ayant fait, il baissa la tête, laissa gracieusement retomber sa trompe sur le sol en lettre J et resta immobile, comme à jamais, c'est-à-dire pour toujours.

Il est interdit de filmer ! Ça ne vous donne pas un droit particulier d'être journaliste ! Reculez ou je confisque votre téléphone ! Vous allez obéir, oui ? C'est moi qui commande, ici !

Guillaume tentait d'impressionner un jeune teckel qui, aplati face à lui-même aplati, museau contre le sien, l'écoutait avec passion. Victor était assis sur un banc, Guillaume détaché et son admirateur se trouvant à quelques mètres, au pied d'une statue de reine en marbre. Et il disait, Guillaume, ce charmé par les idées des autres qu'il s'appropriait en les répétant comme s'il venait de les inventer : « Fort, on ouvre. Faible, on ferme. En 1670, Louis XIV a accompli l'acte le plus étonnant de son règne : il a ordonné d'abattre les murailles entourant Paris et, à leur place, d'aménager un boulevard planté d'une double rangée d'arbres. Il l'a fait contre l'avis des ministres, de Vauban même. Ou plutôt de Vauban, bien sûr ! L'homme des fortifications ! Ont disparu de la rive droite l'enceinte de Charles V, de la rive gauche, les résidus de l'enceinte de Philippe-Auguste (quatre cent cinquante ans pour abattre un mur !). Après s'être réjouis d'en avoir aboli tellement au XXe siècle, les humains du XXIe en ont élevé de nouveaux, et en quantité, partout. Ils ont fait des murs au lieu de faire de la politique. » Le petit teckel, sans un mot, partit. Je perds mon public, pensa Guillaume. Il faudrait peut-être que je passe aux nouvelles opinions de Victor. Ce matin il a répondu à une interview téléphonique en vantant la nécessité des frontières.

....

Paris réussit bien les ciels d'hiver avec un soleil maigre et une lumière pâle, se disait Victor en surveillant Guillaume. La promeneuse de chiens a intérêt à ne pas trouver une nouvelle excuse pour ne pas venir demain ! Bon, je n'aurais peut-être pas dû la draguer avec un coup dans le pif. Ce que j'ai mal dormi ! Il se toucha le front du revers des doigts. Non ça va. Cette statue-ci, plus l'autre dans la perspective, ont le mérite de cacher le bâtiment le plus stupide de Paris, la tour Montparnasse. Les islamistes sont vraiment des cons : s'ils avaient abattu cette tour-ci, ils auraient obtenu des bravos. Un roman sur les chauffeurs de VTC de banlieue qui deviennent terroristes, il y en a déjà trop. Un sur les ordinateurs qui se détraquent et les virus qui se propagent ? Les conneries apocalyptiques marchent toujours. Il consulta son téléphone, le précédent venait de mourir, irréparable (« Bien sûr ! »), celui-ci était connecté (« Connecté ! »). L'éléphant de la Bastille avait chassé l'animateur de télévision qui avait traité un ministre de bouffon, le romancier baveux qui avait fait des déclarations racistes parce que les ventes de son livre patinaient, la comique de stand-up qui avait renversé un enfant à moto. Il devenait mascotte pour les uns, symbole pour les autres, motif de morale pour beaucoup, sujet de rigolade pour les malins. Des militants associatifs manifestaient pour empêcher de le sangler à un hélicoptère militaire qui le ramènerait au zoo. Un général disait que l'armée avait autre chose à foutre que ces pitreries. Le niagaresque flot de pisse que l'animal avait lâché sur la ministre de l'Écologie avait donné lieu à tout ce que l'on imagine, jusqu'à des groupes de jeunes charismatiques chantant « Jésus a voulu l'éléphant ! » à quelques mètres des camions de police qui bloquaient la place de la Bastille et distribuant des tracts d'adhésion, « ou, à défaut, de dons : ce QR code vous mènera directement à notre site ». L'émotion ! Le monde est mené par l'émotion !, pensait Victor. Et mon fils le premier, qui m'a téléphoné son inquiétude pour cette bestiole ! Sans m'avoir demandé autre chose que « ça va ? » ! Je pourrais avoir un cancer, que je sache. Ayant noué sa laisse au collier de Guillaume, il alla se rasseoir. Ce qu'il me faut c'est une cause. Un homme, ou encore mieux une femme, injustement accusée, à la Dreyfus, enfin je me comprends. Il est vrai que le romantisme de l'assassin s'est éteint avec

---

Je t'aime comme ce petit soleil courageux qui tente de repousser le gris sale au-dessus du palais. Il ne gagnera peut-être pas, mais je l'aime.

---

l'abolition de la peine de mort. Le sordide spectacle mécanique magnifié par le petit matin… Où est passée la punition ? Même les voyous étaient pour, il n'y a qu'à voir leur code d'honneur. Et tout ça donnait de l'art. Pantruche goualante la veuve rouge accordéon michetonneuse estomac de Pigalle les travelos Divine et Notre-Dame des Fleurs dans le roman de Genet ou le tapin Jésus-la-Caille dans celui de Carco Fange & Rédemption quai de la Bigorne rue de l'Estourbi boulevard du Tremolo. Il marchait de manière saccadée, lentement puis très vite, puis à nouveau lentement. Guillaume se retournait vers lui. Un coup sec de laisse le ramenait vers Victor, menton au ras du sol, ses petites jambes tricotant pour ne pas tomber. Paris a eu jusqu'à dix-huit prisons, il n'en reste qu'une, la Santé, dans le XIVe arrondissement, rouverte en 2018. Une capitale sans prison, si ça n'était pas le signe d'une époque dégénérée ! Tiens, vla un truc que je pourrais ajouter à une réédition de *Dernière ville avant la fin du monde*, ce livre dont on a parlé à un de mes potes sur un des paliers de l'Himalaya. Trop tard : Paris est foutu. Les politiciens se ruent sur le Grand Paris, y a du fric à faire avec les travaux publics et de la férocité à enclencher pour en devenir le roi. Grand Paris ! Paris est petit et c'est son génie. Versailles est petit. L'Élysée est

---

Regarde dans un miroir, tu y verras de beaux yeux verts à longs cils de centurion romain.

---

petit. La France est un pays de concentration. On n'est pas l'Allemagne, on n'est pas l'Amérique, on n'est pas la Chine, on n'est pas la Russie ! Paris est un cerveau avec des écrivains, des artistes, des dîners secrets, quarante rues comme dit Gabrielle. Il se toucha le cou, puis le front. Ce froid humide est mauvais pour la santé.

Il passa une main sur l'épaisse peinture verte du banc, essayant de deviner du bout des doigts l'inscription gravée qu'elle recouvrait. Des gens déplacèrent des chaises, les confortables chaises des jardins publics de Paris, droites et hautes ou basses au dossier incliné, pour essayer de capter le faible soleil délavé qui avait réussi à scier les nuages. Il y eut une femme âgée, ridée comme une cascade, en longue doudoune vert kaki, qui tenait un ordinateur portable sur ses cuisses et faisait profiter ses voisins de la conversation qu'elle tenait avec une amie en ligne. Victor qui écoutait ne comprit rien à leur langage. La femme tourna vers lui un regard sanguinolent et venimeux puis changea de banc ; elle sentait très mauvais. Nul ne lisait de journal, mais certaines personnes lisaient des livres. Pff. Moins que de lecteurs de téléphones. Sur le bassin que l'on avait rempli de glace artificielle, des patineurs allaient, raides et obliques, pareils à des aiguilles d'horloge. Comme à cette heure-là nulle classe de

---

Tu peux te reposer sur moi de toutes tes faiblesses.

---

maternelle n'était amenée au jardin du Luxembourg, on n'entendit pas les cris d'oiseaux qu'émettent les enfants excités, mais des amoureux se chuchotant des riens. De lourds bruits mats laissaient penser que, derrière telle rangée d'arbres, il y avait des joueurs de boules. Et il y a moi, bien vaseux, pensa Victor. Il monta sur un pèse-personne, dont l'aiguille fila à toute vitesse sur cent un kilos, cent un kilos ? Il descendit. Guillaume au bout de sa laisse leva un sourcil en bille. Cent un kilos... Ah mais ! Il est détraqué, il démarre à vingt-trois kilos ! Il remonta sur la machine, essaya d'ôter 23 de 101, n'y arriva pas, repartit. Tout à ses pensées, il salua Marie Stuart. Le banc le plus proche le vit se rasseoir. Manteau pendant en rideau de part et d'autre de ses jambes écartées, coudes sur les genoux, tête baissée, la laisse de Guillaume toute molle. Il se tâta le cou, bascula en arrière, allongea les jambes. Planche je suis. Je fais la planche sur la vie. Temps de merde. Ou un nazi ? Liste des meilleures ventes : *Inceste avec parrain* 50 000. *Partouzes-concept* 100 000. *Papa était nazi* 200 000. Yabon nazi ! Les nazis nous ont pillés pendant quatre ans, mais maintenant ils rapportent. Historiens, maisons d'éditions, producteurs de films, concepteurs de jeux vidéo, y a vraiment que les fabricants de couches-culottes pour ne

---

C'était l'année où tous les garçons de vingt ans avaient les cheveux longs. Et ça te va à ravir.

---

pas faire une thune avec eux. Et au lieu de la bonne vieille soupe aux nouilles, nous avons tous les jours de la soupe aux nazis sur la table ! Rien que des nazis au lieu de nouilles ! Où que nous achetions des nouilles, ce ne sont toujours que des nazis, quel que soit le paquet de nouilles que nous ouvrons, il n'en jaillit plus que des nazis ! Ha. Je pourrais m'inventer un nazi familial, mais en 40 mon grand-père maternel était mort, mon grand-père paternel a été tué à Dunkerque pour permettre aux Anglais d'embarquer, mon père avait trois mois, mes grands-mères je ne sais rien au fond. Au fond, au fond, kyatiofon ? Guillaume le regarda lire avec patience. Tout d'un coup, Victor manipula son téléphone. « Gabrielle, je te dérange ? – Jamais. – Je suis en train de lire le poème sur Caïn de Leconte de Lisle. Il était bibliothécaire à cinquante mètres d'où je suis assis, au palais du Luxembourg. Un bibliothécaire chercherait-il à s'échapper de sa caverne ? Vois Borges et ses histoires de pampa. Enfermé, on songe aux espaces. Attends une seconde, je retourne à la bonne page pour te lire :

C'était un soir des temps. Par monceaux, les nuées,
Émergeant de la cuve ardente de la mer,
Tantôt, comme des blocs d'airain, pendaient dans l'air ;
Tantôt, d'un tourbillon véhément remuées,
Hurlantes, s'écroulaient en un immense éclair.

Velours, voulez-vous prendre Ottavio pour époux ? Je vous déclare tissu et homme.

Et ceci :

Car il connut, dans son esprit, que c'était là
La Ville de l'angoisse et de la solitude.

Mmm… La ville de l'angoisse et de la solitude… Par périodes, Paris est peuplé d'extravagants qui modifient sa teinte. Mi-XIXe, partout des prophètes. Fin XIXe, des poètes. Mi-XXe, des gens de théâtre. Aujourd'hui, plus que des gamins tétant leur téléphone portable où ils lancent des start-ups qu'ils revendront millionnaires à trente ans, après quoi ils nous feront chier à vouloir publier des livres sur la façon de gérer la France. Bon, je t'embrasse. Gabrielle ! Gabrielle ! Oui… Je t'ai envoyé ma préface, tu as reçu ? Non, tu as tout le temps, je voulais simplement m'assurer que ce n'était pas dans tes indésirables. Mais enfin lis vite. »

À un vieillard marchant les bras en l'air comme s'il sortait de la mer sur une plage de galets, une très grande femme altière, blonde et rose, sans un gramme de maquillage, tira les rènes des deux tortues sur lesquelles elle avançait et dit, d'une voix de zéphyr : « Arrêtez-vous près du gros arbre. Des oiseaux causent. Celui-ci dit ceci, celui-ci dit cela. La hideuse corneille est la plus gentille.

Aspire-moi !

Elle vous apprendra comment vivre cent onze ans. – Horreur ! », répliqua le vieillard. Son sursaut le plaqua contre un grand chêne qui levait les bras comme le général de Gaulle. L'arbre dit, dans un grand souffle qui le fit trembler : « J'ordonne que la petite fille qui s'amuse à arracher des brindilles au pied de mon tronc ait cent onze cheveux arrachés un par un ! » La petite fille partit en hurlant d'un ton suraigu ; arrivée dans les bras de sa mère, elle accusa un petit garçon en le montrant du doigt. La mère lui demanda son nom pour lui faire un procès. Le petit garçon, ouvrant la bouche comme un émoticône, émit un rugissement qui fit se figer la mère et la petite fille hausser les épaules. Elle alla jouer plus loin. Un autre petit garçon, dont les parents parlaient sans le voir, souleva son T-shirt : « T'as vu mon ventre ? – La sexualité inconsciente montre le ventre à défaut d'autre chose », répondit-elle à la grande incompréhension du petit garçon, tout en s'envolant vers un socle de pierre où elle se transforma en statue d'Hécate. « Bien joué, dit une chatte à l'œil oblique qui inspectait les plates-bandes, tête abaissée entre les deux volets levés de ses omoplates. T'aurais une indus' ? »

Il neigeait. « Il » est un morne dieu, pensa Victor. « Il » veut nous uniformiser. « Il » est un tyran incompétent qui

---

Je suis meilleur près de toi.

---

ne peut que le minable. « Il » fait défiler ses armées tristes. Et puis la neige sur les lunettes. Pendant qu'on les essuie il neige dans le parapluie, les flocons retombent sur nous quand on l'a redressé, la vie est vraiment chiante. Trébuchant, à vrai dire sur rien, il laissa tomber son livre et se retint à un arbre. Sur le tronc, une affichette reproduisant un sceau de cire rouge annonçait « The Seal of the Living God » : « White Throne Ministries is a registered non-profit Christian organisation based in Ghana, West Africa. Our name was carefully chosen from the Great White Throne Judgement scene found in Revelation 20:11-12. » Près de la grille, un homme fumait sous la neige. La fumée blanche qui montait d'entre ses doigts avait l'air de contredire les flocons qui tombaient. Sortant du parc, Victor bâilla, bâilla, bâilla. Un clochard assis contre la grille dit d'une voix de fond de cave : « La main devant la bouche ! » Victor haussa les épaules. La neige cessa. Regardant le Panthéon dans la perspective de la rue Soufflot, il dit à voix haute : « Tu vois, Guillaume, je vais écrire à la Khadija de Paris, au ministre de Mesdeux, enfin à Kidedroit (vieille famille bretonne) pour qu'on inscrive au fronton : AUX TECKELS LA PATRIE RECONNAISSANTE. » Traversa zigzaguant boulevard Saint-Michel encombré houp là voitures trop silencieuses. Camionnette police vitre abaissée : « Monsieur ! »

Je remercie le hasard, mon entêtement et ta patience : je t'ai connu !

Continua marcher. Camionnette arrêt brusque. Cinq policiers dehors, tournant autour de lui cyclone bleu. Pas un salut, pas un bonjour, « Je vous ai appelé, vous deviez vous arrêter ! Vous traversiez hors des clous ! Vous auriez pu vous faire écraser ! – Je ne suis pas écrasé, comme vous voyez. – Vos papiers. – Vous n'avez pas mieux à faire, chez les marchands de crack, par exemple ? » Policier furieux intérieur camionnette ordinateur portable lentement très lentement tape gros doigts autre policier faisant leçon Victor. « Tout le monde est prof, dans ce pays. Vous êtes payé pour me donner un cours ? » À l'écart, jeune policière grosses fesses pantalon et policière Antillaise remuant épaules à côté Black sourire vaguement approbateur, tandis qu'elles : gestes aux poignets cassées, « ils sont maniérés » ; « et quand tu les vois maquillés, il y en a, ce sont des femmes ! » ; et ça se déhanche, et ça glousse, ces femmes de vingt-cinq ans sont des Fernandel de 1950, se dit Victor. Le plus frappant est que cela se passe à voix haute devant des tiers, sans qu'elles aient l'idée que ça pourrait offenser. TikTok, évidemment. Elles se croient entre elles sur un réseau social. Social si l'on peut dire ah ah. Bon, si les homos étaient moins maquillés, aussi. Qu'ils se démerdent entre eux. Chef policier rend carte identité tend tablette signez ici. « Je refuse. » Recevrez avis amende domicile. « N'oubliez pas

---

Je t'attendrai. Sweet dreams are made of this.

---

de transmettre mes hommages à Kim Jong-un. – Vous voulez que je vous emmène au commissariat ? » S'étant arrêté pour boire une vodka à un comptoir de café, Victor remonta vers le Panthéon. Guillaume lâché, laisse dans sa bouche, frétillant (« Pauvre aliéné ! », crache une fourmi portant une miette de trois fois son poids), tourna vers la place de l'Estrapade. Victor le prit sur la poitrine et sous son manteau, sa jolie tête pointue faufilée entre deux boutons, et ils se recueillirent à Saint-Étienne-du-Mont devant les plaques funéraires de Pascal et de Racine. « Tu vois, la première est fendue : c'est Dieu en colère d'avoir eu un dévot aussi fanatique. Et l'autre, Racine. Racine, quoi ! » Il plissa fortement les yeux. « Moi aussi, j'ai des migraines. Cassons-nous. » D'une fenêtre de son salon ouverte malgré le froid, un verre à la main, il regarda des enfants faisant une bataille de boules de neige sur la place. « Je comprends la popularité de ces choses. La violence, dès l'enfance. La violence fait partie de la vie. Too many chochottes today. Pff. Qu'est-ce qu'on s'emmerde, Guillaume, dit-il en grattant le crâne du chien dressé sur sa jambe. Y a-t-il une vie avant la mort ? »

T'y regardes les nibards, mais avec élégance !

Louée soit la Nature qui n'existe pas : je suis laid. Sans cela mon intelligence me ferait haïr. Laid, on peut me mépriser. Méprisé, je peux dire ce que je pense juste. Mais pas juste ce que je pense ! Quand je me hisse hors de la fente du trottoir ou me faufile entre deux bosquets d'un parc, le poil humide, l'œil au laser et la queue puissante, me dirigeant vers le Club de lecture des taupes, je me mémentoïse : ralentis ton éloquence, mon rat d'amour. Si tu parlais comme les pensées se formulent dans ton cerveau, non seulement tu irais trop vite et les taupes ne te comprendraient pas, mais tu passerais pour un poseur. Descendu dans leur galerie souterraine, je prends place, écoute impassiblement le loir qui me présente avec d'hyperboliques éloges puis me lance, sauf que non. J'hésite, fais semblant de chercher, bafouille, me goure. Pouffements, bravos, assistance ravie. Je ne suis pas supérieur ! Dans ma comédie de dérapage réside l'artifice, et non, comme elles le croiraient, dans ma spontanéité rapide. Faut pas être trop brillant dans la converse, ça irrite les normaux.

....

À la vitrine de chez Lavelière, ce midi, il y avait de la « brioche de la gâche fabrication maison ». Trois cubes bruns surmontés d'un nuage caramélisé à faire vomir mon ami vendeur de chez Prada qui n'aime que les robes austères et mange une demi-courgette bouillie. Il est très pâle, avec des cheveux bouclés très noirs, un nez très fin, un menton très triangulaire, cela sur un très long cou mince, avec de très grands yeux gris et durs, bref il est très attirant. Petit, aussi, mince comme la pluie, fluet, solide. Comme il est gay, les gens doivent penser que nous sommes amants. Enfin, ceux qui ne pensent jamais, quand ils croisent un homme en compagnie d'une femme, qu'ils couchent ensemble. C'est lui qui m'a fait connaître les nocturnes du Louvre. Cet austère jeune homme gigolote parfois, pour le plaisir. Par morale, il y ajoute le vol. Ça l'excite de dominer des pères de famille en slip de femme. Devant un pastel de Mme de Pompadour en intellectuelle de gauche (robe de Dior, livres de Voltaire), il me montre sur son téléphone la photo d'un autel où il conserve ce qu'il leur a pris. Son sadisme se perfectionne de ce qu'il ne vole que des objets ne leur appartenant pas, mais à leur femme, leurs enfants s'ils en ont, pour les embarrasser. Qu'il est méchant ! Il pourrait jouer Dracula. Bon, je doute si ce comte aurait goûté d'être joué par un fils de bourgeois alsaciens (son nom de famille est Kléber). Le Professeur vient de m'apprendre cette formulation, « douter si », qu'il a qualifiée d'« archaïque, rapide et élégante comme Paris ». C'est comme si je m'étais acheté un smoking. À part lui, et j'espère moi bientôt, les gens parlent leur langue comme si c'était un torchon trouvé dans une souillarde. (Ça, c'est un mot du Sud-Ouest, m'a-t-il dit, ça veut dire arrière-cuisine.) Kléber s'éloignant, une fille qui me suivait de tableau en tableau approche. Avec un air d'insolence par lequel elle imagine cacher son excitation, elle me dit trouver que le profil du beau jeune homme par Prud'hon, derrière moi, a l'air découpé sur le mien. Elle me drague. Au Louvre. Dans une soirée implicitement réservée aux rencontres entre garçons. Je suis révolté. Ayant marmonné quelque chose en brésilien, je fixe le tableau d'un regard dur. Kléber revient, elle s'éloigne, avec ses talons plats. Les salles, peu fréquentées, produisent un bruit de vaguelettes au bord d'une plage, un soir d'été. Loin de moi la nostalgie du Brésil. Je n'y retournerai jamais. Kléber m'apprend que la miniature est devenue « très prisée » (chercher ce mot) à la fin du XVIIIe siècle : dans ces temps agités, on pouvait plus facilement transporter les portraits de qui on aimait. Les drames créent du petit, pas du grand, au contraire de ce que le cinéma imagine. Le peintre Gros, me dit Kléber,

---

Florian, Octave. Octave, Florian.

---

a débuté dans la miniature. Napoléon prend le pouvoir : son régime élargissant tout comme un éventail, Gros est devenu peintre de très grands formats, comme celui-ci, portrait équestre d'un maréchal empanaché, glands au képi, trois mètres de haut. L'Empire tombé et la France rétrécie, on revient aux miniatures ; regarde (me dit Kléber) ce médaillon du fils de Napoléon. Sur trois mètres de haut, cet « Aiglon » aurait été risible. Là, on voit bien qu'il n'est pas dangereux, et on peut s'attendrir sur ce mini-martyr. Un Français qui ose se moquer de Napoléon ! Et pourquoi pas de Louis XIV et de tous les rois qui ont fait La France ? Nous remarquons l'un et l'autre un grand type à couettes dépassant d'un bonnet tricoté. Kléber s'avance. Ils s'embrassent en se frôlant les joues, « Salut, me dit le garçon avec un sourire pareil à un lustre qui s'allume : Victorien. On se fait une séance bientôt, Nathan ? », demande-t-il à Kléber qui répond d'accord, après quoi Victorien rejoint une petite rousse et on ne les voit plus. Au fait ! s'exclame Nathan qui manipule son téléphone : et il m'envoie les horaires de ses cours d'histoire de l'art à la Sorbonne. Ils n'ont commencé que depuis deux mois, ça ne doit pas être si difficile à rattraper. J'ai déjà acheté des manuels (en français), et j'irai aux conférences du soir à l'Institut national d'histoire de l'art. Il ajoute cette remarque, ce Strasbourgeois : « Le lieu où l'on naît est moins important que le lieu dont on rêve. »

Comme nous redescendons le grand escalier, un bruissement se fait entendre, je me retourne : les ailes de la

Victoire de Samothrace sont fixes. Pourquoi auraient-elles bougé ? D'ailleurs, elle est bien restée en appui sur sa jambe gauche. Dans l'escalator qui nous hisse vers la sortie, Nathan me parle avec assez d'indiscrétion de ce Victorien que nous venons de rencontrer, mais je n'écoute pas ; je songe à mes déceptions de Paris. Cette pyramide, banale comme un casino de Las Vegas. L'Opéra de la Bastille et son allure d'hôpital. Les Champs-Élysées, mall en plein air. Et là, ce pan de mur des Tuileries tout en moellons qu'on n'a pas recouverts. Le Professeur dit que le génie français est la négligence. Je garderai ça pour moi.

Sous l'arc du Carrousel, un pigeon dont une jambe a perdu ses doigts se moque d'un corbeau qui se dandine dans une allée de sable : « Eh, Kendall Jenner, tu te crois sur un podium ? » Le corbeau se retourne, tête par-dessus l'épaule : « Tu t'es vu avec ton moignon ? », puis prend un envol bossu. Au-dessus des bosquets des Tuileries, il croasse. AAA ! AAA ! AAA ! AAA ! Un policier qui avait feint d'être un dragueur verbalise pour exhibition sexuelle un homme tout ébahi. AAA ! AAA ! L'homme ne sait pas traduire l'alerte venue du ciel : le policier ayant incité à l'exhibition, cela engendre la

---

Le covid c'était la mort du snobisme. Avec ces masques on ne reconnaissait personne dans les vernissages.

---

nullité de l'acte, AAA ! AAA ! L'homme s'éloigne, des mots sonnant comme des cloches à l'intérieur de son crâne. Public... vue d'autrui... même en l'absence d'exposition d'une partie dénudée du corps... commission d'acte sexuel réel ou simulé... quinze mille euros... un an d'emprisonnement... Il s'imagine une pancarte dans le dos, persiflé dans les rues d'Arcis-sur-Aube. « Les animaux domestiques, quelle drôle de coutume, dit Nathan. C'est là, par millions, alors on accepte. Toutes les sociétés en ont-elles eu ? La saleté, l'éponge à sentimentalisme, la niaiserie, l'esclavage. Ce que j'aime à Paris, c'est qu'on n'y fait pas de promenade en famille le dimanche. Cinquante pour cent de célibataires, tu savais ? Trente pour cent dans le reste du pays. Où que ce soit on nous le fait payer. Plus d'impôts que les autres. Le troupeau humain hait ceux qui ne se reproduisent pas. Et qu'on ne vienne pas me parler d'adoption, de GPA, de mariage et de tous ces trucs de pédés qui rêvent d'un paradis hétéro ! »

Des quais, les lampadaires envoyaient des flaques de lumière laiteuse. Tout devenait languissant, lunaire, ventre de requin, bas d'escalier de cave, coffre de grenier avec une vieille robe en soie raidie, parc de château au crépuscule, nacre d'huître, vie à peine palpitante. Nathan expliqua que, pour aller de chez lui à son travail et retour, il accomplissait chaque jour le plus majestueux des trajets : il traversait la Seine. La Seine ! Il prononçait ces deux mots avec tension et le visage grave. La Seine !

Le seul fleuve au monde, tu m'entends, le seul, qui traverse une capitale en son milieu sans être ni trop bas, comme à Rome, ni trop large, comme à Londres, ni trop frontière, comme à Budapest, enfin un fleuve qui ne sépare pas. Et puis c'est Paris qui a le plus grand nombre de ponts, rendant si facile d'aller d'un côté à l'autre. Les sourcils de la Seine, à l'image de sa ville qui a une forme d'œil, à moins que la ville ne soit une conséquence de la Seine… C'est parce que la Seine était ainsi à cet endroit-ci que Paris a pu germer et devenir ce prodigieux chou-fleur. La Seine ne commet jamais d'excès pour se faire valoir au détriment de Paris, ou tellement peu ! Elle n'a jamais gelé au point de donner lieu à un chapitre de roman comme la Tamise dans l'*Orlando* de Virginia Woolf. Tu n'as pas lu ? Il y a une librairie anglaise non loin d'ici… Tu veux le lire en français ? Ah d'accord. Pour moi, le plus beau est le pont Marie, avec ses avant-becs genre navire de guerre romain, et son emplacement : le meilleur de Paris des deux côtés. Regarde si c'est ravissant, par là-bas, la pointe de l'île de la Cité, la tour Saint-Jacques, l'Hôtel de Ville, et des ponts, par ici le jardin des Tuileries, l'obélisque de la Concorde, et des ponts. Des façades en pierre, sans ornements, peu élevées, raffinement suprême. Protestant, je dirais, si la population de cette ville n'avait pas été d'extrême droite

---

Fünfundsiebzig Meter Sandwicherie.

---

catholique pendant les guerres de Religion… Passons. J'habiterais bien quai d'Anjou.

Un homme à capuche passa près d'eux, l'air buté, poussant une poussette où Wilson imagina un pistolet mitrailleur. Jetant un coup d'œil faussement détaché, il aperçut la tête d'un bébé joufflu comme une pivoine. Le bébé ouvrit les paupières et lui fit un clin d'œil. Un clin d'œil ? Un pigeon frôlé par la poussette s'envola avec un cri de protestation. Plus personne sur les quais, plus personne sur les berges, plus personne nulle part. Éclairés par la lune, Wilson et Nathan se tenaient au milieu du pont, tête levée. Le premier, dans un bomber à motifs Fortuny et un jean moulant, le second, dans un petit manteau court et des souliers pointus. Monta de la Seine une langue d'eau qui prit les contours d'une femme à cheveux d'algues. « Chers nouveaux de Paris ! dit-elle d'une voix claire. Il n'y a pas plus ignorant de Paris qu'un Parisien de votre âge. Un Parisien de vingt ans connaît son quartier et rien d'autre. Combien de Parisiens ne méritent pas Paris ! Une population est rarement à la hauteur de sa capitale, car celle-ci a été créée malgré elle. Une ville est faite par ses habitants. Une capitale est faite en les abusant. Leurs intérêts sont adverses : les habitants veulent des bâtiments, la capitale veut des monuments. Les habitants veulent de l'argent, la capitale veut de la poésie. Elle susurre : je suis prestige, et certains riches succombent. Ils lui offrent jardins, statues, musées. Une capitale absorbe la vanité. Et si… »

Le sifflement du mot amena sur les visages des deux garçons une brume tiède et délicieusement odorante. Ils observaient la Figure argentée. « Et si les Parisiens sont souvent désagréables, c'est pour repousser les admirations stupides. Soyez indulgents : Paris souffre souvent, mais ne se plaint jamais. Sachez du reste que les Parisiens n'existent pas. Il y a des Lyonnais, il y a des Palois, il y a des Cadurciens, mais il n'y a pas de Parisiens en tant que conscience communautaire. Les Parisiens, si divers, ne forment pas des communautés, mais une société. Paris se moque des origines, Paris absorbe les talents. » La Figure se pencha, plongea un bras et rapporta de son fond, toute dégoulinante, une double chaise du jardin des Tuileries. De sa grande main translucide, elle la déposa derrière Wilson et Nathan sur qui elle souffla doucement, les laissant embrumés et assis. Se postant en plein milieu d'elle-même, elle abaissa ses longs bras d'où filèrent des franges d'eau, s'étira de part et d'autre, se hissa, un rideau liquide s'étendant d'une rive à l'autre. Les lampadaires s'éteignirent. Un rayon émanant de la statue d'Henri IV, derrière les garçons, atteignit le rideau. Commença un film, un film étranger. Un jeune homme quitte son pays pour Paris qu'il idéalise. Il est d'une beauté de fennec, avec des lèvres de cerise. Entre elles passe un français à accent hébreu. Dans un grand appartement vide, il dort par terre, prend une douche, doute. Quand il n'est pas nu, il porte un manteau de couleur rouille à grosse couture dans le dos (« Loewe », assure Nathan, « chut », répond Wilson). Quelles bonnes idées : ce manteau, les ponts que les personnages traversent en permanence (« C'est un film sur le fer forgé », dit Nathan à Wilson qui ne répond plus), cet Israélien qui se force à marcher sans lever les yeux pour ne pas être piégé par le charme de Paris : « La beauté est un bakchich que cette ville verse aux étrangers. » Elle sert aussi à cacher ses secrets, ajoute-t-il. Lui et un autre garçon, leur relation est ambiguë, sont penchés sur la Seine : « Regarde donc, c'est juste de l'eau ! », dit Émile à Yoav qu'il attire vers lui en le prenant de l'index sous la mâchoire, Yoav écarte la tête et émet un grognement de refus. Wilson se tourne vers Nathan, de l'index oriente sa mâchoire vers son visage et l'embrasse à pleine bouche. L'écran aquatique chute d'un coup, sans une éclaboussure.

Victor fouille le studio de son fils. C'est mieux rangé que quand je l'occupais l'année où j'ai vaguement préparé ce concours d'entrée à la con, je dois dire. Yaourts maigres. Graines de chia. Bière sans alcool. Quels puritains, ces jeunes ! Des affaires de maquillage, je préfère ne pas voir ça. Pas de médicaments, bizarre, et, encore plus bizarre, pas davantage de médicaments bizarres. Où range-t-il ses capotes ? Des sex-toys, voilà, des sex-toys, ils doivent être sous le lit… Aïe !… Non, des trucs de cours… Tiens, il ne dessine pas mal. Mes livres : dos intact, pas une page cornée, il ne les a pas lus. Évidemment. Un livre en anglais sur le queer. Le queer ! Si on leur faisait encore faire le service militaire, ça leur passerait vite, le queer ! Il n'y a rien, il me cache quelque chose.

On nous dit rusés : cette nuit, j'ai été filmée malgré moi. Et c'était dans le quartier le plus rusé de Paris, celui de la finance protestante, près du parc Monceau. La journaliste d'une chaîne câblée a utilisé un téléphone dont je n'ai pas remarqué le flash tout de suite, maudits soient les pavés mouillés de pluie scintillant sous les réverbères ! Je vis au parc Monceau, aimant dormir contre la rotonde de Valois dont j'épouse la courbe. Mon Valois préféré est Henri III. Il aurait pu être des nôtres, avec sa barbe rousse en pointe et son museau charmant. D'ailleurs il a été tué dans une battue humaine. Hélas pour elle, renarde n'est pas Paris.

....

Couchée en virgule, Irène dort, le visage sous ses longs cheveux roux, un souffle régulier soulevant une mèche. Quelle est cette convulsion subite ? D'où remonte son esprit dans ce corps écrasé ? Elle bâille plus largement qu'un éléphant de mer, s'étire avec lenteur, ce qui révèle un replet petit corps pâle couvert de petites taches orange et des aisselles poilues, qui font dire à Victorien quand il les aperçoit : « Tu es trop mode. » Son lit est une débâcle de draps en boule et d'oreillers grisâtres une oreille en l'air. Culottes oubliées sous le sommier, mégots bruns dans un pot de yaourt, un livre de poche à la couverture ridée s'évasant par terre, une photographie d'Ismena imprimée sur ordinateur punaisée près du lit et, contre un réveil noir à chiffres rouges clignotants, une autre, dans un cadre en cuivre doré, d'une petite fille. Un rideau sorti de sa tringle pend comme la manche d'un amputé.

Tap, tap, main, trompe aveugle, ah, téléphone, Victorien. « Je rêvais de ma grand-mère. Elle était si drôle. Enfant, je lui ai fait raconter cent fois l'histoire du recteur de Stiffkey, un bled anglais dans le Norfolk. Ce pasteur, un prêtre de l'Église d'Angleterre, s'était donné la mission de remettre les filles perdues dans le droit chemin. Il se servait de sa queue comme indicateur. Sa condamnation en justice a été tout à fait légalement levée par son évêque, et il est devenu artiste dans des tournées de spectacles : il se montrait nu à l'intérieur d'une barrique percée. Ma grand-mère n'avait pas une notion prude de l'éducation. »

Victorien : — J'aimais bien quand elle racontait princesse Punaise.

Irène : — Vous parlez de la sœur d'une reine d'Angleterre, coquin !

Victorien : — On lui sert un madère d'une grande année : "Très exactement de l'essence."

Irène : — Et le mannequin qu'on lui présente ? "Comment vous appelez-vous ? — Lesley, Madame, mais mes amis m'appellent Twiggy. — C'est bien malheureux."

Victorien : — Ça dégénère avec l'acteur avec qui elle conversait et qui tend un briquet : "Vous ne me donnerez pas du feu, cher. Vous en êtes très loin."

Irène : — Et devient ignoble lorsqu'elle dit à un handicapé : "Avez-vous déjà vu dans un miroir la façon dont vous marchez ?"

Victorien : — C'était pas le roi Lion.

Irène : — Ma grand-mère a pris une photo de moi enfant que je conserve près de mon lit. Dix ans, mes petites jambes dans un jean clair, un blouson de cuir rouge, les cheveux brillant de perles de pluie, j'avance dans la rue, obstinée et ravissante. Soit dit en toute objectivité.

Victorien : — Hier soir je me suis tapé de dîner avec mon père pour être gentil, j'ai été récompensé. Comme je lui disais que je me contenterais d'une assiette de riz (tout plutôt que l'infecte daube que sa femme de ménage lui prépare !), il m'a accusé d'être végan. Végan, végan, végan, il n'arrêtait pas de répéter le mot, d'autant plus que je lui disais ne pas l'être, mais quand bien même je le serais, qu'est-ce que ça changerait ? "Je le savais ! Végan ! Végan !" On aurait dit qu'il avait trouvé la clef d'un coffre. J'ai eu droit à une démonstration selon laquelle, quand on vit dans un pays, on en accepte les traditions. Je commettais un crime contre la culture française. Je me taisais, me retenant de lui dire que, ne buvant que de l'eau, il offensait la tradition viticole française. Au moment où je pensais que ça s'éteignait, j'ai eu droit à un rallumage sur le thème “moi qui te loge gratis à l'âge de vingt-deux ans”. Comme s'il n'était pas logé gratis par les fantômes de la famille ! Non seulement il a hérité l'immeuble, mais il a été incapable de le gérer. Rien n'accable le Grand Homme comme les rendez-vous avec les conseillers patrimoniaux, les experts-comptables et les notaires, figure-toi. Et donc, plutôt que de prendre quelques heures par mois à s'en occuper, il a vendu appartement après appartement, histoire de bien vivre, lui l'héritier (tradition), qui ne transmettra qu'un héritage (tradition) rétréci, deux appartements dont le sien, plus mon studio. Ça m'est égal, mais s'il pouvait ne pas l'accompagner de grandes leçons, ce serait mieux.

Irène : — Ça s'arrangera quand il aura fini son livre. Il a dit à ma mère qu'il avançait bien.

Victorien : — Il n'y a pas de “son livre”. Il n'écrit rien. Il ment. Au lieu d'écrire, il parle. Tu vois bien qu'il va de plus en plus à la télévision pour donner son avis. Sur ce qui ne va pas, bien sûr. Quelle fatuité d'impuissant. Lui qui avait de l'humour, qui n'avait pas assez de sarcasmes contre la télévision !

Irène : — Les hommes manquent de constance dans la haine.

Victorien : — S'il ne disait que des âneries, je serais plus tranquille. Hélas, il n'est pas encore totalement idiot.

Irène : — Tu te rappelles cette phrase d'un de ses livres dont on se moquait, ados ? "Paris est un cimetière d'ambitions déçues créant une amertume propice à une littérature moraliste et populaire…

Victorien : — … Elle console ceux qui n'ont jamais rien tenté."

Sans s'être brossé les dents, ni lavée, Irène se poste à une table très ordonnée : deux grands écrans d'ordinateur et des claviers. « Je ne pense pas qu'elle soit amoureuse en ce moment, disait Victorien à un camarade commun : elle est tout le temps là quand on lui téléphone, pour dîner, boire un verre. » Sans regarder, à travers l'unique fenêtre de son studio blanchie par une pluie séchée (« Je ne peux pas me payer mieux avec ma bourse »), la sinistre église Saint-Ambroise, une de ces forteresses à la fois néo-gothiques, néo-romanes et néo-byzantines dont le Second Empire a écrasé Paris, s'il avait existé un troisième style ecclésiastique les architectes l'auraient ajouté, elle se met au montage du documentaire qu'elle doit réaliser pour son école. *Mes Parisiens*[1] consistera en une série de très courts reportages où elle filme des gens ou des situations qu'elle commente en une phrase finale. Après les images d'une toute petite femme portant un énorme shako en fourrure synthétique verte qui se dit à voix haute « Allez, hop, c'est vert ! » puis traverse la rue, elle ajoute : « On regrette de ne pas la connaître. » Irène a une voix

1. Excusez le pronom personnel. Elle débute.

légèrement traînante et moqueuse qui fait qu'on n'est jamais tout à fait sûr de ce qu'elle pense. Autre scène. Dans un bus, une vieille dame timide : « La vie est devenue difficile pour les hommes aujourd'hui. Les femmes sont très redoutables. Du fait qu'elles ont leur liberté, dès que quelque chose ne va pas, elles partent. » Une autre vieille dame, extrêmement polie : « C'est bien qu'elles aient leur liberté aussi. » Commentaire d'Irène : « L'avis des vieilles dames. » À une terrasse de café, un client dit très paisiblement au serveur : « Elles sont infectes, vos fraises. » Le serveur, tout aussi flegmatique, un œil lourd sur l'assiette : « Oui, avec la mine qu'elles ont. C'est malheureux. » Et il s'éloigne pour continuer son service. Irène : « Humour de Paris. »

Victorien sort du métro à la station gare du Nord. Son corps monte marche après marche, apparaissant peu à peu au vendeur de cigarettes de contrebande posté sur le côté. Bonnet tricoté, couette. Capote kaki évasée. Pantalon bouffant. Bottes à semelles porte-avions. Il regarde son téléphone, lève la tête, se repenche, avance. Boutiques de téléphonie pour l'Afrique, les Philippines, Sri Lanka. Motos, voitures, grand bruit quoique 22 heures. La courte rue est vide. Immeuble en plâtre, cinq ou six étages, petites fenêtres. Victorien rôde, inspecte, attend, se dissimule, laisse rentrer chez eux les promeneurs de leurs chiens. D'une bombe de peinture sortie de sa vaste capote, il écrit sur la porte d'entrée : TIMOTÉ ET RIEN D'AUTRE.

Je m'extirpe de sous le canapé, à l'aide de mes ongles plantés dans l'assise, façon garagiste. (Vous prenez connaissance de mon sexe. Appelez-moi iel.) Je bondis sur un accoudoir que je fore de mes ongles crochus avec jouissance et supériorité. Visant une poussière en suspension la tête tournée je tente de la gifler elle s'envole. Ce matin, j'ai réveillé Gabrielle en lui tapotant la joue du bout de mon bras en boule de mimosa. Ce n'était pas de l'amour. J'avais faim. Giflons rideaux, lacérons murs. Jazzzzzz ! Jazzzzzz !

....

Du bout de sa rue à la galerie de Gabrielle, on voyait :

Irène qui allait chercher Victorien à la sortie de l'École des beaux-arts après avoir embrassé Gabrielle à la galerie. Avant même de saluer son ami elle dit : « Ma mère est trop chic, elle mange des gâteaux japonais couleur pneu. » Victorien : « Aaaaa… ttention. » Le convoi de voitures de police remonta la rue sirènes en marche, protégeant en son centre, silencieuse, une voiture noire aux vitres opaques. Irène : « Encore un ministre qui va acheter un timbre. »

Devant la vitrine d'un fleuriste, un mètre carré de trottoir boursouflé d'hortensias bleus et blancs en pots.

Une croix de néon vert clignotant.

Deux chaises dépliées face à face, de part et d'autre d'une petite table ronde.

Un chevalet d'ardoise portant, à la craie : « couteaux à la ventrèche de jambon noir de Bigorre 18 € – joue de nuf-nuf braisée-polenta 25 € – ris de veau-artichauts poivrade 38 € – ananas rôti 14 € – chardonnay bourguignon verre 12 €. »

Trois trottinettes électriques, l'une tombée.

Un très gros homme en jogging avec un tatouage de chaînons autour du cou observant une vitrine sans se rendre compte que son petit sac à dos bloquait le passage.

Un coin de trottoir chevelu d'herbe.

Une poubelle ajourée au sac en plastique gonflé en bas de canettes en métal.

Une petite voiture arrêtée et vide, feux clignotants.

Un insigne doré « Notaire » ouvert comme une palourde.

— *Tu mets un petit gilet, un boléro.* — *Comme disait Ravel.*

Sur un panneau d'interdiction de tourner, une affichette *Paris malade de ses rats* : « Leptospirose. Salmonellose. PESTE. Que faites-vous, Mme Hubert-Bouzeydi ? Halte à la prolifération ! Pour une campagne radicale d'éradication ! Rejoignez-nous sur exterminetonrat.com. »

Gabrielle remonte la rue à la hâte. « Votre sac est ouvert, madame ! » Elle s'arrête, en le refermant laisse tomber un gant, madame ! madame ! Elle poussa la porte de la pâtisserie. Quand j'entre dans une boutique, je ne pense qu'au cadeau que je pourrais faire à Gaspard. Si je lui offrais des mendiants, pour lui faire comprendre que les macarons sont du dernier touriste ? S'il existait des macarons Berluti, je crois qu'il en achèterait. Au sommet des vitrines en biseau, une douzaine d'éléphants en chocolat. « La moitié du produit de la vente sera versée au fonds de secours payant les soins de Clairon. » On, on est je ne sais qui, avait attribué ce nom à l'éléphant malade, devenu aussi populaire dans Paris et même ailleurs qu'il avait donné lieu à des memes, des pin's, des promesses de dons non tenues et d'autres qui l'étaient, des commentaires, des commentaires des commentaires. Non, pas des mendiants, il y verrait une allusion, se dit-elle, et elle sortit, manquant heurter un jeune Arabe en jogging Balenciaga marchant

---

— *Il était pas mal, l'Américain ! — Pas mal ! Pas mal !*

à côté d'une femme entièrement voilée. « Tiens, un exhibitionniste ! », dit-elle à voix haute, par mégarde. Le couple n'entendit pas : au même moment un CRS à moto fonçait dans l'étroite rue en hurlant et en donnant des coups de pied dans le bas de camionnettes encombrantes. Croisant sa rue, elle leva les yeux vers son appartement, où une ombre glissait à une fenêtre. Elle pensa : Gaspard !, tout en sachant que c'était la femme de ménage. La connaissance lui en revint sur-le-champ et, en suivant, quoique à une rapidité telle que cette succession fut comme une unique formation mentale, elle prit conscience d'un bruit bizarre qui s'était produit plusieurs fois lors de sa conversation téléphonique avec Gaspard à Besançon. Ce claquement régulier, c'était celui des portières des taxis de Londres qui se verrouillent à chaque redémarrage ! Londres ! Il était à Londres ! Ou bien j'ai rêvé ? Je suis folle. Pourtant… Elle ressentit aux poumons le coup de chaleur de la jalousie. La colère qui accompagne l'impuissance, se dit-elle, s'arrêtant de marcher. Il me ment, il me ment, il me ment. Que me cache-t-il ? Bah ! il a le droit de vouloir être tranquille… Il serait vulgaire de peser les dus et les rendus… Elle reprit sa marche, qui la menait elle savait très bien où, sans qu'elle se le formule, comme si une partie d'elle-même le dissimulait à l'autre. Alors qu'elle était pressée, elle passa une demi-heure chez le chemisier. Celle-ci… Celle-là ?… Vous avez des… ? S'il vous plaît, montrez-moi… Quatre cents euros ? par carte. Elle sortit avec, emballés dans des boîtes en carton enrubannées, deux cravates et des boutons de manchettes ; avant de passer la porte, elle s'inspecta dans un miroir. Les yeux bleu clair, le nez busqué, la ligne du menton sans affaissement, deux rides encore superficielles en parenthèses autour de la bouche, la frange qu'elle agita pour ne plus regarder tout ça. « Les miroirs veulent qu'on les admire. »

Dans le taxi, une voix de femme railleuse et éraillée, il semble qu'on n'ait jamais interprété la chanson de Kurt Weill d'une voix claire et légère :

Du hast kein Herz, Johnny,
Und ich liebe dich so.

« Tu n'as pas de cœur, Johnny, et je t'aime tant. Mon hymne. Le chant des masochistes. – Pardon ? – Non, rien. Vous me laisserez en bas de chez moi deux minutes, le temps que je dépose ceci à la loge du concierge, puis nous passerons prendre quelqu'un à côté du Panthéon, et ensuite, porte de Clignancourt. »

Elle téléphone à Gaspard.
— Tu es allé à Londres ?
— Non pourquoi.
— Pour rien. Je ne te crois pas.

Oh ma petite maman, que je suis contente de te voir cette semaine !

— Ah ah ! Pourquoi m'as-tu envoyé une photo de ta fille ?

— Tu me rends le foulard que je t'ai prêté ? Ça fait trois fois que je te le demande.

— Elle a les cheveux trop longs, comme toutes les petites qui pensent que ça les grandit.

— Que tu es méchant ! Je te parle de tes pulls siglés, moi ?

— Tu m'amèneras dans le bon magasin de pulls. Tu me manques, tu sais. À demain ?

La voiture était bloquée par une fourgonnette remplie de fleurs. Tiens, un enterrement. On en voit de moins en moins. La mort s'est faite discrète, à Paris. Tout ce qui n'est pas énergiquement orienté vers la consommation standardisée est chassé, dirait Victorien. Ah mais non : il y a aussi des cageots de salades et de radis. Comme c'est gai, un cageot de radis ! À la radio : « Il y a un livre à écrire sur les carrières des putes qui ne couchent pas. » Coup de poignard. Je sais tout. J'ai tout su tout de suite. M'en fiche. L'améliorer. Le hisser au-dessus de lui-même. Avoir un égal à mon bras. Mon ultime amour. C'est pour moi, aussi. Je ne peux pas aimer quelqu'un que je n'estime pas. Ça réduit le cheptel, ma pauv' dame. Il a été très mal éduqué en croyant l'être bien, de là ses duretés. Rien de plus borné qu'un moyen bourgeois qui se croit un maître. Il fuit les explications. Ses réponses ne sont pas des engagements, mais des sons. Je subis la tyrannie de sa lâcheté. Il n'est pas de mon âge ?

Convention masculiniste, jugerait Irène. Dans cette matière, les femmes sont jugées, les hommes, excusés. Je suis captive de ce petit brun cambré, malgré son vulgaire petit air torero. Ou qui sait ? à cause de lui. Il est si sensuel. Et au demeurant il couche, et avec art, ma foi. Et puis, ces crispations. Qu'est-ce qui est passionnant, sinon les défauts ?

Haletant comme un chien, je reviens de ma séance de bondage chez les Chinois. C'est humiliant. Pas le bondage, je joue à la salope à souiller six secondes, et une fois fini, tu veux de l'eau, ça va ? à la prochaine, l'humiliant est, pour un chat, de haleter comme un chien. Ce papillon qui tourne autour de mes oreilles va en prendre une, tu vas voir. Que disais-tu, futile petit con à rayures ? « Je dis qu'un des avantages de Paris est qu'il n'y a pas de terre. C'est une ville sèche, de pierre. Sèche de caractère aussi : "L'endroit où personne ne sourit", écrit le correspondant anglais du *Financial Times* à la terrasse du café, là. Il est bien connu qu'à Londres on se tape sur les cuisses de rire. Ce provincialisme acharné de l'Angleterre ne fait pas nécessairement sa force. » T'aimes pas les Rosbifs, éventail à charnière ? Prends ça ! Raté.

....

— Allo, Victor, kestuffe ?

— Mmm. Tu pourrais m'appeler papa.

— Et donc ?

— Je regarde la télévision.

— Le matin ?

— Je te demande ce que tu fais le soir ?

— C'était juste pour te demander si tu voulais m'accompagner à une conférence sur Marcel Duchamp.

— Je ne crois pas en Dieu. De plus, je vais aux Puces avec Gabrielle.

— Je resterai chez moi à peaufiner mon examen. Si tu veux dîner en rentrant, on pourra faire un Uber Eats…

Quel méchant homme, se dit Victorien en se réenroulant dans ses draps puis en faisant un bond de rage pour changer de côté. Il ouvrit un œil, un seul. Périscope je suis du sous-marin de mon corps, remonté du lac des songes. C'est dégoûtant comme le soleil se lève tard l'hiver. 8 h 13, et pas le début d'une luminosité dans le ciel de ma soupente. Les peuples sont démoralisés par les levers tôt, encore plus par le travail, et davantage encore quand ils y vont dans le noir, couleur du dormir. Le ciel fit glisser sa couverture grisâtre, un petit jour déçu apparut. Déprimant !… Comme est intéressante cette craquelure de peinture sur le mur. Pays inconnu, je te visite. Cette mite qui vole en hoquets est ton tyran maniaque. Poutres apparentes sur la pente de mon plafond, épaisses, vaniteuses et basses, vous êtes les ennemies personnelles de mon crâne. Je… « Allo ? »

— Tu aurais un parapluie à me prêter ? Je ne retrouve plus le mien.

— Ben non, je n'ai que mon hoodie, enfin le blouson à capuche que tu n'aimes pas. Si tu veux je te le passe.

— Manquerait plus que des baskets pour avoir l'air d'un vieux qui veut faire jeune. Je pourrais dire "cool".

— Tu sais, Victor, papa, tu dis "je vais chez le merlan", et ce n'est pas moins artificiel.

— J'ai passé l'âge de recevoir des leçons, d'autant que je ne t'en ai jamais donné. De toute façon je n'en ai plus pour longtemps. Je ne te dérangerai plus.

— Bonne journée, Victor. Je retourne au travail.

Victorien rejette son téléphone portable sur la couette où il se réenroule. Momie ! Momie ! Ugly mummy pourquoi es-tu partie / Si loin pour la Californie / Manger des rutabagas / Pour soigner ton pancréas ? Projet d'exposition : rassembler toutes les araignées de Louise Bourgeois sur le parvis de Notre-Dame-de-Paris, elle-même araignée avec ses contreforts. Péter. Oui, péter ! Pétons donc pour sentir la tiède roulade entre mes cuisses ! Les deux week-ends par mois qu'il me voyait quand j'étais petit, il m'apprenait des choses. La première fois c'était place des Vosges. Il était détendu, alors. Un deuxième livre de lui paraissait dont on parlait. « Mon grand, rien n'est plus beau qu'une place. Un écrivain est une place. Je suis une place. Quand on lit un de mes livres, on me franchit. Celle-ci est une des plus littéraires de Paris. Y a vécu un écrivain célèbre du XIXe siècle dont on a dû te parler en classe… “Demain, dès l'aube, à l'heure où blanchit la campagne…” Mmm ? Ah ? on ne t'apprend pas de poèmes ? On ne t'a pas parlé de Victor Hugo ? Eh bien. Il vivait à cet angle. Avant que Bonaparte Premier consul ne lui donne ce nom parce que les Vosges avaient été le premier département à avoir acquitté ses impôts en 1789 (ce que le politicien français préfère, c'est l'impôt), elle s'était appelée place Royale. C'est aussi le titre d'une pièce de Corneille, qui… Cette architecture mêlant brique et pierre est caractéristique de l'époque. Louis XIII, c'est le mec à cheval au milieu, était morose et méchant. Accoudé à sa fenêtre du Louvre, il appelait ses courtisans : “Venez vous ennuyer avec moi.” » Je l'aime bien, Louis XIII, pense Victorien, depuis que j'ai appris qu'il était amoureux du marquis de Cinq-Mars. Mes moustaches d'ailleurs… « Allo ? »

— Dis donc, ça ne serait pas toi, les graffitis de bon goût dans l'ascenseur ?

— Je dors !

— Mmm. Je croyais que tu révisais. Tu pourras faire ce que tu voudras quand tu subviendras à tes besoins dans un appartement sûrement plus confortable que celui que j'ai la cruauté de te prêter. En attendant, mets-toi au travail.

Victorien rejeta la couette d'un coup violent des jambes. Elles étaient rasées, ces longues jambes aux fins muscles tendus ; il portait un boxer blanc ; une veine saillait le long d'un de ses bras non moins finement musclés. L'air d'un tueur, il se dirigea vers la salle d'eau, petite, avec un carrelage lilas qu'il détestait, ouvrit sèchement deux tiroirs, trouva la teinture dans un troisième. Quelques minutes après il avait les cheveux rouges.

Gabrielle : — Ça va, mon génie ?

Victor : — J'étais au téléphone avec Victorien… Pas foutu de me prêter un parapluie. Guillaume, par terre ! Couché ! Il voulait faire sa sortie vaguement mensuelle avec moi pour justifier que je le loge, paie ses études et lui verse de l'argent de poche. Pour ne l'entendre parler que de politique, sur laquelle il ne raconte d'ailleurs que des conneries ? Tout ce qu'il dit c'est de l'idéologie. Quant à me parler de sa vie, pas un mot… Non que ça m'intéresse, mais je suis son père, merde. Tu vois, j'aurais aimé vivre dans un immeuble ondulant comme celui-ci… Là, à côté de l'ancienne vitrine de l'empailleur… Tout en haut, on a ajouté un toit-terrasse. Si je vivais là, je ne sortirais plus de Paris… Ce n'est pas que j'en sorte tellement. Pour quoi faire ?

Gabrielle : — Tu as fini ? Encore un peu, et tu vas pester contre Khadija.

Victor : — Aïe ! Mes reins ! Elle ferait bien d'apprendre le mot bitume, celle-là !… On m'a demandé d'aller la rencontrer pour la médaille d'or de la Ville qu'on veut me donner… Moins je publie, plus on m'aime.

Gabrielle : — Si je devais habiter ailleurs, ce serait dans le kiosque à journaux au croisement de la rue Saint-Placide et de la rue de Rennes. Il s'y trouve un espace de deux ou trois mètres carrés qui sent exactement comme à Manhattan, un mélange d'odeur de sésame brûlé, de café et de bitume qui est pour moi celle du bonheur. Les capitales, qui semblent si exclusives les unes des autres, s'adressent des clins d'œil inaperçus du troupeau des villes et des campagnes. Quoi ?

Un bout de papier voletait dans une rigole avec des soubresauts ambitieux. Plus haut, une écharpe en tissu léger dansait en torsions de fumée. Plus haut encore, une plume duveteuse profitait d'un courant pour s'élever en se prenant pour une feuille de mimosa. Une tempe collée à la vitre, les yeux levés, Victor : « Il y a un festival de poésie square du Vert-Galant. L'occasion de réciter (si ces ignares les connaissent !) ces vers du temps de Henri IV : "Au bord tristement doux des eaux je me retire, / Et vois couler ensemble, et les eaux, et mes jours..." – Voilà comment je t'aime ! – Tais-toi, ou je te récite une description de charnier. – Ça irait bien avec ce ciel. » Une longue poêle de nuages freinait le soleil, étain dessous, blancs dessus, on l'apercevait par des déchirures. Dans le renfoncement d'une boutique, un SDF avait ménagé un abri de carton, ayant posté au milieu du trottoir un autel rouge sur lequel trônait un ciboire en métal doré. « Un homme d'esprit, dit Gabrielle. – Mmm ? » Le taxi était reparti, précédé d'un jeune cycliste coiffé d'un casque. Vêtu d'un blouson en fausse fourrure beige et d'un short en jean frangé par-dessus un fuseau vert vif, il pédalait sans tenir le guidon du vélo tout en tapant sur son téléphone. En même temps, ils dirent, Victor : « Je ne comprends plus la jeunesse », Gabrielle : « Il est sympa. » Les pneus de la voiture grincèrent comme un chien qui souffre. On préparait un déroulé historique. « Ils ne pourraient pas prévenir ?, grommela Victor. Et d'ailleurs, quel est le crétin qui a inventé d'appeler ça des déroulés alors qu'on *enroule* le bitume ? » Le chauffeur, dans un français de Guinée à tonalité rieuse, dit : « Voilà une chose qui a bien changé, la circulation dans Paris. D'une ville encombrée, bruyante, qui avait déjà cessé de klaxonner, on est arrivés à une ville de peu de véhicules et fluide. C'est très frappant boulevard Saint-Germain. Un peu moins rive droite, quoique la circulation y ait beaucoup diminué... Le Sentier du temps de la fringue, c'était rigolo comme Conakry. Il y avait des encombrements d'une heure derrière des camionnettes d'où des livreurs sortaient ballot de tissu sur ballot de vêtements, ça klaxonnait, ça s'injuriait par des vitres baissées, on évitait à tout prix. Trente-deux ans de taxi, messieurs-dames. Ah on repart. On va pouvoir prendre la place de la Bastille, ils ont fini par dégager les barricades contre l'éléphant. » Gabrielle se pencha sur Victor : « Inouï, un chauffeur de taxi qui ne râle pas ! » Elle croyait parler à voix basse, mais avec sa tonalité grave, on l'entendait souvent. La Seine était bien jolie, avec la simple murette en pierre à son bord, qui lui fit dire : « Et voilà pourquoi nous sommes dans la ville de la couturière la plus sobre du monde. Paris, c'est madame Grès. » Ayant déporté le buste pour regarder, Victor ajouta : « Les panonceaux d'informations historiques ont l'air de rames levées. Paris est prêt à fuir les barbares. Il ignore qu'ils sont à l'intérieur. »

La radio : — DÉCONSTRUIRE IRRESPONSABLES DIKTATS PURITANISME MONOPENSÉE

Gabrielle : — Quel bonheur de ne pas avoir d'idées ! Une vie de salade.

La radio : — MONOPENSÉE DÉRIVES ERRANCES IDÉOLOGIE DICTATURE SYSTÈME MONOPENSÉE

Gabrielle : — Ça vous embêterait de baisser le son, Monsieur ?

Victor : — Mmm. N'avaient tort... Les antispécistes !...

Victorien prit le plus proche livre de son père dans les rayonnages, c'était le dernier, déjà ancien. Victor les avait déposés dans le studio quand il s'y était installé. Ce titre ! *Place de l'Estrapade* ! Vieillot, renfermé, mais renfermé ! Tiens, un chapitre évoque la drague homo. Titre : « Boucherie. » Grindr, puisqu'il s'agit de ça, il l'appelle G+++ pour faire croire qu'il aborde un dangereux secret. Ça a l'air d'être son truc, le secret. Après sa personne, bien entendu. Moi et les secrets. Moi qui les connais. Moi révéler. Voyons... Grindr serait le promoteur de « l'Obsession sexuelle » avec un gros O. Il l'écrit quelques lignes après avoir recommandé le *libertinage*. En français de sa génération, libertinage veut dire partouze. Il cherche à se faire mousser, car il est très pantoufle.

Tout au plus doit-il sauter la promeneuse du chien. Oh ! une ironie : « Les femmes ont mille fois raison de se plaindre du harcèlement sexuel. La solution est simple : éduquer les hommes à l'homosexualité rapide. » Quel con. Ici encore… et là… et là… Ce sont ces fanatiques qui nous poussent à nous occuper d'homophobie. La sienne se révèle par une obsession de l'antihomophobie. « Ils voient des homophobes partout. » Soyons simple : celui qui est contre ce qui s'oppose au mal est pour le mal. Anti-antihomo, anti-antiraciste, anti-antisémite ? : homophobe, raciste, antisémite. Ceci est délicieux : « Comme tous les homosexuels *(il écrit ce mot médical de tout son long, du bout des lèvres, avec dégoût)*, Roland Barthes adorait sa mère. » Il ne m'a pas vu. Il ne voit que ses préjugés. Ce sont ses couilles vexées d'avoir fait un fils homo qui dictent. Il s'irrite contre tout ce qui était nouveau du temps où il l'écrivait, il est débordé, ne comprend plus rien, sa critique a été faite par Sheila : « Papa papa, t'es plus dans l'coup, papa. » Quelle rage d'être largué ! Et de s'en faire une gloire ! Il tète son amertume. Qu'est-ce qu'un réactionnaire ? Quelqu'un qui prend ses colères pour des idées. Pas étonnant que sa dernière maîtresse l'ait quitté, il y a longtemps déjà ! Ayant rangé le livre, il compulsa l'application en question. Un profil : « Un homme inverti en vaut deux. » Un autre : « On dira à nos mères qu'on s'est rencontrés au Starbucks. » Un autre : « Si tu mets pas ce que tu cherches sur ton profil c'est même pas la peine de me contacter et de me saouler avec tes questions tu kiffes quoi t'as envie de quoi. Photo au premier contact si je réponds pas casse-toi. » Il n'a pas le droit d'être ouvertement homo, pensa Victorien, alors il se protège en se donnant l'air mec. Bon, on va trouver un bi, oui ou non ? Tiens, le Brésilien qui visitait le Louvre avec Nathan. Il est escort ? Très beau corps. Moi-même sur mon profil je ne suis pas mal, en train de me prendre en photo dans un miroir (derrière moi l'affichette cyber-punk d'une grande ville imaginaire à gratte-ciel et néons), la moitié du visage cachée par le téléphone, les tifs en chignon, ma main libre reposant sur mon torse nu, la serviette-éponge nouée bas laissant apparaître mon ventre de guépard. Vingt minutes après un garçon sonnait à sa porte, c'est bon, il correspond aux photos, la peau un peu moins sombre peut-être, il doit être métis de Mauricien, salut ça va ? entre. Tu veux boire quelque chose ? Non ? Approche. Comme ils faisaient l'amour, le garçon remarqua que Victorien, couché sur le dos, regardait derrière son épaule, mais pas du regard lointain de ceux qui se concentrent sur une image cérébrale, non, un regard latéral et précis. Lorsqu'il se leva (« Je vais écrire une thèse intitulée *Homosexualité et Sopalin* », dit-il), le garçon se tourna vers l'endroit que ce garçon aux cheveux rouges avait fixé du regard : Denzel Washington, un Denzel Washington sévère et léonin. Salut. Salut.

Juste avant la bretelle pour la porte de Clignancourt, graffiti : « JÉSUS SAUVE ! » « Ils sont radicalisés », dit Gabrielle. Sa voix d'éboulement fit le chauffeur l'observer dans le rétroviseur intérieur. Au feu rouge, des femmes voilées portant des bébés sur la poitrine montraient des cartons « RÉFUGIÉ SYRIE. » Elle donna un billet, imitée par Victor bougonnant. Sous le périphérique, entre les piliers de béton, téléphones volés, montres et sacs d'imitation vendus par des garçons à cagoule balançant d'un pied sur l'autre, piliers couverts d'affichettes de politiciens contre les garçons à cagoule. Victor assis, sa portière étant ouverte au coin de la rue des Rosiers, déploya le parapluie de Gabrielle d'un geste qu'il aimait bien, puisqu'il le dit à voix mi-haute : « J'aime bien faire ce geste », puis contourna la voiture pour protéger son amie. Guillaume restait près de lui, la laisse en U, comme s'il n'eût pas été là. Victor se pencha : « Si tous les êtres humains étaient comme toi ! » La petite pluie glaciale et pointue qui semblait décidée à gâter le plaisir des visiteurs s'arrêta d'un coup. « Aspirée par le dieu des Chineurs ! », dit Gabrielle. Elle, Victor et Guillaume avancèrent sur l'étroit trottoir, évitant les ultimes gouttes de pluie chutant des auvents comme déprimées. Indiquant un passage, Victor dit : « Allons à Vernaison, je voudrais acheter des couverts, la femme de ménage m'a dit que les miens ont été abîmés par la machine à laver la vaisselle. » Boutique fermée. « C'est bien ma veine. » Gabrielle se tourna vers une certaine vitrine : s'étant approchée, elle examina la vaisselle d'un regard sans pitié, puis rejoignit Victor dans la rue des Rosiers. Entre eux, un couple d'hommes d'une quarantaine d'années, à barbe courte. Deux lévriers sans laisse les suivaient, zébrés de brun comme s'ils traversaient une forêt de très hauts arbres. Les deux hommes s'arrêtant devant une vitrine, Gabrielle prit Victor par le bras et accéléra. (Malgré sa légère voussure de grande, elle a plus ou moins la même taille que lui qui s'affaisse.) « Allons voir la spécialiste en grès de Serpette. Toujours assise au même angle de son stand, avec toujours le même col de fourrure. "Je suis frileuse", dit-elle ; mais elle se lève à quatre heures du matin pour aller vider des greniers en Touraine. » Ils entrèrent dans un monde couvert et opulent. À droite, un spécialiste du XVIIIe siècle : portraits de femmes à chapeaux soufflés, bergères tapissées de soie carmin, commodes bombées en bois de rose, « "Œuvre de la plus industrieuse patience de l'artisanat français", écrirait Balzac », dit Victor. À gauche, du mobilier 1970, dont une grande table de salle à manger ovale en verre sur un double pied en métal doré, « fabriquée la semaine dernière en Italie », murmure Gabrielle. Plus haut, croupissant dans un vase à motifs, une fougère se prenait pour la jungle. Derrière elle, du modernisme brésilien : étagères en poirier percées de cylindres en métal poli, fauteuils à bascule en palissandre à dossier de cuir crème (« Guillaume, tu empêches la dame de passer ») ; de

---

Tu peux me rendre un grand service ? Le tapis est à la loge et Carlos part en vacances dans une heure. Tu pourrais le récupérer ?

---

la décoration Empire et Restauration : une paire de vases à motifs d'abeilles en porcelaine de Sèvres, un buste d'empereur romain en serpentine et en albâtre, un aigle enlevant un Ganymède en marbre blanc. « Il louche », dit Victor, « Il est louche », ajouta Gabrielle. Longeant le stand suivant, elle remarqua : « Un antiquaire, c'est un monsieur assis dans un fauteuil bas avec un air ennuyé. Ça me rappelle ton chapitre sur les vernissages dans *Les couples m'ennuient*. Je te l'ai dit cent fois, mais quand je l'ai lu, bien avant de te connaître, j'ai pensé : cet écrivain donne des fessées de premier ordre ! Comme tu m'as fait rire ! » La spécialiste en grès expliqua une sculpture-vase en grès émaillé qui avait attiré le regard de Gabrielle. « Ça s'appelle *Immeubles*. Un hommage aux maisons du Yémen, à mon avis. C'est signé… attendez… Non, ceci, c'est de la céramique. Un Lévêque, entre 1970 et 1990. On en trouve très peu de cette teinte rosée… Je crois que votre ami vous appelle. » Gabrielle prit note du départ de Victor pour la librairie d'occasion puis se retourna vers l'antiquaire qui lui rappela avoir eu Ismena pour cliente. Elle évoqua le père d'un de ses amis ayant lui aussi légué son corps à la recherche médicale, et ce corps, de façon stupéfiante, avait disparu. Disparu ? Disparu ? L'antiquaire ne connaissait pas les détails et se trompait peut-être, mais

---

Tu as les mêmes à Drouot deux fois moins cher.

---

il y avait quelque chose de bizarre. Gabrielle, avec le sang-froid Mattromer bien connu de l'antiquaire qui avait pratiqué Ismena, demanda la permission de soulever les *Immeubles*. « Ces quarante centimètres suffisent à donner l'idée de Babylone », dit-elle.

Au marché Biron, Nathan eut un haut-le-cœur qu'il surmonta avec courage : il s'était donné pour mission de montrer à Wilson les avalanches de doré, les explosions de cristaux, le rose strident des fauteuils, le Louis XIV pour Dubaïotes, les miroirs M&M's pour Chinois, les sculptures allégoriques pour Russes, enfin cet idéal de Donald Trump. Il s'en moqua avec un avis d'autant plus supérieur que son goût était récent : à Strasbourg, Mme Kléber sa mère ne repoussait pas le cartel en marbre griotte où un taureau de bronze porte une horloge à turquoises entre les cornes. Wilson lui rappela qu'ils venaient de voir un stand spécialisé dans le modernisme brésilien, prononça les noms d'Oscar Niemeyer et de Lina Bo Bardi, mentionna la biennale de São Paulo. Nathan répondit d'un petit ton froid : « Oui, je sais, tu ne viens pas du Tiers-Monde culturel. » Ils s'éloignèrent des marées de Napoléon III chocolat, des lustres vastes comme des galions et des marbres grandeur nature de Diane voluptueusement cambrées. La large allée bordée de boutiques entendit des phrases telles que :

> « Beaucoup de gens qui habitent Paris ne sont pas de Paris. Ils y vivent comme on mange. » (Wilson)

« Des gens qui ne vivent pas à Paris sont de Paris. Ils y pensent. » (Wilson)

« Les Parisiens sont si méchants que la politesse les étonne. » (Nathan)

« Si tu regardes bien, ce n'est pas un bateau qui symbolise Paris, mais un scorpion. » (Nathan)

Ils arrivaient d'un déroulé sur la Libération à l'Hôtel de Ville. Avant le commencement, Wilson avait évoqué avec admiration des queers résistants, tels Jean Desbordes, un amoureux de Jean Cocteau, Pierre Herbart, qui a libéré la ville de Rennes, Daniel… « Chut ! Ça commence. » Après quelques minutes, Nathan avait dit on s'en va. « Pourquoi ? C'est passionnant. – Peut-être, mais c'est une version héroïco-fictionnalisée. Je suis sûr qu'ils imitent ce vieux film, *Paris brûle-t-il ?* C'est tout en coïncidences, coups de théâtre et prémonitions. Tout est rêvé et dévié. Moi, j'aurais fait venir la prostituée qui a dit à un journaliste : "Les Allemands s'en vont d'un côté, les Américains arrivent de l'autre, on n'a pas le temps de refroidir !" Le passé est un fantasme qu'on se crée à partir d'un sentiment présent. Et puis ça va, il y a eu des pédés collabos, aussi, et on s'en fout. » Alors qu'ils traversaient la rue des Rosiers, Wilson et un passant échangèrent un

---

It doesn't feel quite as indulgent as the other market, does it ?

---

regard intense. Wilson reçut un SMS : « C'est toi qui es venu chez moi ? – Oui. – Dans cinq minutes aux toilettes, dernier étage du parking ? – 200. – OK. » Wilson avait demandé très cher dans le vague espoir que cela repousserait ce quadragénaire accompagné, non seulement de deux lévriers, mais d'un mec. La transaction fut réalisée en trois minutes. Retrouvant Nathan au marché Jules Vallès, il le vit en train d'acheter deux tasses anciennes « pour quand tu viendras prendre un thé à la maison ». Il décida d'arrêter les cours de cuisine, de se concentrer sur l'histoire de l'art, d'épouser Nathan par affection et pour la carte de séjour, de ne plus faire escort (« j'ai vingt-neuf mois d'économies d'avance »), quoiqu'en gardant le Professeur.

Guillaume conversait avec un pétillant fox-terrier qui marchait à son côté. Ils se demandaient où étaient passés les caniches. On n'en voyait plus. Lassé, Paris jette. À l'instar des estropiés, la capitale les avait chassés. Elle ne disait plus « estropiés » afin de se sentir morale et honorable, mais en attendant elle les avait fait disparaître. Il ne restait selon Guillaume que l'Institut des jeunes aveugles, près de Montparnasse, pour permettre de croiser des humains physiquement abîmés. Victor cherchait des vinyles. Les boîtes, posées sur des tréteaux, se trouvaient dans la rue la plus méridionale des Puces, au pied du périphérique. S'y vendaient des disques d'occasion, des vêtements neufs à bon marché, des produits d'entretien, des shampoings et des parfums, pour une clientèle très différente de mastards en jean et anorak, de filles très maquillées et bruyantes et d'autres voilées et murmurant, gens de Saint-Ouen plutôt que de Paris, ou alors du frontalier XIXe arrondissement, mélange de Français arabes, noirs et blancs, aucun jaune, remarqua Victor qui n'en tira aucune conclusion. Il sortait d'une grande librairie d'occasion avec un sac en plastique fripé contenant quelques volumes de mémoires (« Je vieillis ») et un livre d'art très rare (le libraire le savait, qui le lui avait vendu très cher) sur les sacs à main en plastique de 1949 à 1959, écrit par un excentrique. Un Anglais ? Allons, l'excentricité est leur métier et n'en est donc pas une : un Américain, l'éditeur Robert Gottlieb, qui l'avait intitulé *A Certain Style*. Victor paya l'Iggy Pop et le Creedence Clearwater Revival puis repartit en direction de la rue des Rosiers. Une vitrine de cotillons tira un sourire à son visage. Mon enfance. La France. Certains Français ont tendance à croire que c'est la France qui est morte alors que c'est leur enfance, et ils croient que la nouveauté apparaît pour les faire mourir, selon mon fils. Bien sûr bien sûr. Et pendant ce temps on fabrique la France tofu. En réalité, l'idée vient de la rime. France / enfance. La France est un pays qui pense

---

T'as fait la Joconde ? Qu'est-ce que c'est pas chic, de dire « J'ai fait la Joconde » !

---

par rimes. Dans la radio du taxi un chanteur, et pas de droite, avait dit France / souffrance. Si même la gauche le remarque. Il suffit d'être lucide.

L'attendant au restaurant (SMS : « Prends tout ton temps »), Gabrielle ne put qu'entendre la conversation d'une tablée voisine. Le meneur était un directeur technique, il l'avait bien précisé, grand, raide, le torse bombé, les bras croisés, souriant, dominateur, parlant fort, cinquante ou cinquante-cinq ans, persuadé que ses dires devaient être entendus de tous. L'entouraient sa femme, qui l'encourageait, un homme souriant en biais et la femme de celui-ci, une Noire d'allure noble mais qui prit la parole pour donner des détails explicites d'accouchement. Entre les bruits d'assiette, les « c'est à nous » et les « et comme boisson ? », Gabrielle entendit :

« J't'assure il a eu une occlusion intestinale jusqu'à ce qu'il régurgite sa merde. »
« Moi y'a pas un jour où j'y vais pas. »
« Ça faisait dix jours qu'il avait pas été aux toilettes ah ah ah. »
« T'as fait deux accouchements, alors y en avait un qui bougeait, et l'autre tout noir ! À peine il est né, il est sorti couvert de merde ah ah. »

Oui allo c'est Doriane allo, allo ? Un petit peu je suis avec Isabelle…

« J'ai accouché ah non là c'est que le caca. »

« On rigole bien. »

Par la vitrine, elle vit approcher Victor, d'une démarche heurtée, tenant son parapluie dans le dos, la poignée au-dessus de sa tête comme pour le transformer en point d'interrogation. Où est passé son air d'Égyptien cosmopolite des années 60 ? se demanda-t-elle. Lui qui a été si beau, ces joues creuses, ces yeux de plus en plus tombants… Il s'est mis à ressembler à son lugubre livre *Je pleus*. À cinquante-deux ans il en paraît quinze de plus. Pourtant son hygiène de vie est correcte. Il marche beaucoup, il se nourrit sans excès, il ne boit pas. Victor s'assit sans ôter son manteau. « Tu as trouvé des choses ?… Une boutique de malles Vuitton et de sac Hermès, quelle décadence ?… Oh que c'est gentil ! Non ? Le livre de Gottlieb sur les sacs en plastique ! Je le cherchais depuis des siècles ! Ce sera l'ornement de ma bibliothèque, après tes œuvres complètes. Merci mille fois, mon génie. »

Victor : — Je viens d'être injurié par un cycliste qui me brûlait le passage piétons, exactement comme l'aurait fait un automobiliste. Qu'on arrête un peu avec la sympathie des gens à vélo ! Pff…

Gabrielle : — Jamais n'arriverait ici ce qui m'est arrivé à la caisse du Whitney Museum à New York : une femme qui venait de payer son billet d'entrée a demandé au caissier, en me désignant : "Peut-elle être ma *plus one* ? Je suis membre." Il n'y aurait personne d'aussi gentil à Paris, personne… Les Parisiens sont aigris, ou quoi ?

Lui ouvrant la portière du taxi, Victor pensa : Endroit délicieux. Aspects riants. Allons-nous-en. Ah, lectures harceleuses. Ferais mieux d'écrire. Guillaume, entre ! Le chien ne bougea pas. Victor avait cru parler à voix haute. La voiture grimpant la bretelle du périphérique, Gabrielle s'avança en direction du pare-brise et observa de gigantesques lambeaux de nuages vineux qui donnaient une impression de fin du monde. À la lumière du plafonnier, la nuit arrivant, elle parcourut le livre de Gottlieb. « Tiens ! Ma grand-mère Irene a possédé un sac comme celui-ci ! Elle a dû le jeter. Elle jetait tout. » Déposé en taxi, Victor lut un graffiti « MIAOU » écrit à l'envers sur un mur. Froidement, il dit : « La nuit, tous les chats sont gris. » Guillaume leva un sourcil rond vers lui. « Peines d'esprit perdues », dit Victor mornement.

Pousse-toi, eh, connard !

Multipliées grâce à la chaleur, nous sommes les ballerines de la capitale. Légères et hardies, nous approchons du danger pour voir s'il n'y aurait pas coton à ronger ou cachemire à sucer, croisant nos cousines pauvres, les mites alimentaires, mais qui narguent aussi bien que nous les aérosols des humains, lesquels ne réussissent qu'à tuer leur couche d'ozone.

....

« Sur ces images exclusives qui viennent de nous parvenir, nous voyons un homme de quatre-vingt-deux ans allongé sur le trottoir de l'avenue Trudaine, dans le IXe arrondissement de Paris. Il est tombé dans la rue à neuf heures et demie hier soir. Personne ne lui a porté secours. Il est mort à cinq heures et demie du matin. La seule personne qui a tenté de l'aider est un SDF. » Voix d'Irène : « Paris, ville de plaisirs où les trois quarts des habitants meurent de chagrin. »

Irène mettant la tablette sur pause, les scies du rez-de-chaussée firent mieux entendre leur son obstiné. Le marchand des Puces avait livré en retard, mais Gabrielle serait à temps pour l'accrochage. « Nous descendrons tout à l'heure, tu me donneras ton avis. – Donne-moi le tien. – Explique-moi le principe », dit Gabrielle en faisant le tour de son bureau pour s'asseoir près de sa fille. « Oh, ma mère, comme tu sens bon ! », dit Irène qui lui posa un baiser sur la tempe. Elle réexpliqua le principe de *Mes Parisiens* à Gabrielle qui s'en souvenait très bien mais savait que cela conforterait Irène. « La phrase finale de cet exemple-ci est de Chamfort, le moraliste, enfin tu sais très bien qui c'est. Tu veux un autre exemple ? » Irène réorienta la tablette pour chasser un reflet. La porte d'un collège s'ouvre. Un adolescent portant un pull sur les épaules dit à un autre, qui porte une lourde mèche blonde sur le front : « Sale P. D-G, va ! » Voix d'Irène : « La conscience de classe. » « Savoureux, dit Gabrielle en se cambrant en arrière pour regarder sa fille en écarquillant les yeux comme si elle était un miracle. Tu auras fini à temps ? »

Irène : — J'espère, je déménage dans un mois.

Gabrielle : — Tu as besoin de sous ?

Irène : — Juste pour la caution, si tu veux bien. J'ai trouvé une pige dans une chaîne de télévision pour des films de com' interne. Tu vois, rue de Rennes, l'immeuble art nouveau-kitsch à clocheton en céramique ?

Gabrielle : — La seule chose amusante de cette lugubre rue. Je prends un Temesta lorsque je la traverse.

Irène : — Pour presque pas cher, j'ai trouvé un minuscule studio à louer dans le lanternon. Comme il donne vers le nord, je vois le clocher de Saint-Germain-des-Prés. Je pourrais presque te voir toi. Je serai Anne ma sœur Anne ne vois-tu rien venir.

Gabrielle : — Tu ne vois pas venir de garçon, ou de fille ?

Irène : — Garçon, mais ça n'est pas la question. Le couple, quelle abjecte domestication !

Gabrielle : — Je vais croire que tu es en couple, pour que tu t'en défendes ainsi. C'est d'amour que je parlais. Quoi ?

Irène : — C'est pire. "Je t'aime" est la parole la plus terroriste du monde. "Je t'aime", ça veut dire : "Appartiens-moi."

Gabrielle : — Ça veut dire que l'on s'offre à l'autre, non ?

Irène : — Tellement peu que ça commence par *je*. *Je* t'aime. Je je je je.

Gabrielle : — Eh bien disons : "Aimons-nous." Ce serait tellement plus charmant !... Enfin, je parle, mais j'ai rangé ce bagage depuis longtemps... Qu'est-ce que c'est que ces confidences petites-bourgeoises ? Oh pardon ! *[Elle tapote un vase qu'elle a heurté.]*

Irène : — Maman, je t'adore. Tu es si bien élevée que tu présentes des excuses aux objets.

Elle pensa : si elle décide de me cacher le joli gigolo dont la femme de ménage m'a parlé, c'est son affaire. Tant qu'elle ne l'épouse pas ! Gabrielle lui caressa la joue : « Tu ne veux pas que je t'envoie Marcela pour t'aider à nettoyer ton studio avant que tu ne le rendes ? »

Dans le cylindre en acier ajouré qui, au fond de la pièce, marquait l'arrivée d'un escalier en colimaçon, apparut une tête dépeignée : « Madame Mattromer, vous pouvez venir voir ? » Au rez-de-chaussée de la galerie, un des murs était achevé : tout autour, les ouvriers avaient cloué à l'envers les cadres Louis XIV en bois doré (des copies XIXe) préalablement agencés ; les ornements reposaient contre les parois, ne laissant apparaître que leur dos brut. « Tu devrais être décoratrice de théâtre », dit Irène. Des coups les firent se retourner. Elle en jean blanc et pull jaune, Gabrielle en tunique tricotée champagne, les deux ouvriers en combinaison marron renforcée de noir, parurent étonnés. Victorien ensanglanté s'appuyait d'une main levée à la porte.

« On était en plein suspense », dit une voix émanant d'une enceinte Bluetooth reliée à un téléphone au milieu de la galerie en travaux. Il diffusait un podcast sur un truand de la Deuxième Guerre mondiale au service d'un peu tout le monde, miliciens ou résistants, « mais qui n'aimait pas les Boches ». Le narrateur ajouta : « Il peut être dangereux de trop aimer Paris. Jo, se sachant soupçonné, y reste néanmoins pour profiter des boîtes bien pourvues en champagne et en prostituées. Une nuit à *L'Heure bleue*, à Pigalle, une autre au *Fanfan-Bar*, rue de Douai, une autre encore au *Chantilly*, rue Lamarck, que fréquentent comédiens à la sortie du spectacle, bourgeois en goguette, souteneurs à chevalière dorée, officiers allemands en permission et trafiquants de faux tickets de rationnement, de cocaïne ou d'essence. Dans lequel de ces temples de l'ambiguïté la Gestapo finira-t-elle par capturer Jo ? » Une blatte filait en biais sur le mur blanc.

....

Victorien, qui saignait assez abondamment, fut posé sur une caisse par les deux ouvriers. « C'est superficiel. Va acheter des points de suture adhésifs à la pharmacie de garde, ça ira le temps que les urgences arrivent », dit l'un à l'autre. Gabrielle, trébuchant sur la chaise, fit tomber l'enceinte qui, tournée vers le plafond, résonna davantage. Elle bafouilla des excuses de sa forte voix qui couvrit celle d'Irène penchée sur l'ouvrier en train de comprimer la plaie avec un chiffon propre. « Maman !, cria Irène en se tournant vers elle comme un renard irrité. Va plutôt chercher la trousse de secours que tu es supposée avoir ! »

Voici Victorien pansé sur sa caisse et l'enceinte silencieuse replacée sur la chaise, personne n'ayant pensé à donner la caisse au téléphone et la chaise à l'être humain. Irène reste accroupie auprès du blessé pendant que les ouvriers rangent leurs outils et que Gabrielle est remontée à l'étage. Victorien a refusé qu'on appelle les urgences, n'ayant pas envie de passer six heures dans une salle d'attente d'hôpital à céder sa place à des accidentés de la route, des énucléés dans une chute, des camés convulsifs, des épileptiques, des fous, des étouffants, des inconscients, des hémorragiques à hématomes, des vomisseurs de sang, des aveuglés progressifs, des aphasiques subits, des fracturés du crâne, des hypothermiques, des piqués par un insecte gonflés de la face, des paniqués, des angoissés, des suicidaires, des paralysés, des intoxiqués alimentaires, des brûlés, des électrifiés, des gazés, des asthmatiques, des nourrissons glacés, des vieillards râlant, des infarctus, des langues avalées, des embolies pulmonaires, des méningites, des douleurs lombaires avec colique, des occlusions intestinales, des œdèmes de Quincke, des chocs anaphylactiques, des AVC, des haches dans la tête après bagarre, des mystificateurs, des presque morts. « Le sang allait bien à tes nouveaux cheveux rouges, dit Irène en tamponnant la tempe de Victorien. Ton accroche-cœur n'a pas bougé », ajoute-t-elle en caressant de l'index la boucle en virgule plaquée sur son front. « Les flics sont les ennemis du peuple », répond-il. Offensé de croiser des policiers cuirassés comme des rhinocéros qui rôdaient en paire sur les quais, il s'est emporté quand il les a vus inspecter le sac à dos de Thimotée en train de remonter vers les Beaux-Arts alors qu'ils venaient de le laisser passer, lui, sans rien demander. « C'est parce qu'il est noir ? » Algarade, bousculade, coups, fuite. « Ce ne serait pas plus sage que tu couches chez ton père pendant un jour ou deux ? – Ce dépressif, jamais ! Il voudrait me faire couler avec lui. Je me demande comment ta mère résiste à cette pieuvre. – On est des infirmières, dans la famille. Si on allait chez le frère de la mort ? »

Gabrielle qui venait de redescendre et dont le visage ne montrait pas qu'elle eût entendu ce qui précédait la dernière phrase, cela ne voulant pas dire que cela n'avait pas été le cas, et d'ailleurs qu'importe, demanda : « Chez qui ? » Pendant que Victorien regardait apathiquement la chaise débarrassée de l'enceinte (il avait vivement remercié l'ouvrier qui l'avait soigné, le trouvant bien beau avec sa poudre de plâtre dans ses cheveux noirs et sa dent de devant à l'angle cassé, décidant qu'il était son Sauveur et qu'il L'épouserait sur-le-champ s'Il décidait de l'enlever sur Sa moto[1]), Irène expliqua qu'ils surnommaient ainsi le patron d'un bistrot sur la montagne Sainte-Geneviève. « Attends… Le voici ! » Téléphone : un homme jeune, long, maigrissime, les os tendant une peau cireuse, se tenait, dans un long tablier noir, à la porte de *Le Nectar ou jamais*. « La dernière fois qu'il a souri est quand sa mère est morte », dit Irène. Elle décida que Victorien était trop fatigué et qu'elle le raccompagnerait chez lui, « tu nous paies le taxi, maman ? » Victorien demanda une aspirine à Gabrielle qui, se dirigeant vers l'escalier en colimaçon, dit : « J'espère que les ouvriers ont rebranché l'eau.

1. Ianis Maklouf était rentré chez lui en RER. Alors qu'il voulait regarder le replay de *Koh-Lanta*, sa femme lui avait imposé une série médicale. Elle lui avait annoncé quelques semaines auparavant qu'elle était enceinte de leur premier enfant, et il avait dit à l'autre ouvrier, dans la camionnette de l'entreprise roulant vers un chantier : « Ma vie est foutue. » L'autre lui avait conseillé une application où un imam donnait des conseils, mais Ianis avait répondu : « Ça n'est pas que je sois chrétien *[mimique de crachat par terre avec un clin d'œil]*, mais je préfère notre camionnette-confessionnal. »

– Pas grave, répondit Victorien, je la prendrai en parachute ! » Gabrielle ne relève pas. Ce qui est en dehors de notre imagination n'existe pas. On ne le conçoit pas, on ne l'entend pas, on ne le voit pas. Je ne pense jamais aux vols, aux agressions, aux escroqueries : non seulement je ne m'en méfie pas, mais quand ils se produisent je ne les remarque pas. Dans une rame de métro bondée, je vois, pressée contre moi, une très jeune adolescente, belle, bien habillée, en train de déployer une écharpe en laine sur son bras. L'écharpe serpente. Ça doit être sa main, me dis-je de manière à peine consciente, puis, après un long moment : ah mais ! ma besace ! Je la rapproche de moi : elle en avait ouvert le zip aux deux tiers. Gabrielle ne fait pas attention à l'expression « prendre en parachute », ne l'entend pas, parce qu'elle n'a jamais que fumé quelques pétards dans sa jeunesse et ignore que les parachutes sont de minuscules berlingots de papier à cigarette contenant de la MD, trop granuleuse pour être inhalée. La drogue n'étant pas dans son domaine de référence, elle ne peut induire que Victorien en prend peut-être ; peut-être : le mot n'est pas la preuve de la chose. Irène le sait plus probablement et aura fait face neutre pour ne pas trahir son ami, encore que cela ne soit pas beaucoup plus certain ; en quoi la franchise qui semble émaner de Victorien par son aspect empêcherait-elle la dissimulation ? Il envoya un message à la boucle WhatsApp « Agit'prop de genre » pour prévenir qu'il ne pourrait pas participer à la séance du lendemain. Réponses : « Kesta ? » « Tu as messe ? » Il expliqua ses soucis en les minorant et refusa que ses amis reportent l'affaire : un cocard ne se camoufle pas bien et un pansement à la tempe est d'un répugnant réalisme. L'ami avec qui il était récemment allé à un ball proposa son aide ; Nathan regretta qu'il ne puisse faire mieux connaissance avec Wilson pour qui il avait préparé une panoplie parfaite, maquillé tu croirais vraiment une meuf. Le scénario de cette fois-ci consisterait à se rendre dans le flagship Ralph Lauren habillés en Saoudiennes. Voilées, maquillées, french-manucurées, lunettées de doré, chacune ayant au pli du coude de vastes sacs en carton Chanel Prada Dior Gucci, elles se feraient présenter mille choses en parlant un anglais accentué avant de sortir sans avoir rien acheté. Nathan expédia quelques photos de Wilson et lui lors d'un déroulé à Montmartre. Par erreur, ils s'étaient rendus rue Berthe où l'on plongeait sur deux minuscules pièces bourrées de travestis, un cabaret des années 1920 dont il avait oublié le nom, par erreur encore ils s'étaient retrouvés au-dessus de Max Jacob en train de peindre des Saintes Vierge moches tout en récitant des vers exquis pour, enfin sans se tromper, assister à la mort de Dalida. Nathan avait été déçu : il s'attendait à surplomber une foule immense devant la grosse maison de style Dinard au bout de cette rue d'Orchampt tout en petites maisons de plâtre, il y avait tout au plus trente personnes, et à peine une caméra de télévision. Un journaliste à sacoche en bandoulière avait dit : « Elle était complètement ringarde. Le film égyptien où elle vient de jouer n'a pas du tout marché, ses derniers disques ne se sont pas vendus. Il ne lui aurait plus resté que des tournées pour la croix Vitafor. » Elle est tellement célèbre maintenant que les gens n'imagineraient pas ça, disait Nathan dans le message suivant (comme on sait, les photos de déroulés sont non seulement interdites, mais rendues impossibles par un procédé de brouillage) : quand quelqu'un a gagné, on croit qu'il a toujours gagné. « Gagnons », répondit Victorien.

Gabrielle qui se rendait à son appartement en ayant confié à Irène le soin de fermer la galerie poussa un cri : à l'intérieur d'une vitrine, un homme la toisait. Mais non, c'est un mannequin ! Il ressemble à Gaspard. Une beauté régulière, parfaite et fade, peut-on donc dire beauté ? Un mannequin sera-t-il ma dernière passion ? Gaspard est toujours charmant lorsque je l'invite au restaurant ou au spectacle, mais j'attends qu'il m'invite à son tour. Il se vante d'être ambitieux. C'est très vulgaire. Enfin, il s'arrange. *Je* l'arrange. Tout en marchant, elle fouillait dans son sac. Allons bon ! Elle retourna vers la galerie, une main après l'autre dans les poches de son manteau, leva les yeux au ciel, fit à nouveau demi-tour. « Pssst ! » « Il est là ! », pensa-t-elle en se retournant d'un air panique, mais ce n'était qu'un air, elle avait accompli ce mouvement très vite en écarquillant les yeux et sans avoir eu le temps de sourire. Ce n'était qu'une touriste en train d'ouvrir une bouteille de soda à l'abri d'un porche. « Oh ! pardon ! », dit-elle en écartant son parapluie d'un vieil homme qui brinquebalait sur l'étroit trottoir.

Si cette Khadija ne trouait pas Paris de travaux !... Je deviens comme Victor. Sur le paillasson, elle fit tourner son parapluie sur son pied. Les gouttes d'eau sautent comme des coryphées, se dit-elle. « Gaspard ! Pourquoi as-tu réglé la lumière aussi fort ? » Tournant le bouton, elle la diminua, puis se regarda scientifiquement dans le pilier en miroir.

— Tu es là, Gaspard ?

Xanax se frotta en ronronnant à ses mollets.

— Un autre ambitieux qui a faim. Ah, c'était vous, Marcela ?

Au même moment, Thimotée toquait à la porte de la galerie.

Donnez une pièce, s'il vous plaît !

Je me marre. Ayant fait exprès de ne pas me tirer devant les civils qui s'amenaient, j'ai provoqué le stand-up très réussi d'une bourge. Manteau de martre enveloppant son corps de galion (j'ai eu des ancêtres sur ces rafiots) posé sur des escarpins en cuir de veau à forts talons, la joue pleine et l'œil vif (genre rat), elle a pointé sur moi son doigt ganté de chevreau gris, puis, après une très théâtrale brève attente destinée à faire en sorte que le gâteux qui l'accompagnait l'écoute bien, elle a dit d'une voix de canon passant entre des lèvres au rouge assoupli par de l'huile de foie de requin : « Regardez ce rat, André ! Il est gras comme un président du Sénat, il ne lui manque que la serviette autour du coup, une table à nappe à carreaux et des couverts ! » Excellent ! Même la rose près de moi a souri de toutes ses lèvres.

....

Wilson conduisit Nathan à la chambre en le tirant par sa queue bandée comme si c'était une laisse. On ne se retourne pas vers un chien en souriant. Comme il l'excitait. Ô source des bouches, ô boas des bras, ô pélargonium duveteux des peaux, ô course entomologique des doigts, ô souffles de baleines, ô bave de bouledogues, ô érections d'hibiscus, ô mue ophidienne des vêtements ôtés, ô bras multipliés de poulpes, ô heurts caillouteux des dents, ô escrime de ceps de vigne, ô tâtonnements de chatons, ô reniflements d'épagneuls, ô prestesse simiesque des jambes, ô tournoiements d'étourneaux, ô tsunamis de draps, ô bronchements de poulains, ô halètements de loups, ô froissements foliaires des chevelures, ô descentes de cascades et remontées d'écureuils, ô fluidités de truite des hanches, ô succions de fourmiliers s'aidant de leurs ongles pour écarter les orifices, ô soupirs d'alizés, ô palpitations colombines des cœurs, ô serrements de mantes, ô pilonnages de piverts, ô gémissements de tourterelles, ô pollen !

Allongés dans le lit plus ou moins remis en ordre, ils se racontent tout comme s'ils ne se connaissaient pas. Ils se connaissent à peine, au fait. Ça arrive toujours chez les gays, ces conversations d'archivage aux premières rencontres, sexe ou non. Connaissance par les épreuves, sauvetage par le rire : la minorité la plus minoritaire. Comment ils avaient découvert leur goût. Comment on leur avait inoculé la honte, comment ils s'étaient soignés par l'insolence (les très bons élèves), comment ils s'en étaient fichus (les précoces allumeuses de treize ans), comment ils s'étaient mariés entre hommes pour avoir l'air normaux, comment ils perpétuaient une saine amoralité. Comment ils se traitaient tous en égaux, étant de plus des gentils, même les méchantes. Comment, comment, comment. Je n'écrirais pas de romans si l'on découvrait par le pourquoi. Par la porte ouverte de la chambre de Nathan, on apercevait une tranche de son étroit appartement aux étagères presque vides, à part un livre sur Christian Dior, quelques couverts en inox et deux verres, on se croirait chez un séminariste qui refoule, pensa Wilson.

Nathan : — À mon arrivée à Paris, quand j'y marchais je reconnaissais mes lectures. Un nom de rue, un bâtiment, et c'était, à la façon dont un scientifique constate : ah oui ; c'est ici que Karl a rencontré François-Marie ; c'est là qu'Yves a ouvert sa première boutique de prêt-à-porter ; ici, Monsieur Dior a été présenté à Marcel Boussac ; là, l'hôtel où le premier défilé... J'avais lu Paris sur Internet. Je dois dire que le seul romancier qui m'a intéressé est Balzac. J'ai découvert les "Scènes de la vie parisienne" au lycée, je les ai toutes lues pour apprendre Paris. En provincial, Balzac a un sens de l'originalité corporelle de la ville, qui va tellement de soi pour les Parisiens qu'ils ne la remarquent pas. Pour eux, les rues ne sont que des moyens d'aller d'un endroit à un autre. Pour un provincial, ce sont des veines, des fleuves, des tapis volants, elles ont un pouvoir mythologique. Karl, Yves, des provinciaux comme moi, ont...

Se tournant vers lui, Wilson fit de l'index le tour d'un de ses tétons, sur lequel il posa un baiser avant d'en faire le tour dans l'autre sens. Nathan ne réagit pas, continuant à parler, c'était à lui-même.

Nathan : — Paris est secrète et de mille secrets. Quand on croit en avoir dévoilé un, on en découvre un autre. Elle vit de secret. Rien ne le montre mieux que celui qui a été caché par cinq cents Parisiens à cinquante millions de Français pendant cinquante ans sur une des personnes les plus célèbres de France : je suis tombé à la renverse quand j'ai appris que Françoise Sagan était lesbienne. L'air d'être la capitale de la clarté, Paris impose ses ombres avec la dissimulation la plus muette.

Wilson songeait, tiens, le Professeur m'a dit le contraire. « De Paris on finit toujours par savoir deux ou trois choses, car on y bavarde, on y écrit, on y publie, on s'y conteste. Tandis qu'*en région* ! A-t-on jamais publié un roman intitulé *Les Mystères de Caen* ? Le pouvoir est beaucoup plus tenu, *en région*. Moins de monde. Un préfet, cinq industriels. On *n'apprécierait pas*. Ça ne se vendrait même pas. Toutes ces villes envient Paris et achètent par centaines de mille les livres révélant (plus ou moins) ses *secrets*, noms qu'ils donnent aux turpitudes. Ah, la presse locale. Dès qu'il y a des "révélations" sur quelque chose de Paris, comme elle se pourlèche ! Pas un de ces journalistes n'aurait pu écrire que le directeur du centre Leclerc de sa préfecture était un escroc partouzeur, mais il peut se déchaîner sur le *stupre* de Paris, qui est si attirant. De préférence le stupre homo, n'est-ce pas. Les francs-maçons, le Comité international olympique, ils n'oseraient pas, mais nous ! *Le lobby gay*. Le plus puissant lobby que je connaisse, c'est celui de la bêtise. » Quelle étrange science les provinciaux ont de Paris !, poursuivit Wilson en lui-même ; il se taisait, écoutait Nathan quand les brumes de ses réflexions s'évaporaient, ne répondait pas. Il avait rencontré un jeune Parisien habitant dans le XIIe arrondissement, pas loin de l'avenue de l'Éléphant, qui n'avait pas idée que le Palais-Royal, dans le Ier, à cinq kilomètres, existe ; évidemment il savait où se trouve le stade de France. La Seine avait raison. Il y a une forme de barbarie à vivre dans le terrier de son arrondissement et à ne pas aller s'éclairer aux œuvres de l'art. Quand je suis arrivé, moi, j'ai cherché la lumière.

Nathan : — Je ne voyais que des Strasbourgeois. Il semblait y avoir un mur entre moi et le futur. Ce n'est pas que désormais je connaisse des tonnes de monde, non plus. J'ai envoyé des CV, j'ai demandé des recommandations, j'ai parlé à des gens dans des soirées, je reste vendeur chez Prada. Tout de même, j'ai fait la connaissance de fils d'écrivains, comme Victorien Vonnevy. Je lui ai proposé 10 % sur un sac à dos, je pourrai le prendre sur mon quota d'achats personnels. Ça me servira peut-être.

Au moins à abandonner les souliers pointus, pensa Wilson, qui détourna son doigt vers le nombril de Nathan. On dirait un bouton de mandarine. Paris est une ville où l'on entre. C'est rare, très rare. Londres est vague, frangée de banlieues immenses, on continue à y entrer alors qu'on s'y trouve déjà, on semble y être encore alors qu'on vient d'arriver à York. Los Angeles, idem. Berlin, idem. Paris, une noix. Quelques laideurs quand on y pénètre, avenue de Clichy, avenue du Général Leclerc, mais ça dure peu, et tout de suite on est dans Paris, Paris ! Il est difficile d'en sortir. Sorti physiquement de Paris, on y reste mentalement. Entré dans Paris, on n'en sort jamais.

Nathan : — Cette politesse glaciale, indifférente à toute personne qui n'a pas les réseaux. On peut vivre dans Paris et ne pas être à Paris. Je… Arrête !

Wilson avait planté le doigt dans le nombril de Nathan. Prenant appui sur un coude, il se souleva pour poser un baiser sur sa pommette anguleuse. « Pardon, pardon, continue ! » Il pensait aux couples de garçons sud-américains qui viennent faire la fête à Paris et louent un petit appartement où ils tapinent à tour de rôle pendant huit jours. (Ça paie des fringues.) Quelle que soit leur origine, ils se disent Brésiliens, nationalité qui excite les Européens. Tant mieux pour moi (ou mon ancien moi, puisque je ne fais plus ça qu'exceptionnellement), mais il faudrait leur apprendre que le Brésil est le pays où l'on assassine le plus de queers. Le Professeur se moque souvent de la prétention de Paris à la civilisation. « Ils mâchaient des racines quand, dans le Midi, nous étions des citoyens romains ! » Wilson posa un baiser derrière l'oreille de Nathan, se demandant si le duvet du lobe qui, à contre-jour, lui évoquait une forêt de pattes de tigres blancs, s'envolerait comme des pissenlits s'il soufflait dessus.

Nathan : — Tu louches. Paris est l'illusion de ceux qui ont souffert en province. On souffre tout autant à Paris, mais au moins on tente quelque chose. Je percerai.

Wilson se rappelait avec une sorte de tendresse que, à la sortie sur la civilisation, le Professeur en ajoutait généralement une contre l'art gothique. « On devrait dire art français du Nord », précisait-il avec une très légère teinte d'accent bordelais, je suis maintenant capable de saisir les accents, sinon de les reconnaître. De temps à autre il lui échappe un « jone » pour « jaune ». Mon accent à moi l'excite. Il est possible que les Français raffolent des accents étrangers parce que leur langue est excessivement réglée. Un peu d'anarchie dans le ressemblant.

Nathan : — Je suis né pour le climat de Paris, qui d'après les anciens a beaucoup changé. Hivers froids et pluvieux, geysers de canicule l'été. Un climat à foucades comme je n'ai pas. Je suis réglé et raisonnable, moi. Pas comme le pote de Victorien avec qui il fréquente la scène ballroom. Il est très douteux. On dit qu'il couche avec son beau-père.

Le Professeur avait fait une sortie (il est si sexy quand il est soupe-au-lait !...) à propos d'un dîner de profs de son université où il avait été question d'un confrère propriétaire d'un cabinet de conseil spécialisé dans les pays d'Afrique noire : un faisan, avait dit l'un, un sauteur, avait ajouté l'autre, un mafieux, avait renchéri un troisième, une planche pourrie, avait complété un quatrième, un escroc, s'étaient-ils accordés à conclure en riant : il est si amusant ! « Je hais cet aimable faisandé parisien qui consiste à ne se piquer de rien et à cajoler la canaillerie. Je suis un provincial avec une touche de puritanisme, moi. »

Nathan : — Étant un provincial sans relations, je dois tenir Paris. Je ne la quitte jamais, même pour les vacances. Il faut *être là*. Une occasion peut se présenter, je ne sais quoi, une rencontre inattendue, quelque chose. Quand tu n'es pas dans Paris, on t'oublie.

Je pourrais me faire tatouer un plan de Paris sur la cuisse, se dit Wilson. Mais non ! Ça voudrait dire que j'ai besoin de conserver un souvenir, alors que j'ai décidé de rester. Je garde ma tête de Marie-Antoinette, et voilà.

Pim ! Pam ! Poum ! Si vous entendiez les sons de cloches quand je me cogne aux vitres ! Pim ! Pam ! Poum ! Je sors du cocon et on ne m'a rien expliqué ! Pim ! Pam ! Poum ! Où est la porte de l'âge adulte ?

...

Victorien, une cigarette roulée au coin de la bouche qu'étire un irrépressible sourire, sort de chez Thimotée. Ses yeux sont plus grands. Je vois le monde ! Il m'est révélé ! J'étais borgne, je suis amoureux ! Moi je ? Lui je ! Lui je lui je luije luijelui je pense la vie en lui ! Il graffait des palissades sur son chemin, ayant esquivé le métro pour exposer à la Ville l'allégresse qui l'allégeait, le hissait, le faisait bondir, kangourou ! je suis un kangourou ! Son sourire étirait sa bouche vers ses oreilles. Une luminosité l'entourait. Une jeune femme poussant une poussette se retourna. Un chauffeur de camion remontant dans sa cabine se retourna. Un labrador en laisse se retourna. Un moineau se pencha. Une vieille dame qui avançait à l'aide d'un déambulateur se redressa d'un coup. Un vieillard raide le toisa avec haine. Courant vers cette lumière, un souffle d'air désentortilla le chignon d'une passante. Il souriait. « MON KANGOUROU ! », écrivit-il sur un portail de fonte transformé en éventail mexicain par d'autres phrases colorées, des dessins, des collages. « Mon kangourou ! » sera mon vocatif d'amour à Thimotée ! Quand tout à l'heure j'ai noté son numéro de téléphone au dos de ma boîte d'allumettes, je n'avais bien sûr pas pensé à mettre le mien en charge hier soir, il m'a fait remarquer mes fautes d'orthographe : je ne suis pas étonné qu'il y ait une lettre féminine à la fin de Thimotée, je lui ai dit. Midi ! J'ai faim ! J'ai faim ! J'AI FAIM !

Il entra dans un de ces McDonald dont le changement de décoration avait coïncidé, à son estime, avec sa sortie de l'enfance. Finis, les parcs à joujoux rouges, jaunes et bruyants qui lui étaient d'autant plus une fête que son père lui interdisait de manger « ces éponges américaines qui vont faire perdre ses dents à l'espèce humaine ». Dorénavant le gris, l'ordre, le silence et la science-fiction. Il passa commande à une borne tactile. « Vivement qu'on me tatoue un QR code sur le poignet ! », avait-il dit à

Tu aurais une cigarette ?

Irène, qui : « Chuis d'accord, ça me permettra de retrouver ma mère qui perd tout et se perdra bientôt elle-même. » Derrière le comptoir, avec des gestes lents et dans le plus grand silence, les serveurs tapaient eux aussi sur des écrans tactiles, observaient des écrans en hauteur, allaient chercher à un guichet des sandwichs qui n'étaient plus bruyamment annoncés d'une cuisine fumante, et les donnaient aux clients désignés par des numéros. Tout en patientant, il observa un jeune serveur en T-shirt noir, le crâne rasé, beau comme une statue de prince africain en ébène (décida-t-il) qui tendait devant lui le regard fixe du songe. Sans manifester la moindre surprise ni exercer la moindre hâte, il leva les yeux, se détourna, prit un sac en papier, observa un autre écran, y glissa des barquettes de sauce, avança lentement, dit « B 769 » d'une voix grave qui bouleversa Victorien. Dans la rue, muni d'un rendez-vous avec ce garçon, il s'apprêta à jeter sa commande dans une corbeille publique avant de la déposer devant un SDF abrité sous une pyramide de couvertures et de repartir dans sa marche triomphale. Deux abribus furent complétés des mots « THIMOTÉE ! » et « KANGOUROU ! », une borne de porte cochère d'un œil cligné et d'un sourire, la plaque de la place d'Acadie d'un becquet et d'une lettre R : place d'Arcadie. Il sauta dans un bus place Saint-Sulpice. Tapotant des doigts le

---

Wadji khadjalama yonwi ! Wadji tu m'entends là ?

---

dossier d'un fauteuil, il ne vit pas le dos d'une femme couvert d'un élégant manteau moutonner avec irritation ; la femme se retourna. Sous l'effet de la chirurgie, elle ressemblait à un plat mycénien. Seuls vivaient dans cette plaque luisante et bosselée deux petits yeux vrillant. Sous le nez pincé, une fente s'entrouvrit : « Vous m'agressez, jeune homme ! » Victorien sourit d'un sourire tremblant de fautif : « Oh pardon, madame, je ne pensais pas... – Vous ne pensez pas ! Vous ne pensez pas ! Précisément il faut penser ! La différence entre vous et moi, c'est que je viens d'une bonne famille et que je suis beaucoup plus diplômée que vous ! Pédé ! » Victorien se pencha sur elle et, avec un sourire, ni de bonheur, ni de faute, mais de menace, chuchota : « Tu veux ma main sur la gueule, vieille pute ? », puis se relevant, à voix très haute, avec un sourire, etc., mais de commerçant obséquieux : « Encore pardon, madame, et la meilleure des journées pour vous ! », et il sauta hors du bus. Passant la tête hors de l'œil-de-bœuf du futur studio d'Irène qu'elle lui faisait visiter, il cria à Paris : « Kangourou ! Kangourouuuuu ! »

— "Hi" en anglais ça veut dire quoi ? — Ça veut dire "c'est bien".

Des flocons volètent. Je plisse les yeux et lève le nez, que c'est amusant ! Celui-ci aboutira-t-il sur mon dos, ou sur une oreille ? La brise qui gèle mes moustaches les transforme en épées. Tchik tchak mousquetaire ! Victor a bien fait d'oublier de fermer la fenêtre en rentrant cette nuit, il faut dire qu'il n'était pas en état d'y penser. Son ronflement m'a fait quitter le pas de la porte de sa chambre pour aller dormir sur le canapé. Les branches des arbres, nues comme des fourchettes, se saupoudrent de blanc. Je dis bien *se* saupoudrent, car branches comme flocons ont une volonté. Les humains l'ignorent et souvent même nous, ceux qu'ils appellent les animaux : les végétaux se parlent. Au jardin du Luxembourg, un chien venu de la campagne avec son humain expliquait que, quand elles sont attaquées par des insectes herbivores, les plantes diffusent des mots que les humains infériorisent au moyen du vocable « molécules » (ça c'est ce que le rural disait, moi je suis très content de Victor) afin de se prévenir du danger et de développer une immunité collective. De même, nous avons une entente tacite avec les flocons de neige. Bien qu'aucun ne parle la langue de l'autre, nous nous comprenons mieux qu'avec les humains. Ce qui s'est passé est que nous avons été vaincus il y a trois cent mille ans, quand une partie des êtres mouvants qui peuplaient la terre a fait sécession en se décidant sachants. Peinés, nous autres avons décidé de perdre tout langage articulé et nous sommes rétractés dans les sons. Les plus heureux sont les oiseaux qui, pouvant se réfugier dans les arbres, n'ont pas à supporter la vue des humains sauf Victor, les arbres étant heureux aux quatre cinquièmes, pensez à leurs pauvres troncs compissés. De là ces végétanimaux aux feuilles et aux plumes frémissantes qui bruissent en basse continue ; parfois, une alouette soprane y grisolle. Ce que les humains ignorent est que, depuis la Défaite, cadenassés dans notre laconique désespoir, nous avons un hymne universel : c'est, risible pour eux et déchirant pour nous, le cri de l'âne.

....

Les cauchemars de Victor le laissaient hébété jusqu'à deux heures de l'après-midi. Tombé du lit au cours d'un de ces rêves, il était marbré d'ecchymoses autour de la tempe. Personne autour de lui n'avait accusé l'alcool. Or... OR OR OR OR, quelle musculature, ces conjonctions de coordination ! Lutteurs de foire des phrases ! Enchaîneurs de conséquences inexistantes !

Sens obligatoires de la pensée ! Rassurants panneaux indicateurs ! Or ou pas or, Victor s'était *aussi* couché ivre. S'asseyant au bord de son lit, coudes sur les genoux, essayant de décoller la langue du palais, il écouta Lip Sync à la radio. La dictature du cool... La dictature de la bien-pensance... La dictature de la monopensée... Comme il aimait la dictature ! Lip Sync, terme anglais désignant la synchronisation labiale, était le surnom que Victorien avait donné à ce gémisseur de radio, de télévision, de journaux, de magazines, selon lui, non un journaliste, mais un symptôme ; celui du psoriasis ante-mortem de la bourgeoisie classique. « Que mon père ait repris ce surnom constitue ma seule victoire sur lui, même s'il ne l'emploie pas pour me faire plaisir : il est jaloux de la célébrité de Lip Sync. Ce qui ne l'empêche pas d'accepter des invitations à ululer en chœur dans ses émissions. » Victor pensa : « Liste de ce que j'ai vu disparaître. Les voitures klaxonnant qui rendaient Paris éprouvant et énergique. Les femmes qui s'asseyaient en plaçant les jambes de côté. Les enfants qui se levaient pour céder leur place dans le métro. Le temps où les hommes étaient des hommes et les femmes, des femmes. Les papeteries. Les librairies de quartier. Les kiosques à journaux débordant de magazines. Les flics qui saluaient en vous abordant. Le grand magasin Old England, boulevard des Capucines, où l'on trouvait des pulls en shetland pas chers et des manteaux en cachemire increvables. Old England a fermé, la France est morte ! Liste de ce que j'ai vu disparaître. Bientôt moi. » Il se leva en bondissant comme s'il marchait sur des braises, aïe aïe aïe ! aïe aïe aïe ! Les ornières de cette conne de Khadija ont fini par me niquer le dos ! On se pèle, ici ! Ce con de chien a ouvert la fenêtre ! Guillaume, rentre tout de suite ! Et voilà ! La neige a formé une flaque sur la moquette !

Le concierge avait glissé le courrier sous la porte. « Factures et prospectus, comme de bien entendu. Plus personne n'écrit de lettres », marmonna Victor qui n'en envoyait plus depuis des décennies. L'enveloppe de la préfecture de police lui enjoignait de payer sous deux semaines une amende de quatre euros pour avoir traversé hors du passage piéton boulevard Saint-Michel 75005 Paris. « Bienvenue en Corée du Nord ! », dit-il ; Guillaume allongé sur le flanc ne bougea pas. Pendant que son café en poudre refroidissait dans le mug à l'effigie des Tontons flingueurs, il regarda sur son poste de télévision un film où une femme vomissait après avoir vu un cadavre. Le flic se douchait pour réfléchir. Il était à la veille de sa retraite. Sa fille avait une tumeur au cerveau, il devait trouver de l'argent pour son traitement, sa femme divorcée le rabrouait affectueusement au téléphone. Le caissier de la station-service lorgnait les seins de la fugueuse qui le traitait de connard et il baissait les yeux. La standardiste du commissariat raillait la balourdise du flic. Sur une image de crépuscule derrière des tours en verre, on entendait un air de guitare électrique. Gabrielle téléphona. Victor : « Je peux te rappeler ? je travaille. » Le flic buvant une bière au comptoir leva les yeux vers les informations télévisées et comprit que le vice-président des États-Unis était à la tête du complot. Puisque c'est l'heure du café, préparons-nous un Black Russian, se dit Victor pendant que la voix sensuellement nasillarde de Carl Barât chantait « Road to Ruin ». Le vinyle craquant, la musique semblait émaner d'un feu de cheminée. Il caressa des yeux le disque noir aux reflets gominés. *Le Panthéon mais derrière*, voilà le titre de ma biographie ! J'ai toujours voulu écrire un roman. Une dystopie ? C'est très en cour. Victorien m'a dit : « Les périodes allègres créent des utopies, les périodes amères créent des dystopies. » C'était à mon intention, sans doute. Quel petit con. « Si j'étais une femme écrivain, ai-je répondu, j'aurais tout. Mieux encore, lesbienne. Et noire. Et obèse. Et borgne ! » Alors ce garçon, mon fils : « Victor !... » Les jeunes prennent tout avec gravité. Surtout, ne se moquer de personne. Ça pourrait être offensant ! Je lui ai dit : « Comprends-tu que la sauvegarde de l'âme occidentale passe par l'universalisme ? Votre idéologie communautariste va tout détruire. U-ni-ver-sa-lisme. » Il a cru spirituel de me répondre : « Papa, tu connais un Noir ? » Prenant un livre posé en chapeau chinois au pied du fauteuil où il avait tenté de s'affaler (j'ai oublié d'en chercher un aux Puces, c'est bien moi), il ouvrit dans son ordinateur le dossier *Projets de livres* et là un fichier « Projet d'anthologie de la lucidité » où, à l'unique phrase qu'il contenait (« "Le soleil est devenu noir / Je vois la lune qui va choir", Jacques de Constans, XVIe s. »), il ajouta, un œil sur le livre rouvert :

« “Chez les insectes, la chenille devient papillon ; chez les humains, c'est le contraire”, Tchekhov », puis réfléchit. Un livre sur la fin du roman ? Puisque je vais mourir, annonçons que la littérature est morte.

Le vinyle achevé faisait un bruit de bateau amarré que les vagues repoussent vers le ponton. Comme il revenait de la salle de bains, du savon à barbe sous une oreille, il arrêta la platine et répondit au téléphone. Il s'était trouvé assez bien, dans le miroir. Ce vaste torse dont les poils ne blanchissaient pas, ces biceps encore fermes, passons sur le ventre qui s'affaisse, les cuisses restaient fermes, les grands pieds, des péninsules de pierre, et cette queue ! Longue, large, veinée, les couilles bien poilues, cette lopette de Victorien ne doit pas avoir une vraie bite de mec comme celle-ci, ha !

Gabrielle : — Mon génie, je te dérange à nouveau ? Ah tant mieux. Tu veux que je te dise la chose la plus extraordinaire à laquelle j'ai assisté hier ? Lors de sa représentation d'adieux à l'Opéra, Gloria Lépine, la très méchante danseuse étoile, arrivant aux derniers des trente-deux fouettés du *Lac des cygnes*, est tombée d'un coup, sur le côté, comme un insecte. Elle était morte.

Victor : — Sic transit Gloria Lépine.

Gabrielle : — C'était une fille de famille, chose unique dans cette corporation où il faut être enfant de danseur ou d'ouvrier pour supporter le dressage ; c'était la fille d'un industriel d'Auteuil. Il n'achetait pas chez moi, tu peux le croire, ni chez aucun galeriste, rien n'était plus enviable pour ce genre de personne qu'un prie-Dieu noir à pointes de diamants acheté par un grand-père dans l'Espagne de Franco. Le XVIe arrondissement est pour moi comme les dimanches. J'ai un médecin à La Muette, j'arrive chez lui en taxi en ayant pris soin de ne pas regarder ces sinistres immeubles cossus. Tu me connais, je ne suis pas bien sûre de ce que ça veut dire, cossu, au fond, mais pour moi ça désigne ces immeubles 1880, épais, avec entrée à colonnes de stuc peintes façon marbre, cage d'ascenseur aquatique et cage d'escalier à bois chantourné, marron et vieux vert, silencieux, suintant l'ennui. L'hennui, tiens, on devrait y mettre un h. Dans les rues, des zombies. Septuagénaires à veste autrichienne et aux tempes rasées, sexagénaires en redingote à col de velours aux cheveux teints avec raie au milieu, quinquagénaires à cheveux en arrière et pantalon framboise, enfin tous les âges jusqu'aux adolescents blonds aux mâchoires serrées qui marchent par trois d'un petit air fat. Ce n'est pas un arrondissement, c'est une tribu.

Victor : — Rien de pire que le XVe, dirait ta mère. On devrait le détacher de Paris. Il dériverait jusqu'à sa destination naturelle, La Roche-sur-Yon.

Gabrielle : — Pardon pour la toux. J'ai trop fumé depuis ma jeunesse… Expression atroce à dire… Pas “trop fumé”, n'est-ce pas. Quoi ?… Les formes des lieux influencent notre pensée. Faisant ma gymnastique à ma fenêtre qui donne sur le clocher de

Saint-Germain-des-Prés, j'ai pensé aux gravures de Dürer. À New York, chez mon vieil ex-crush d'où l'on voit le paquet de tours du quartier financier, je pense à la façon que j'ai eue de ne pas faire une économie de ma vie.

Victor : — Jamais eu le sens du commerce. *[La tête en arrière, il boit l'ultime lampée de son Black Russian.]*

Gabrielle : — J'envie ma consœur qui vend des érotiques masculins. Avec son allure inoffensive, elle repère la honteuse, l'huissier de justice regardant en coin : lui, ce sera 3000. Je devrais liquider le fonds de commerce et ouvrir une boutique pour riches-riches. Des piranhas qui mangent les peaux mortes des pieds, des poudres coréennes pour les rides du cou, du massage qui ne masse pas. Hélas, je suis trop bien placée. Les riches-riches veulent dépenser, mais à condition que ce soit au Pré-Saint-Gervais. Ça leur donne l'impression de faire des économies et le bien.

Victor s'habillait tout en retenant le téléphone du menton, attends, je me déplace, ça capte mal, les téléphones filaires marchaient mieux, le progrès technique haha, parle-moi plutôt de la régression technique. On nous saoule avec l'intelligence artificielle, je vais ajouter à mon livre un chapitre sur la bêtise artificielle. Et peut-être un autre sur la connerie augmentée. Gabrielle caressait distraitement Xanax qui ronronnait distraitement, les yeux en obus à la façon d'un tyran asiatique. Il était tout en lui-même. Il se remémorait, et c'est cela qui le faisait ronronner, un passage de Kant sur les animaux. Il lui avait été rapporté par une puce ayant assisté au Colloque Mondial des Insectes. Morte pour la cause de la culture, la puce.

Gabrielle : — À partir d'un certain âge, on apprend des enfants. Je le sais, mais je ne veux pas qu'Irène le devine.

Victor : — Je n'apprends rien de Victorien. Ses petits zigouigouis de l'École des beaux-arts ? Et ses cheveux rouges, il a cru que ça m'affolerait ? J'ai pris soin de ne rien remarquer, et il est remonté furieux dans son studio changer ses petits pansements. *Mon* studio.

Gabrielle, *faisant à Xanax le signe de s'éloigner des rideaux* : — Irène s'emballe avec la combativité de son arrière-grand-mère. Non que je croie à l'hérédité, puisque je ne suis moi-même en rien comme cela, mais elle a entendu parler de son caractère impétueux, au demeurant très exagéré par maman qui, quant à elle, affectait un flegme de dromadaire. Irène se l'est fait raconter mille fois et a imité une légende en partie créée par son désir.

Victor : — Aurais pas dû avoir un fils, mais un neveu. Les fils sont odieux et les neveux, délicieux.

Gabrielle : — Ce qui éclot le plus souvent au sortir de la jeunesse, c'est la banalité, non ? La société l'ordonne. J'ai vu avec désolation de géniaux gamins de mes dix-sept ans devenir des acheteurs de résidences secondaires.

Victor : — Les jeunes ne savent plus rien.

Gabrielle : — Ce n'est pas toi qui as écrit : "Les gens de dix-huit ans ont toujours raison, mais il ne faut pas le leur dire" ?

Victor, *caressant d'un doigt le tissu râpeux de son fauteuil* :
— Mmm… quand j'ai écrit ça, j'étais plus proche de dix-huit ans.

Gabrielle : — C'est un peu bizarre, quand on vante les choses de son âge après avoir dit le contraire, non ?… Les vieux appellent la vieillesse autrement, bien sûr. Vieillesse, dictionnaire des synonymes : sagesse ; expérience ; pondération ; pragmatisme. Feu !

Victor : — Et les jeunes qui vantent la jeunesse ?

Gabrielle : — Il n'y en a plus beaucoup, si ? La jeunesse est comme l'avenir : démodée. L'avenir, c'était mieux hier.

Victor : — Ils vivent dans des applications. Pff… Ah, pour ça, ils s'appliquent. Pasolini l'avait bien compris. En 68, il protestait contre ceux qu'il appelait les chevelus. Tous les trente ans, éruption d'acné politique. Mai 68, Nuit debout… Bientôt quoi, les Nourrissons responsables ?

Gabrielle : — Pasolini était un sentimental excessivement intelligent qui a tenté de rationaliser son sentimentalisme. C'est curieux, il n'a pas dit un mot sur les jeunes militaires "du peuple" qui ont renversé Pinochet. Bah, ces contradictions le gardent intéressant. Il n'y a pas de contradictions. Il n'y a que des intelligences bondissant de plaies en plaies.

Victor : — Tu me donnes envie d'écrire.

Gabrielle : — Fonce.

Il se mit à une réussite avec des cartes veloutées à force d'avoir servi. Elle a mauvaise mine, Gabrielle ; les déesses du noir trépas nous conduisent tous les deux.

Il annula la partie qu'il perdait et en entama une autre. Tout en effilant une mèche de sa frange, Gabrielle dit à Xanax qui allait et venait la queue insolemment levée : « J'ai connu Victor plus léger. On ne remarquait sa mélancolie qu'à de rares occasions. Parfois, quand nous étions en boîte ou à jouer au bridge dans ma maison de Provence (tu ne l'as jamais connue, je l'ai vendue pour renflouer la galerie), tout d'un coup son regard s'enfonçait, dans quoi ? Je me trompe peut-être si j'en accuse aujourd'hui la peine à écrire. Il ressortait de ses absences avec un geste des doigts approfondissant les rides autour de sa bouche comme pour enfouir quelque chose, puis nous enchantait de plaisanteries. Depuis quelques années, il me donne l'impression d'un rafiot qu'un câble entraîne par le fond. »

Victor lut la lettre de son notaire.

« Cher Monsieur et Ami,

J'ai bien pris note de votre testament olographe que je fais enregistrer au fichier central. La part successorale de votre fils M. Vonnevy Victorien sera réduite à la part réservataire, savoir, eu égard à son état de fils unique, à la moitié de vos biens. La quotité disponible sera versée suivant vos volontés à la Société protectrice des animaux. Une disposition en cours d'étude vous sera soumise qui permettra de salarier un(e) gardien(ne) de chien avec allocation suffisante pour sa nourriture et ses soins si vous veniez à décéder en laissant un animal domestique vivant.

Il est entendu que les deux appartements dont vous êtes propriétaire place de l'Estrapade 75 005 Paris, seront mis à la vente par mes soins sans affichage ni publicité. Vous vendrez pleinement l'appartement désigné C009 (troisième étage bâtiment A, cinq pièces plus cave, 140 m^2), ainsi que votre propre appartement, celui-ci en viager. J'ai bien noté votre désir d'un apport de six cent mille euros et d'une mensualité de quatre mille euros pour vous-même. Ces opérations effectuées vous restera en votre pleine propriété le studio H 113 (anciennes chambres de service aménagées, 8e étage) actuellement loué à votre fils à titre gracieux.

Je me permets de vous rappeler que la valeur en capital résultant des ventes et du loyer entrera dans la succession, à moins que vous n'ayez dépensé cette somme. Si c'était le cas, votre fils recevrait en hoirie la moitié de la valeur du studio ci-dessus référencé H 113.

Votre testament olographe devra être modifié au fur et à mesure des cessions d'appartements, portant à chaque fois la mention "Je révoque expressément toutes les dispositions à cause de mort que j'ai pu prendre antérieurement".

Je vous remercie de bien vouloir nous adresser la somme de cent euros pour l'enregistrement.

Veuillez recevoir, Cher Monsieur et Ami, mes amicales salutations. »

Ouvrant à une certaine page un volume des mémoires de Saint-Simon, il y relut un certain passage avec les mille délices, glissa la lettre du notaire à cet endroit et reposa le livre. Louis XIV, qui ne voulait rien changer à ses plaisirs, amène à Marly et à Fontainebleau la dauphine enceinte malgré les avertissements des médecins, la dauphine avorte, et le roi : « Dieu merci ! elle est blessée, puisqu'elle avait à l'être, et je ne serai plus contrarié dans mes voyages. » Le vieux salaud était au bord de la mort, il se foutait de tout… Bien raison… Ayant avalé une gorgée de vodka debout devant le freezer, il enfila son manteau en gémissant, gémissement qu'il transforma en une mélopée avant de se rendre compte qu'il ne l'exprimait pas intérieurement. Guillaume levait un sourcil étonné. Claquant la porte d'entrée, Victor dit : « Je crois que je deviens enfin raisonnable. » Cela aussi, il douta de l'avoir formulé en silence. Il rouvrit la porte et, à Guillaume resté allongé un œil levé, il cria : « L'ai-je dit à haute voix, Guillaume ? Hahaha ! », avant de claquer aussitôt la porte. Il prit l'ascenseur (« LE MONDE DE JEAN GABIN EST MORT ») en marmonnant la chanson des Libertines que le disque avait remonté au premier plan de sa mémoire. La route de la ruine, ah, non ! La porte de l'immeuble s'ouvrit plus facilement sous la poussée d'un gros vent glacial qui, sur la place de l'Estrapade, laissait le petit arbre impassible comme un idéogramme, pensa-t-il. Paris contient tout, l'impassibilité

— *Beau mec ! — Il boite. Mmmm… Encore plus séduisant.*

---

tourmentée du Japon comme… comme quoi ?… Je me racle la gorge en trois fois à la façon du ramier. Le-ra-mier-rou-coul-en-trois-temps, les-au-tres-pi-geons-en-cinq. Mon grand-père ! Il croyait que les promenades au Luxembourg en sa compagnie me faisaient plaisir ! Ce gros pigeon au pied de l'arbre a la tête rentrée dans les épaules comme Whitney Houston dans son col de vison blanc. Une corneille invisible raie le ciel de ses cris à la Patti Smith. Une mouette ricane façon Randy Newman. L'espèce aviaire se ligue pour me crier : je suis artiste, moi ! Prenons les petites rues. Paillet, Toullier, Cujas, Victor Cousin, Sorbonne, Cluny, Boutebrie ! Je ne suis pas en mesure de supporter l'allant conquistador des boulevards. Ce brouillard ! On dirait un baluchon. Il veut étouffer Paris. Paris si net ! On gomme Paris. On me gomme. Paris n'est plus Paris, il est tout où je suis. Au Petit Pont, auquel la municipalité avait ajouté le nom d'un grand fat, il s'arrêta, suffoquant. « Il me semble que la Seine est noire, que le ciel est violet et que, pire que tout, les arbres sont verts. » À voix haute, en silence ? Dans le reflet d'une vitrine, il vérifia sa cravate. Quand je pense que Victorien est le premier de la famille à sortir sans veste, ou sans veston, comme disait mon salaud de grand-père.

On est à cran on est fatigués on dort mal

Il patientait. Cet Hôtel de Ville est tout juste bon à servir de décor à une pièce de théâtre historique. Si je faisais le décompte des comédies vulgaires affichées sur les colonnes Morris que j'ai croisées en venant, je provoquerais le suicide collectif des intelligents ! D'ailleurs : colonnes Morris. Et : fontaines Wallace. Vieilleries toujours fabriquées. Paris est devenu un pastiche. Pff. Un huissier le conduisit au bureau de la maire, immense à proportion de son impuissance, pensa Victor en inventoriant de l'œil les hautes fenêtres, le gros lustre de cristal, le bureau contemporain soigneusement sobre, les canapés et les fauteuils blancs, la table basse portant un copieux bouquet de fleurs, l'immense tableau en barbouillages de confiture (ne pas répéter à Gabrielle). Naguère, la ville était administrée par un préfet. Il faut que la France ait l'impression que Paris est tenu. Ou qu'il ait une maire que le pays adore détester, telle cette Khadija qui se lève pour m'accueillir, on la déteste mais qui est ce « on », mais je l'appelle par son prénom, elle a gagné. Tiens ? elle est toute petite et menue avec une grosse tête, comme une actrice. « Bienvenue chez vous, M. Vonnevy. L'Hôtel de Ville est la maison de tous les Parisiens. Y compris des plus talentueux ! » Des plus ? Des plus ? Il la trouva parfaitement maquillée, beaucoup mieux habillée que dans ses sorties publiques, presque jolie. Elle s'assit sur un bout de canapé, lui laissant le fauteuil, demanda un thé au riz soufflé, pour lui un verre de champagne ? non, non, un verre d'eau, parfait. Au bord de lui servir quelques compliments, mais il n'avait pas à l'amollir puisqu'il n'avait rien à solliciter, il la laissa venir, débiter des généralités sur les tracas que faisait le gouvernement à la ville, l'histoire de « la maison », elle disait « la maison » à la façon d'une châtelaine, grommellement intérieur de Victor. Qui est à l'honneur ici, sa baraque ou ma pomme ? On a dû lui préparer des fiches, non ? Aussi, longuement, longuement, parla-t-il de la place de Grève et de ses exécutions publiques. « Paris n'a jamais lésiné sur le sang, mmm… Je me rappelle *[il dit bien « je me rappelle »]* le supplice du comte de Montgommery sous ces fenêtres, en quelque sorte, dans le silence du peuple de Paris fanatiquement ligueur. Accusé de lèse-majesté, Montgommery était surtout l'homme qui, quelques années avant, lors d'un fameux tournoi de pacotille, avait crevé l'œil du roi Henri II qui en avait crevé tout court. Catherine de Médicis devenue régente a assisté à la décapitation du créateur de son veuvage et à l'équarrissage du cadavre, ici, là, oui. On ne prenait pas de xanax, en ce temps-là ! Une grande femme ! Mmm ? » La maire répondit de manière charmante et se lança dans l'éloge d'« une capitale si peuplée et si remplie de tant de différents esprits, comme dit Saint-Simon », dont Victor Vonnevy était une splendide illustration. (Ah, voici les fiches.) « Quatre livres, M. Vonnevy, vous ne m'avez pas surchargée de lectures… mais vous m'en avez régalée ! Pardon d'employer un mot aussi trivial. » Et elle se lança, en commençant par le plus récent, *Place de l'Estrapade*, qui fit se pincer Victor se demandant si elle irait à rebours au risque de laisser entendre qu'il n'avait fait que régresser, mais non, elle lia ce livre au second, *Tristes trains d'onze heures*, dont elle parla très finement, « accessoirement vous m'avez permis d'apprendre à mes énarques qui ont un peu trop tendance à parler en mode d'emploi de logiciel *[quel sourire enjôleur !]* qu'il est moins élégant de dire "de onze heures" », avant d'avancer vers *Je pleus* et ses évocations « d'une tonalité russe » des berges de la Seine : Victor aurait introduit dans la littérature sur Paris (« et bien sûr si vos livres parlent de Paris ils parlent aussi de la douleur de vivre dans un pays qui a un peu trop tendance à penser que le passé était la *douceur de vivre* », ce qui était faux, Victor adorait le passé, c'était son enfance qu'il plaignait) des tonalités étrangères « dans le meilleur sens du terme, pourrait-il y en avoir d'autre pour une native de l'Algérie ? » Tout le monde se rappelait le coup d'éclat qu'avait constitué, « vous aviez vingt-quatre ans, je crois » (« vingt-trois »), *Dernière ville avant la fin du monde*, « si je n'avais pas engagé le budget publicitaire de la ville je vous ferais acheter ce titre pour une campagne sur notre engagement d'économie écologique » (ah tout de même). L'unité de cette œuvre aussi dense que brève se réalisait par une originalité de la forme qui n'était pas pour autant un formalisme, « diraient mes énarques, mais ce que je peux dire, moi, c'est que j'ai recopié plusieurs de vos phrases dans mon vade-mecum ». Elle en cita trois que Victor ne se rappelait pas avoir écrites et qu'il ne trouva pas mauvaises, enfin, quelques minutes plus tard, il ne croyait plus du tout aux fiches et était amoureux de Khadija Hubert-Bouzeydi. Pour les formalités de remise de la médaille de vermeil, « bien sûr je prononcerai le discours », dit-elle, quelqu'un du cabinet contacterait Victor, mais (« Une vodka ? Bien sûr, nous devrions avoir ça ») ce qui lui importait, « en tant que lectrice plus encore qu'en tant que maire », était de savoir quand paraîtrait ce prochain livre qu'il faisait attendre depuis des années aux Parisiens « et, je peux bien le dire, aux Français et aux francophones ». Étant habitué depuis quelques mois déjà à mentir à ce sujet, il énonça une réponse parfaitement structurée à laquelle il avait pris soin d'ajouter une hésitation pour la rendre plus vraisemblable. « Je suis en train de l'achever, ce sera une œuvre que j'ai la faiblesse d'espérer majeure. Euh... enfin... Pour être exact j'achève un, comment dire, premier jet. Comme j'ai l'habitude de corriger beaucoup je ne peux être sûr de rien, mais je suis assez avancé pour pouvoir vous annoncer qu'il paraîtra dans un an, dix-huit mois au plus tard. Tout ceci entre nous : vous êtes la première à qui j'en parle, mon éditeur lui-même ne sait rien. Mais vous-même, vous avez été éduquée dans les deux langues ? » Comme tant de politiciens qui *ont un peu trop tendance* à croire qu'ils passent leur vie à ne s'occuper que des autres, dirait tout à l'heure Victor dans son téléphonage à Gabrielle, elle se lança dans son autobiographie, du reste passionnante. « Je n'oublierai jamais combien Paris a été une ville dure pour moi. Je ne dirais pas hostile, c'était pire : lointaine. Je n'existais pas. Personne ne me regardait. Tout paraissait, comment dire ? dix kilomètres plus haut. Paris est un combat. Je l'ai mené, d'où ma réputation de batailleuse, ajouta-t-elle avec un sourire de fée, mais pas par la politique, cette forme rustique d'ambition. Professeur d'université, voilà qui a rendu fier mon père, qui n'est pas du tout illettré comme certains médias le disent, il était technicien supérieur en agronomie. Je n'étais tout de même que professeur, jusqu'au jour où, pour un essai sur les rigidités françaises à partir de l'exemple du droit pénal, je ne sais pourquoi, Paris s'est ouverte. On me voulait, on m'invitait, on me fêtait. Ce qui avait été si inaccessiblement 6glacial devenait chaleureusement simple. Paris est un manège qui, de temps à autre, ralentit pour laisser monter un nouveau. » Comme pour fermer ce chapitre, elle passa à gauche ses jambes élégamment pliés sur la droite, posture qui avait contribué à charmer Victor (sa fraîche réussite se voit à ses semelles rouges, aurait dit Gabrielle) et à des considérations mordantes destinées à montrer une familiarité complice. Sur des travaux d'embellissement qu'elle envisageait dans le XIIIe : « La place, si peu ! d'Italie. » Sur Paris qui tiendrait à ce que l'on vénère sa cruauté : « Paris étant une ville qui enfonce la tête des noyés sous l'eau, ouvre les plaies des blessés, assomme ceux qui viennent de se faire poignarder, la rengaine de tout un chacun doit être : tout va bien. » Passant à la France, elle démentit trop son ambition d'être candidate à la prochaine élection présidentielle pour que ce fût autre chose qu'exact : « La France est un des rares pays avec l'Algérie à ne pas être kitsch. Le Japon, si délicat, peut l'être (la France est raffinée, sûrement pas délicate). L'Angleterre, kitsch. L'Espagne, kitsch. L'Allemagne, kitsch. L'Autriche, surkitsch. Le Maroc, kitsch. Les Émirats, kitsch toc. La Chine, kitsch robotique. La Russie, kitsch dépressif. L'Inde, lieu de naissance du kitsch. Paris est jumelée avec les capitales de ces pays : si vous me répétez, je démentirai. » Victor qui s'était resservi de vodka regardait ses boutons de manchettes en passementerie rubis qui louchaient à son poignet comme deux yeux de chouette. La société veut que l'on se rende. Elle nous en récompense par des honneurs. J'inviterai le directeur de ma banque. Elle est intelligente, cette petite femme-là, c'est phénoménal la natur' qu'elle a, se chantonna-t-il en roulant le r, sans se rappeler qui interprétait cette chanson d'avant-guerre. Au moins elle m'a épargné son numéro féministe. Elle formule très bien ses phrases, quand elle oublie l'idéologie. Pourrait écrire. À ma place, ha ! Merde. Il avait renversé son verre.

Ce 24 décembre, vers trois heures de l'après-midi, venus de l'ouest, des nuages furieux se bousculèrent au-dessus de la Seine. Les uns étiraient des griffes au-dessus de la tour Eiffel, les autres serrés comme des poings déboulaient sur le Trocadéro. D'autres encore, vastes et filandreux, étendirent un rideau enjoignant au soleil : pars ! Il résista un moment, blafard, imprécis, vaillant. Roulant le dos, imitant la mer, un immense moutonnement arriva de la Normandie, précédé d'une avant-garde au torse bombé de drakkars. Un homme, traversant sous de lentes et lourdes gouttes de pluie un pont de l'Alma qui enjambait une Seine devenue glauque et remuante comme l'Océan, cria : « C'est effroyable, ce temps ! » Sortant du métro Alma-Marceau, un autre ralentit sa marche, leva les yeux, redescendit dans la station. Les conducteurs des voitures arrêtées aux feux rouges tendirent la tête vers la barre noire s'étirant dans le ciel. Seule cette portion de Paris s'étonnait. Au nord, à l'est, sous un ciel pâle capitonné de nuages en boules de Noël, le tunnel gras des *fêtes* était parcouru par des hordes d'êtres humains se ruant pour acheter, tous ensemble, parce que c'était l'Instant Désigné, en particulier de la nourriture, emballée doré, enrubannée, coûteuse, manger ! manger ! cher ! cher ! Nous existons ! Et les pauvres rêvaient. Clients de rôtisseries, de boucheries, de poissonneries, de crèmeries, de pâtisseries, de caves à vin, d'épiceries, de traiteurs, les uns en sortaient les bras chargés de caisses et de paquets qu'ils enfournaient dans des voitures en double file, les autres y attendaient leur tour, tandis que des retardataires couraient vers les maroquiniers, les bijoutiers, les marchands de jouets, les librairies, les boutiques de marque, les grands magasins, les fleuristes, engendrant un mélange universel de noms, canard en gelée Van Cleef, un Birkin en tranches pour six, un chapon Dior, PlayHomard, Cheval Blanc en vaporisateur, bouquet de tulipes mayonnaise, sels de bains Gillardeau, manucure lardée pour douze, caisse de prosecco Pléiade, écrevisses en pendentifs montées sur or blanc, crépinettes Charvet, crème La Prairie au lard de Colonnata, pintade Goncourt. Du haut de l'Olympe, les dieux qui d'habitude jetaient un vague coup d'œil sur Paris plat comme une sole se penchèrent : la ville enflait, enflait, enflait, devenait un ventre. Elle était possédée par le Luxe. Ce génie du pompage des richesses humaines l'effectuait en aspergeant du plaqué or d'où il remontait de l'argent. Le plus lucratif était le plus reconnaissable, les sigles. Également possesseur de millions de têtes de bétail en Argentine, le Luxe savait que le sentiment d'appartenance à un troupeau marqué d'initiales rassurait les moins munis, qui se démunissaient davantage en achetant des objets à initiales. (Une marque avait gagné un procès contre un jeune chômeur qui s'était fait tatouer son logo à initiales sur le bras.) Le Luxe et ses sous-traitants en jouissaient très loin, sur des bateaux à moteur de cent mètres, des îles leur appartenant, des fjords informatisés, tous bourrés de coffres contenant des œuvres d'art à plus de 20 millions de dollars pièce. Le vent, qui est un souvenir et une rage, leva les épaules d'un sommet de la stratosphère. Claquèrent les portes du ciel. L'incroyable bruit fit lever les yeux aux humains de Paris : ceux de la porte de Saint-Ouen crurent que c'étaient des hélicoptères du SAMU atterrissant à l'hôpital Beaujon, ceux du Champ-de-Mars qui n'avaient pas vu le temps à leur fenêtre se dirent, tiens ? déjà le feu d'artifice, comme si c'était le 14 juillet. Une habitante assura plus tard avoir entendu, à l'heure précise où la tempête déboula sur Paris par la porte de Clichy où elle habitait, une voix sifflante hurlant : « Détruisez ces idoles ! » Un chat miaula comme une joueuse de tennis au fond du court. Un petit oiseau troglodyte, le torse bombé, émit un énorme rot. Tous les chiens de la ville gémirent ensemble. Un hélicoptère de bourdons se précipita dans la mare d'un parc, d'où s'éleva un nœud de serpents. Les vents hurlaient, suivis de pluies giflant les ruelles, les impasses. Rien de minuscule n'était épargné. Des gouttes pointues et glacées pilonnaient les trottoirs, les bouches d'égout régurgitaient de la neige. Un fou se précipita vers le palais de l'Élysée en criant : « Papa ! Papa ! Je suis le fils du président ! » Il fut abattu de huit balles de pistolet-mitrailleur par une policière casquée titubant sous les bourrasques. Ébranlé, le fronton en briques de Saint-Jean-de-Montmartre se détacha et surfa en direction de la place de la Concorde où les statues des villes valsaient autour de l'obélisque, au sommet duquel s'était enchâssée la grande roue des Tuileries tournant à toute vitesse. Le fronton se ficha entre les derniers étages de l'hôtel de la Marine et de cet hôtel Saint-Ferdinand qui avait été saisi sous l'Occupation, recréant le petit pont qui avait permis aux militaires français d'aller chercher leurs ordres auprès des Allemands. S'entortillant autour de ce pont des soupirs des collabos, un courant d'air siffla un air sardonique. Le dernier touriste du jardin des Tuileries s'enfuit vers son autobus qui démarrait pour se mettre à l'abri sous les arcades de la rue de Rivoli ; son pied s'extirpant de la boue produisit un répugnant bruit de ventouse. Sur les larges boulevards Saint-Jacques et Blanqui, le vent divisé rugissait à cœur joie. Dans l'hôpital Sainte-Anne, les folles qui adoraient ce dérangement de l'ordre s'étaient échappées dans la cour et dansaient nues ; à l'intérieur, les médecins droguaient les malades puis les enfermaient à clef, avant de se droguer eux-mêmes. Un rideau de fer abaissé fit un cri de train de prisonniers. Des éclopés, des mendiants, des aveugles, des sourds, des handicapés revendiquant ces noms sur des pancartes tournaient autour de l'arc de triomphe de l'Étoile, appuyés sur des cannes, roulant dans des chaises, le sourd aidant l'aveugle qui poussait le sans-jambes, et ils chantaient, insensibles aux bourrasques. Se mêlaient à eux des chats de gouttière borgnes, des bergers allemands aux pattes arrière en X, des pigeons tressautant sur l'étoile de mer de leur unique jambe, des rats bavant une mousse verte, des lézards à la queue manquante, un braque de Weimar au regard livide. Une canonnade de grêlons fit chuter la tour Montparnasse sur elle-même, un typhon aspirant sur l'instant poussière et gravats. Le Sacré-Cœur et autres monuments expiatoires furent d'un coup renversés tête-bêche. Comme un cavalier de bronze fonçait vers les nimbus en brandissant son sabre, il fut écrasé par le lion de la place Denfert-Rochereau arraché de son socle et lancé sur lui par la main invisible de l'ouragan. Les ombres des statues se révoltèrent. Se détachant de leurs supposés possesseurs, elles les encapuchonnèrent de noir. Des personnages de murs peints en coulaient en geignant. D'une fouille archéologique furent happés des squelettes millénaires qui, lancés au-dessus de la place de la Concorde, firent une danse macabre au centre d'un carré de ciel un instant éclairci. Un mélange de voix tournait au-dessus des boulevards des maréchaux, où Fréhel continuait Johnny Hallyday qui interrompait Béranger qui bissait Mistinguett reprise par Disiz la Peste. Des deux cent mille arbres de la ville, sans parler des trois cent mille des bois de Vincennes et de Boulogne, des milliers furent aspirés puis aiguisés par les vents, engendrant des duels applaudis par des cymbales de pluie. Des lettres détachées de panneaux lumineux s'élancèrent en un gigantesque ruban pareil à ceux des tableaux de bataille à cadres baroques ; surplombant une Seine de sang, il mima la sinuosité du fleuve, mais personne ne comprit sa phrase aux lettres déformées en signes abscons. Une langue inconnue parlait à des absents. Les sorties de la ville étaient encombrées de fuyards. Des Juva 4 bourrées de familles survolées par des oiseaux en forme de Stukas, des Delage emportant des femmes en Lelong qui se bouchaient les oreilles par peur de ce que leurs chauffeurs moustachus appelaient les saucisses allemandes, des omnibus à cheval détournés par des bourgeois en direction de Versailles, des voitures à lanternes bourrées de malles et de femmes bouchant les yeux à leurs enfants pour leur éviter de voir les gardes nationaux protégeant les ouvriers descendus des Batignolles, des… Sur le parvis de Notre-Dame, dont la rosace tournait comme un ventilateur, un prêcheur à capuche grimpé sur des caisses marquées d'inscriptions chinoises parlait d'une voix geignarde et écrasante : « Paris, ville de modes ! Modes de tout ! Mode des exodes ! 1940 ! 1918 ! 1870 ! 1848 ! Et ainsi de suite depuis 1420 ! Et même depuis les Romains ! Toute mode est une panique. Vous paniquez à juste titre, Parisiens ! », continuait-il sur le parvis vide hormis des tourbillons de neige. Ce n'était autre que Lip Sync, dont la vanité reconnaissable à sa passion pour la décadence s'était trouvé une apothéose en ce jour. Il ne voyait pas qu'il n'y avait personne. Dans sa folie, il ne remarqua pas l'arrivée de deux adolescents noirs qui portaient, chacun par une anse, un énorme sac rempli de hoodies en criant : « Toi aussi, achète ta capuche rédemptrice ! 5 euros 99 ! » Au cœur de la ville, ne restaient qu'eux.

III

III

Sous le ciel d'un bleu léger parsemé de nuages en croupes de jument et dans une température douce, Victorien, qui cherchait des livres d'art dans une boîte des quais de la Seine, remarqua des volumes recouverts d'un cellophane où le nom des auteurs au feutre noir s'effaçait : un catastrophiste qui avait pris sa dépression pour l'explication du monde, une philosophe chrétienne qui faisait déborder les bénitiers à force de soupirs, un romancier débitant des jugements de corbeau peut-être parce qu'il en avait la tête : comme tout cela s'est révélé faux ! pensa-t-il en soufflant sur la mèche qui lui bouchait un œil, une barrette en arête de poisson retenant ses cheveux blondis sur l'autre tempe. Enfin ! on s'est débrouillé de ces pédants et on se débrouillera des prochains, poursuivit-il en lui-même tout en extrayant de la boîte un catalogue de l'exposition *Paris-Paris* au Centre Pompidou ; nous avons dix ans de tranquillité devant nous, comme il y en a eu dix après la chute du mur de Berlin, comme il y en a après chaque grande crise. On a échangé des populations pour le grand bien de tous. Turcs envoyés en Grèce et Grecs en Turquie, Juifs en Arabie saoudite que la fin du pétrole a mollifiée, les sociétés se mélangent par force, ô ! pas par vertu. La couche d'ozone a été recousue, les émissions de dioxyde de carbone sont réduites à rien, les thons rouges ont été sauvés, les avions volent à l'hydrogène, les policiers doivent passer un examen de politesse. La Grande Tempête a arrangé bien des choses. Vive les crises ! Même Khadija a surpris. Si l'on savait que les premières phrases de son discours :

> Thémistocle a conseillé aux Athéniens de fuir leur ville en danger, Athènes étant là où se trouvent les Athéniens. On ne pourrait pas dire cela de grandes belles villes. Paris…

ont été écrites par mon père ! Oh bien sûr, de nouvelles abjections ont surgi. Le mal est rapide. Il est malin. Les paisibles se font doubler par lui, et il faut de grandes crises pour s'en débarrasser, jusqu'à ce que cela recommence. Tel est l'atroce et rassurant cycle de l'humanité. Bon, il reste à faire, les référendums n'ont pas été institutionnalisés, ni la démocratie directe. Les milliardaires à idées ont reparu. Ils croient pouvoir avoir des avis sur tout parce qu'ils ont gagné des fortunes. C'est grâce au numérique, aux boulons de tungstène, aux engrais écoresponsables ? Ils sont sûrs que, s'ils s'occupaient de santé, d'éducation, de musées, ça marcherait mieux. De là leurs fondations, leurs livres, leurs interviews, car ils se gardent bien de se présenter aux élections où l'on gagne de la vanité mais beaucoup d'embêtements. Des sermons, pas des risques ! Les politiciens sont moins pénibles. On peut s'en débarrasser. Tiens, ça ne serait pas mal comme début de discours, pensa-t-il en se passant pensivement l'index sous le nez. Il avait rasé sa moustache. Pour habituée qu'elle était à ses changements d'apparence, Irène avait été étonnée toute la durée d'un café dans un bar d'étudiants (deux heures et quart) : « J'ai l'impression que tu es tout nu. » Pendant qu'il souriait (doubles fossettes en guillemets), elle pensa : « Moi, j'aurais répondu : "N'attends rien de moi." Il n'a aucun esprit. Je l'adore. Je me fatigue d'en avoir, de l'esprit. C'est la formation Mattromer. À toute chose de la vie qui nous aborde, nous répondons quelque chose de bien visé. Ce sourire ! Même le frère de la mort l'admire. »

....

Sur le toit de l'Arc de triomphe conversaient deux touristes haïssant les Français. « Quand je pense que nous sommes au sommet du monument à leur vanité guerrière… – Ah, moi je trouve que c'est celui-ci, dit l'autre en désignant d'un doigt la colonne Vendôme au loin, toute verte. Ce Napoléon en haut d'un phallus de cinquante mètres ! Même les rois de France, qui n'étaient pas des modestes, se contentaient de statues de trois mètres. Les parvenus sont grandiloquents. – Paris est trop beau. Ça rend les Parisiens lâches. C'est pour préserver cette beauté qu'ils ont déclaré Paris ville ouverte en 40. Si les bombes allemandes avaient aplati la colonne Vendôme et rasé l'Arc de triomphe, la France indignée aurait résisté tout de suite. Est-ce que maintenant qu'ils ont réglé leurs soucis anciens, les Français cesseront de pester et de se plaindre ? – Tu demandes l'impossible. Ces juges ne pensent jamais qu'ils seront jugés. » Dans le ciel, un peintre désolant faisait des tentatives de jaune. Un pot de bouton d'or dégoulina au-dessus d'une allée des Tuileries, un essorage de mordoré se suspendit aux grilles du parc. Au toit en zinc du palais, d'un gris chardon légèrement bleuté que l'acier envie, se frotta un canari FC Nantes. Cet usurpateur fut chassé par la légitime couleur du ciel de Paris, un bleu poudré égayé de-ci, de-là, par quelques nuages en pompons et ménageant un courtois accueil à un soleil qui ne bombe pas trop le buste. Paris ! chanta une mésange.

L'accrochage était en retard : une inondation, des travaux. Les retards sont un corollaire des travaux afin, comme le mariage, de donner de la conversation aux humains qui n'en ont pas, selon Gabrielle. Comme je traversais la rue Saint-Benoît, une poule naine a caqueté : « Je sais. Je le sais. Je le sais, ça. Je sais. Moi je sais. Je sais. Je sais. » Et nos ossements à nous les chats, que l'on ne retrouve jamais ? Le Sacré-Cœur de Montmartre, blanc, si blanc, ne serait-il pas fabriqué à partir d'eux ? Vous ne le saurez jamais, hideux humains ! Square de l'Amérique latine, au-dessous duquel, dans les égouts, Irène et Victorien ont aimé donner des fêtes clandestines… Paris est si sûr de sa réussite, n'y pensant même pas, qu'il offre à tous les étrangers du monde les dénominations de ses rues ; jamais à Londres, très sûre d'elle-même et qui y pense, on ne verra le plus petit mews alloué à un non-Anglais. Qu'y avait-il eu, square de l'Amérique latine ? Une immense boîte de nuit disco où l'on dansait en patins à roulettes, au début des années 1980. La grotte d'Irène et de Victorien constituait, à leur insu, l'envers souterrain de La Main bleue. Tout endroit notable de Paris a sa réplique souterraine. Ainsi sa mémoire se protège. Dans la cour d'une certaine maison du XIIIe arrondissement où un célèbre créateur de jeux vidéo a inventé le personnage d'Augustus Trans, j'ai dansé un pogo de dingue avec mes amis les chats de poubelles du quartier. Nous nous sommes délicieusement épuisés sur des airs punks remixés hyperpop, le sol en tremblait pire que si métro. Je deviens nostalgique, il est temps que ma vie s'achève.

....

« Ah, c'est trop roman, il faut que je te le raconte. » Ainsi avait débuté, dans sa conversation téléphonique du matin à Victor qu'elle tentait de ragaillardir par des anecdotes, une historiette qui sera un jour recueillie dans un *Gabrielle a dit*..., six cents exemplaires d'une petite maison élégante se lançant puis faillite, puis édition oubliée sauf d'un certain type de lettrés la guettant chez les marchands d'occasion, puis réédition cent ans plus tard dans une *Anthologie des... du XXIe siècle*. Le nom sera commercialement choisi selon le goût du moment. S'il porte sur les femmes, *des femmes du XXIe siècle*, si c'est sur la métalogique, *de la métalogique*. Voici donc ce qu'elle dit, Gabrielle, de sa voix grave, après s'être demandé où était passé Xanax qui ne s'éloignait jamais plus de trois jours et s'être étonnée de ce que, pour la première fois,

Gaspard eût oublié quelque chose chez elle. Un mouchoir en tissu qu'elle lui avait offert. Il n'en avait jamais possédé, si peu qu'il ignorait que ça existait. C'est fou ce qu'il ignore, avait-elle pensé. Chez le confrère à qui je l'ai recommandé comme assistant, il pontifie sur la troisième école de Paris dont il n'avait jamais entendu parler avant moi. Un mouchoir… Y aurait-il une intention dans cette perte ?… Est-il capable d'une finesse pareille ?… Gaspard a, on ne peut vraiment pas dire de l'intelligence, mais des moments de perspicacité semblables à des touffes d'herbe dans le désert. Ah, la bataille de poils qui a lieu sur sa poitrine ! Qu'il est séduisant ! D'une séduction déplaisante. Comme toutes, sans doute. Nous sommes séduits, avant de nous rendre compte que celui que le séducteur veut séduire est lui-même. Et pourtant, j'ai su tout de suite. Il m'avait dit « toujours ». Les menteurs disent « toujours », les menteurs disent « jamais ». Ils promettent. Ça évite d'accomplir. Je savais, mais ne voulais pas savoir. Il s'y mêlait cette chose affreuse qui s'appelle l'espoir. Mon problème réside dans des besoins intermittents de tendresse. Et voilà comment je suis torturée par un serpent que j'ai nourri. Ce serpent est un rêve. Ce rêve est un amour impossible. Ma folle imagination prête à ce garçon un raisonnement rationnel allant dans le sens de ce qu'elle veut entendre. Je n'ignore pas ses lourds mensonges évasifs. Des « rendez-vous de travail », des « copains ». Bien sûr, qu'il est allé à Londres ! Ne pas vouloir rencontrer Victor mais accepter que je le recommande pour des stages… Ah, la très douloureuse découverte que quelqu'un qu'on aime n'est pas bien… La douleur vient moins de sa trahison que de notre sottise. Nous avions su qu'il était frivole, mais nous nous l'étions caché. La frivolité est bien autre chose que de sentir des mouchoirs parfumés en levant les yeux au ciel ; c'est un très dur esprit de décision, fait de volonté de jouissance et d'assassinats légers. Beuh, le marécage des amours factices qui durent ! C'est la peur qui fait éviter de rompre. L'intermittence de mes besoins me sauvera. Xanax ! Xanax ! Vous ne l'avez pas vu, Marcela ?

Elle consulta ses SMS. Comme un point d'exclamation peut faire mal. Il achève ce récent message de Besançon où il disait penser à moi. Croyait-il que ce signe prouverait sa sincérité ? Il était la preuve de l'effort, du contraire. Elle se retint de lui téléphoner pour lui parler affectueusement, le câliner, s'abaisser. Voyons… C'est dans ce livre de Victor. Je suis sûre que c'est là, à une page de droite, vers le bas. Ici… là… non… là… Je les confonds, ça doit être dans ce livre-ci, vers la fin. Dans un troisième, au milieu, en haut à droite, elle lut, après s'être laissée tomber dans son canapé les jambes et les bras écartés tout en soufflant comme un paquebot :

> L'amour est la projection d'un désir de possession sur une personne qui, bien souvent, n'y pense pas. Elle peut en être flattée, et alors la vanité cède au désir, et il y a équilibre de défauts. Ce tyran et de l'un, et de l'autre, l'aimant et l'aimé, emprisonne davantage le tyran aimant, qui ne

peut se défaire des chaînes de flammes l'entourant. L'aimé tyrannisé peut mieux calculer. Si l'amour se réalise, il est pendant quelques mois, peu d'années, une exaltation des corps et d'un égoïsme à deux. Après, l'amour devient ennui. Il paraît qu'il faut savoir en supporter une longue période pour qu'il redevienne supportable. Comment appeler cela l'amour, puisque l'amour a pour caractéristique d'être insupportable ? Et cela dans les deux sens, insupportable-douloureux et insupportable-vorace. Dans tous les cas, l'amour est une tyrannie.

Ah il écrivait bien, ce paresseux ! La paresse est une peur. Et le voilà retardant ce livre dont il m'annonce l'achèvement depuis des siècles. C'est difficile d'écrire, c'est difficile de peindre, c'est difficile tout ça... Elle ouvrait une bouche de guenon devant un miroir pour vérifier ses dents. Je pourrais lui téléphoner. Est-il bien malin, vu l'état de mon cœur, de me plonger dans son étang ? « Allo ? Je te dérange ? » Elle lui dit combien elle a aimé relire son passage sur la tyrannie de l'amour, il bougonna. Pour les distraire tous les deux, elle poursuivit donc : « Ah, c'est trop roman, il faut que je te le raconte. Parmi les terrorisés qui ont fui Paris pour la campagne le jour de la Grande Tempête, il y a les Hennegé. Ils se sont mis en ménage à l'âge de soixante-cinq ans, rapprochés par une passion du persiflage. Anciennement belle, elle a enflé, sans qu'on puisse savoir si c'est à cause du Botox, de l'alcool ou de l'envie ; la peau rêche et le cheveu en paille, il a l'air d'un vieux propriétaire de campagne hargneux. Il s'esclaffe à ses propres stupidités en poussant son voisin de table du coude pour le persuader qu'elles sont drôles. Dans les dîners où ils étaient conviés à Paris avant la tempête, les invités priaient pour ne pas être placés à son côté, tant on en sort avec des bleus. Elle n'écoutait rien de ce qu'on lui disait, enivrée par les horreurs qu'elle débitait, sauf quand son cerveau se rendait compte que son auditeur déversait de la boue, et alors elle se taisait, plissant l'œil, et savourait. Terrorisés à l'idée de revenir à Paris (ses miasmes, ses immigrés, sa Khadija), ils se sont définitivement établis dans le Perche. Ils ne se parlent plus. Tout ce qu'ils font consiste à se servir du vin, du vin, du vin, le buvant près de la cheminée en poussant de temps à autre un cri qui raye l'espace. Sur le toit, les corbeaux effrayés s'envolent. Ils se nourrissent dit-on d'enfants moldaves qu'ils ont recueillis en faisant croire à leurs parents que c'est pour les éduquer. Ils ont fui ? Paris en profite pour ne plus les vouloir. Leurs invitations à passer le week-end chez eux sont reçues par des gastro-entérites subites, des mères mortes ou des fuites d'eau. Maniaquement, ils en ricanent, tout en se resservant de vin blanc à bon marché. Ils ont perdu le langage. Quoi ? » Victor hoquetait de rire. Il y a aussi qu'il avait avalé de la vodka de travers.

Rue des Saints-Pères, l'ombre de Gabrielle s'étirait comme à regret. Quelques étudiants de la faculté de médecine pouffaient devant un panneau d'affichage. Un professeur venait de se suicider par pendaison ; le secrétariat qui ignorait les causes du décès annonçait : « Les cours du Pr… sont suspendus. » Les petites ironies de la mort, pensa-t-elle. Elle adore ça, la mort. L'ironie est glaciale. Depuis que la marchande des Puces l'avait alertée, elle avait demandé trois fois des précisions. Au moment de la mort d'Ismena, elle avait vu son corps emballé dans un sac en plastique noir puis le brancard placé dans une fourgonnette qui, lui avait-il semblé, n'était pas réfrigérée ; mais enfin ça devait être la procédure, puisque la société de transport (payante) avait été recommandée par le Centre du don des corps, et la brusquerie des employés n'était pas pire que celle de brancardiers d'hôpital. Le sous-directeur assis dans un fauteuil pivotant derrière un bureau de faux bois l'écoutait avec un calme exaspérant, les lèvres appuyées sur des mains en prière. Calme-toi, Gabrielle. Ces gens me doivent une réponse et ne peuvent en rien me nuire, sauf s'ils décident de me faire traîner davantage. Un bureaucrate est une mare. Rien ne l'émeut et tout y coule. Maman aurait été impérieuse, mais maman vivait dans un monde, je ne dirais pas imaginaire, qui ne vit pas en partie dans son imagination ? un monde étroit où elle pouvait exercer son autorité. « Enfin, monsieur, ma mère a légué son corps. C'est la troisième fois que je vous demande si les dons d'organes ont été effectués, et vous ne me répondez pas. Où est le cadavre de ma mère ? »

Fait pas bon être entre-deux, comme disait le fromage de Cantal avant d'être dévoré. Il s'est créé une assoce pour nous défendre (« Les Ratophiles du 75 »), mais c'est du petit paradoxe pour faire parler de soi pendant une demi-journée sur le site du *Parisien* avec trois mille cinq cents likes, et à côté de ça il existe une Brigade citoyenne de dératisation (je veux bien causer gouailleur, mais depuis quand citoyen est-il un adjectif, hein ?). Notre souci, c'est que nous ne sommes ni domestiqués (les humains adorent, ils sont des maîtres), ni sauvages (les citadins adorent, c'est la nature), mais mi-l'un mi-l'autre (liminaires, en jacté savant). Entre-deux, double haine. Vous me direz les cygnes. Mais ils ne sont pas aimés, ces dadais en patère ! On les coince dans des étangs de dix mètres carrés pour que les adultes s'imaginent raffoler du Beau et que leurs gnards tentent de les assommer à coups de quignons de pain sec.

....

Montmartre est le Mystère des taxis. Les GPS s'y affolent ; toute guerre moderne y serait perdue. D'ailleurs je préfère le métro. Mes stations favorites sont celles de style roman : Lourmel, grand escalier descendant vers une large allée centrale de part et d'autre de laquelle s'étire une voie, Châtelet, deux escaliers descendant vers une double voie, tout cela sous des voûtes en plein cintre de carrelage blanc. Dans ma ligne de vision à l'intérieur de la rame où je me trouve, un très jeune couple face à face, les yeux dans les yeux comme de l'eau dans de l'eau, ne voyant rien du monde et c'est attendrissant. Quand on se tient debout à proximité de visages immobiles, le métro est un musée d'anthropologie : à ma gauche, un immense Noir avec de grands yeux à la pupille très noire, au blanc très blanc, bouche épaisse et bien dessinée, une cicatrice à la tempe. J'en ferai la description à Victorien. À droite, un garçon et une fille de, quoi ? quinze, seize ans, parlent en tsais genre mode genre tsais mais très intelligemment, je dois le reconnaître, moi qui n'aime que le beau français, celui que m'a appris le Professeur, le plus parfait instrument de précision du monde. Comme cette langue rend intelligent ! C'est qu'elle oblige à former des structures. Aucune autre au monde ne produit cela. Quelqu'un qui parle le français a réfléchi avant de parler. Une pensée précède cette langue. Les autres sont des moyens plus ou moins soigneux de communication. Quand il m'arrive encore de parler le portugais, je me sens rustre. Les tsais et les genre qu'emploient ce garçon et cette fille semblent des timidités plus que des signes d'appartenance à un groupe : comme toute génération est grégaire, et qu'on vit particulièrement en génération à cet âge-là, on neutralise l'impertinence qu'il y a à être intelligent en saupoudrant des locutions de clan. Ils iraient bien dans le documentaire de la copine dont Victorien m'a parlé. On trouve encore, dans le wagon : un jeune adolescent du col de sweat-shirt duquel dépasse un long cou duveteux, encore enfant sauf pour la taille des pieds, qui s'étalent dans des sneakers de taille 44 ou 45 ; un petit garçon d'extrême droite, Barbour, jean, cheveux blonds coupés en épis, nez de cochon qu'il lève en l'air avec assurance ; une non-binaire à tête de dessin animé, nez très retroussé, sourire en quart de melon, grands bras pendants de nageuse. Dans le métro, personne ne bronche face à l'autrui. Mille fois mieux son silence d'armures que les remontrances à la cantonade des vieilles dames de bus ! Comme j'aime la station Abbesses… Les passagers sortent des rames sans hâte parce qu'ils savent que la montée, escalier ou ascenseur, sera lente. Cette lenteur est un élément de la jouissance : on jaillira sur une place charmante. Les maisons basses et blanches. (La différence entre Paris et Montmartre est que Paris est en zinc et que Montmartre est en craie.) Le manège pour enfants. L'église en briques rouges, la première en béton armé de Paris, ce qui ne l'a pas empêchée d'être étêtée par la tempête, ni du reste qu'on la reconstruise très vite. Un général en retraite qui est une folle corsetée (m'a dit le

Professeur) a mené ça comme à l'exercice. Dons en masse du public. Le Professeur : « Ça n'a pas été aussi magnificent que Notre-Dame-de-Paris incendiée : les dons s'étaient *élevés* à un milliard d'euros. L'Église a tout gardé, car, suivant la loi de Séparation (je t'expliquerai), c'est à l'État de payer l'entretien des lieux de culte. Le siècle n'est pas fini, mais nous pouvons déjà être sûrs que le *casse du siècle*, c'est ça. » Bon, évidemment, il y a les touristes. Ils me font honte dans la mesure où je suis moi-même encore une espèce de touriste. Je serai un Parisien quand je ne les remarquerai plus. M'a beaucoup frappé cette observation du Professeur : « J'ai vécu au Champ-de-Mars, et *tout le monde* se fichait de la tour Eiffel. Je vis à Montmartre, et *tout le monde* se fiche du Sacré-Cœur. Nous n'y allons pas, nous ne le regardons pas, il n'existe pas pour nous. Les monuments touristiques ne font pas partie de la ville : ce sont des phares pour étrangers affolés. Que nous ne voyons pas davantage. Je peux dire des touristes ce que disaient les Parisiens des soldats allemands sous l'occupation : nous nous sommes entraînés à *ne pas les voir*. » Nathan sera-t-il déjà arrivé chez lui ?

C'est dix rues, Montmartre ; mais ces dix rues sont un conte de fées. Celles du soubassement, Gabrielle, Berthe, Trois Frères, semblent filer vers l'Espace en tranchant la base du mont afin de détacher son sommet de la ville. Entreprenant ma montée, j'aperçois le plus haut étage de la maison. En émane une lumière crémeuse. C'est l'intelligence du Professeur. Un maquis : un de ces rectangles de terre en friche qui, m'a-t-il expliqué, restent d'une vaste favela où, à la fin du XIXe siècle, des hommes louant leurs bras, des ouvrières à la journée, des artistes débutants vivaient dans des cabanes en attendant de trouver mieux ou de finir plus mal. Il paraît que certains déplorent une « boboïsation » du quartier. Qui le fait ? des bourgeois. La lutte des classes se produit *aussi* à l'intérieur des classes. Surtout dans celle-ci. On s'y hait. La bourgeoisie française s'adapte depuis toujours, mais ce n'est pas sans désirer être immobile. Tout ce qui s'écarte du mode de vie au pouvoir est perçu comme une menace. Ce n'est pas des étrangers que les bourgeois ont peur, c'est des bourgeois. Le Professeur est immunisé : 1) il a une femme aristo, 2) ses enfants qui le méprisent sont plus bourgeois que lui, 3) son goût sexuel quoique longtemps secret l'a plus ou moins écarté du chemin de la coutume. Depuis qu'il l'a révélé à sa femme, qu'elle est partie et que ses enfants ont rompu, il a la maison pour lui seul. Bien que j'aie obtenu mon diplôme, il continue à verser de l'argent sur mon compte « Études ». Il ne serait pas contre une thèse. Nous sommes désormais amis, seulement amis. Bonsoir, Pierre. (J'adore ce prénom. Si français, si viril.) Ah, Nathan est là ! Ah oui, au

---

— Tu vas au déroulé de Clemenceau élu à la mairie de Montmartre ? — J'en ai marre de cet historicisme, je vais à un déroulé sur une ferme du XIVe arrondissement en 1935.

---

comptoir de la cuisine, pâle et austère. La gastronomie, j'en ai rêvé, ce n'était donc pas sérieux. Les rêves, c'est pour ceux qui ne font rien. Oh mais non, je vais m'asseoir avec vous dans un coin de la cuisine et vous regarderai faire. Un Lillet-citron, volontiers. Ce vieux nom si français ! Je m'attache aux choses à cause de leur nom. J'ai tendance à préférer Boutet de Monvel à Picasso.

Nathan, *émincant un oignon* : — Montmartre est le seul quartier de Paris où il soit impossible de bien manger.

Le Professeur : — C'est que Montmartre n'est *pas* Paris.

Il raconte être allé acheter une cravate chez un bon faiseur (ah le vieux mot exquis). Comme il la caressait du dos des doigts, la vendeuse, qui se tenait un pas en arrière, s'est approchée : « Vous aimez la panne. » Il apprenait le mot, et me l'a appris, pas à Nathan qui est dans la mode : une étoffe de soie veloutée au poil d'une longueur intermédiaire entre la peluche et le velours. Il était doux, ce tissu, il lui rappelait mon torse (ce qu'il m'a dit à voix basse ; Nathan à qui il a été expliqué que nous nous sommes connus aux Souffleurs était allé chercher sa vapoteuse). Aidé par la vendeuse, il a passé une demi-heure à choisir, c'était délicieux. On s'occupait de lui. Un personnel attentionné, gentil et fier de l'être. Il est parti avec deux cravates et une pochette, alors qu'il ne porte jamais de pochette. Pour être aimé, il a acheté davantage.

Moi, *ayant consulté les nouvelles sur mon téléphone* : — Les journalistes français sont respectueux de la vie privée des politiciens.

Le Professeur : — C'est parce que les politiciens couchent avec les journalistes.

Il est assez jeune, le Professeur (Pierre). Quarante-six ou quarante-huit ans ans, mais quarante-huit ans prof de droit font cinquante-cinq. Je lui ai fait arrêter les chemise-pull col en V-foulard et les cheveux mi-longs peignés en arrière et teints. Des éclats blancs font scintiller ses cheveux châtains, ses chemises ne flottent plus comme des voiles de bateau. Il a le droit d'avoir un corps. Ses longues mains carrées sont pour moi ce qu'il a de plus attirant.

Nathan : — Il y a rue Norvins un mur de moellons beau comme de la laine chinée. On dirait un manteau à col relevé.

Le Professeur : — Montmartre est un quartier d'acteurs. Solange Roussel, si mignonne en trench-coat dans *La Marie sans peur*, a vécu ici jusqu'à sa mort… Jean Loisel aussi. Il m'est arrivé de leur parler, Loisel était très gentil et très sot, Roussel d'une léthargie dont elle ne sortait que pour dire des méchancetés hautaines ; ce qui ne l'empêchait pas, cette *immense actrice*, d'ajouter des conneries. Un autre acteur, il avait joué dans un film de Buñuel, le nain Piéral, scandalisait les chauffeurs de taxi parce qu'il embrassait des garçons à pleine bouche dans leurs voitures. Un nain. De Levallois-Perret. Et une très belle carrière.

Nathan : — C'est un mur, Paris.

Le Professeur : — Mais non, tu es là, si je puis dire.

Devenir amis avec un prof de droit d'une bonne famille française quand on a vingt-cinq ans et qu'on vient de Strasbourg ou de São Paulo ? Soyez homo. Il y a chez nous un égalitarisme qui s'applique à tout, l'âge, les classes sociales. Jamais un hétéro de cinquante ans ne pourrait être ami avec un garçon de vingt. Pendant que Nathan continue à faire des constats sévères (« Paris est une ville dont l'hostilité se manifeste par l'indifférence »), je regarde Pierre et ses belles mains, j'écoute Pierre et ses belles paroles. Cette maison est mon tabernacle de Paris.

Bondit la renarde dans la nuit de Paris ! Une file de lapins en route vers les pistes d'un aéroport s'arrêta médusée par cette course que n'auraient pu égaler leurs cousins lièvres, lesquels vivaient dans un château d'Île-de-France récemment racheté par un Bahreïnite qui l'entretenait mieux que ses prédécesseurs les comtes, par-dessus le marché il ne chassait pas. Frémissants, ils repartirent. Bondissait la renarde dans la nuit de Paris.

....

Cuisses potelées et mollets minces, taille étroite et épaules puissantes, cheveux roux ondulant sur des bras tachetés de curcuma, seins lourds glissant sur les côtés, cheville droite sur le genou gauche, ou le contraire, Irène assise tapotait la cendre d'une cigarette dans un couvercle en métal stabilisé à l'intérieur d'un cratère de drap. Un grand corps lové contre elle révélait de longs membres si velus que les poils des bras et des jambes avaient l'air de cheveux bien peignés, et une tête ovale à chevelure anthracite brillant sous la lumière d'une lampe en métal cabossé ; un œil chocolat dans un blanc ivoire (elle n'en devinait qu'un, couché sur le flanc qu'était le corps) l'admirait avec lubricité. Cet Indien, ce Ram, elle l'avait rencontré…

La nuit était venue tard, la rue de Rennes surplombée par un ciel peau de figue qui, à l'aide des lumières jaunes des lampadaires, produisait un effet de cave de Rembrandt, avait-elle pensé en se dirigeant vers le métro d'où elle sortit à Pyrénées en se disant : effectivement, c'est haut. Elle avait fini le montage d'une scène volée sur iPhone pour *Mes Parisiens*. Il s'agissait d'un couple sûr d'avoir une existence formidable parce que, dans le bus, il parlait à voix très forte. « C'est un kamikaze », disait le mari à propos du chauffeur de bus, tête tournée de côté. « On va aller manger une glace chez Angelina », complétait la femme, regard droit devant. Et ils poursuivaient, se trouvant fascinants. Ils ne faisaient ça qu'en public, commentait Irène d'un ton neutre : chez eux, ils ne se parlaient pas, l'un happé par la télévision, l'autre par des mots fléchés. « Que j'aime la nuit, se disait-elle. La matière a une vie secrète. La nuit, elle se métamorphose, l'anguleux devient souple, java. Avant l'aube, roulement de tambour et reprise de forme et de fixité. L'homme au réveil se croit le maître. Il pense que la nuit nuit. S'il savait ! » Contre une palissade taguée d'une tapisserie de personnages de jeux vidéo, deux hommes se battaient. Chose qui serait exceptionnelle dans mon quartier où l'on est plus cruel que brutal, pensa-t-elle, avant de décider qu'elle assistait à une comédie bouffonne ; deux ours qui feignaient de vouloir se blesser et n'avaient envie que de s'étreindre. Elle continua de grimper, longeant une vitrine de restaurant. À table avec son père et sa mère, un adolescent s'entortillait d'ennui. Coudes, bras, mains, il enrouait son corps mou à défaut de pouvoir s'enfuir. Elle monta encore. Le dos bombé et luisant comme un scarabée dans un blouson de sport, un très jeune Asiatique assis de travers sur un Vélib téléphonait. Il avait cet accent parigot qui semblait avoir disparu à la fin du XXe siècle pour revenir une quinzaine d'années plus tard, sous l'effet d'une sorte de lutte des races, soutenait Victorien, afin de chasser l'accent rebeu qui avait jusque-là recouvert les classes populaires de la ville. Quel était ce bruit d'eau ? Où diable pouvait-il y avoir une cascade dans cette rue ? Lui coupa le passage un couple rieur quittant un théâtre dont la porte qu'il venait d'ouvrir laissait passer des applaudissements. Un serpent se glissait le long d'une échelle à crinoline, allant rejoindre, sur le toit, une fête silencieuse donnée par une grande et grasse personne aux cheveux noirs tressés en cornes qui portait

Vas-y chuis chaud on se tient au jus, vas-y vas-y OK

une chauve-souris en guise de loup sur les yeux. Tout au long d'un long mur de cimetière, une phrase en majuscules annonçait : « On en a marre de voter pour des connards. » Elle grimpait. Derrière un grillage clôturant un chantier de construction, dans un profond trou rectangulaire, deux grues reposaient comme des girafes, le cou baissé. Si un volcan explose ce soir et que je sois figée ici dans la station debout, les archéologues de l'avenir diront que je vénérais ces dieux. Naguère, dans la cave d'une rue voisine, elle était venue applaudir Victorien qui, avec quelques camarades des Beaux-Arts, jouait une histoire écrite par un Argentin de Paris des années 1980, un de ces exilés d'une dictature qui avaient culturellement rafraîchi Paris. Ce Copi avait un génie comique. Dans la ville de Tombouctoum vivaient Tarzan, les trois sœurs de Tchekhov, le général Stroessner à la retraite, la colombe de la paix (« un gros pigeon blanchâtre ») et Boléro de Ravel, « un travesti à l'humeur bizarre ». (Interprété par Victorien.) En toge et croquenots délacés, une étudiante avait solennellement énoncé l'épilogue : « Boléro de Ravel mourut ignoré de tous à Arles, à l'âge de cent deux ans, sous le faux nom de Ravioli de Beaulieu. Il fut enseveli en complet foncé. » Les dix-sept spectateurs, ils remplissaient la cave, firent un triomphe aux acteurs. Le grand Victorien salua plié comme une tulipe. En un instant, on ne sut comment ce fut fait, il se tourna, se retourna, réapparaissant avec une courte perruque noire à oreilles de cocker et un collier de boules blanches pendant sur son tablier tout en chantant : « Je cherche un prolétaire ! » en jetant à l'assistance des tracts sur papier glacé d'agences immobilières de luxe proposant des appartements dans le quartier. Même ceux qui n'avaient pas reconnu la parodie de la chanson « Je cherche un millionnaire » par Mistinguett comprirent au déguisement et à l'accent gouailleur qu'il s'agissait d'une allusion, et tout le monde reprit le refrain en souriant. Dans la boîte de nuit où n'importe qui sans ses cuisses de renarde serait parvenu harassé, Irène reconnut des amies qu'elle ne présentait pas à d'autres, et vice versa. (« Irène compartimente » était une remarque fréquente à son sujet.) Une belle femme virile qui venait d'arriver à moto leva la main comme Athéna et la regarda. Un silence total se fit. Plus personne ne bougea. La femme ouvrit son blouson de cuir comme un bouclier : Irène protégée deviendrait une grande artiste. Elle abaissa la main. Tout reprit. Il fallait parler fort, de toute façon Irène préférait écouter. Un massif Antillais, lent jusque dans son élocution, il lui donna l'impression d'un paquebot, raconta que, éboueur, il supportait son métier en se récitant des poèmes. Césaire l'aidait à ramasser les ordures. Récemment, il était passé à des poèmes de forme fixe : c'était comme le tri. Ses collègues ne l'aimaient pas. Il en savait plus en littérature que la bourgeoise venue de la rive gauche qui l'écoutait, se dit Irène qui compléta en elle-même : si on le mettait dans un film de fiction, il lui manquerait un défaut. Il était très beau, mais queer. C'est mon drame, j'attire les homos. De tous sexes !

pensa-t-elle en souriant à une adorable petite bouledoguesse qui rêvait de l'épouser pour ne plus jamais sortir de « leur » maison depuis qu'elle avait fait sa connaissance à l'Institut de Cinématographie contemporaine. Se joignit à eux un Indien splendide, avec un air de tragédie lasse dans les cernes. Fatalité, il sentait l'ail. Elle dansa un peu, revint au comptoir, quelqu'un proposa des ballons. À côté il y avait une impasse, il suffisait de camoufler son verre en sortant. La bouledoguesse réprouvait fermement les drogues mais suivit Irène, qui but sa part de gaz pour chantilly qu'un grand type sérieux diffusa dans les verres, cartouches par lui achetées au supermarché, dix euros le verre. Quelle euphorie ! Irène riait, riait, trébucha, Ram la rattrapa par le coude. Ils prirent un taxi en pouffant, puis en se taisant, puis en se prenant par la main, pendant que le chauffeur : « Vraiment les bus de nuit font n'importe quoi il ne manquait que les vélos merci Khadija regardez-moi celle-là sur sa trottinette avec son portable si elle se ramasse elle saura pourquoi en plus rrha vise-moi ce connard cette Khadija, si j'avais su République Sébastopol Hôtel de Ville c'est infernal, même à quatre heures du matin y a qu'à voir et Châtelet je vous en parle pas ! » Ram dit (en anglais) : « Que c'est beau, cette perspective de la rue… Laffitte au croisement du boulevard : grâce à la nuit qui raccourcit les distances, on aperçoit au bout cette église, là, et, juste derrière, comme collé à elle, le Sacré-Cœur de Montmartre. Le cubisme existe. » Irène l'embrassa.

Elle parlait à cet homme comme à un inconnu, en lui racontant tout. Inconnu il était, sinon pour son corps, en tout cas il repartirait le lendemain pour Glasgow (ou Cork ? elle avait oublié), et lui écoutait son anglais à fort accent français clouté de gallicismes. « Well, I presume your great-grandmother spoke Hindu or Urdu and you don't, do you ? Ma grand-mère m'avait dit que maman me soupçonnait d'être lesbienne. À cause de ma proximité avec un homo ? Comme dit Victorien, il n'y a pas de filles à pédés, il n'y a que des femmes de goût. Les machos, mon bon Ram (s'interrompant très brièvement, elle tapota de l'index sa poitrine toisonnée puis fit un geste de négation), c'est pour les femmes avides de couple. Elles seules ont assez d'esprit pour manipuler ces brutes plaintives, qui marchent à leur côté comme de gros chiens en laisse. Vu qu'ils remuent les muscles, ils sont contents et ne voient pas la laisse. Elle consiste en une raillerie maternante, elles sont très fortes pour ça dans le Sud-Ouest, qui a par conséquent des machos moins vulgaires que le Sud-Est, où la méthode, plus rudimentaire, consiste à se déguiser en putes blondes. J'envie Victorien. Il n'a pas à dealer avec ça. C'est un ami d'adolescence. Quand je l'ai connu, il était triste comme une cape à un portemanteau. Son père ne s'est jamais occupé de lui, ce qui est plutôt bien vu sa conception sinistre de la vie, et sa mère était si cruelle qu'elle lui avait inventé des souvenirs d'enfance où il avait toujours tort. Il la croyait, n'est-ce pas, c'était sa mère. Pour un enfant, la mère, c'est la Vérité, que dis-je ? l'Essence. Il n'entre pas dans son esprit qu'elle puisse mentir. Victorien a grandi avec d'incessants rappels affectueux, oh ! cette effroyable salope les racontait toujours avec tendresse, de méchancetés qu'il n'avait pas commises, de stupidités fictives. Elle minait le plancher de sa mémoire. L'intention était de le rendre inapte à vivre. Il est allé habiter chez son père à treize ans ("treize ans et demi", disait-il avec une précision enfantine, on a si peu vécu à cet âge qu'une demi-année semble une durée cruciale), nous sommes devenus amis quelques années après, il m'a bouleversée. Son père avait démenti en grommelant tel ou tel souvenir d'enfance fabriqué par sa mère comme étant "des conneries", mais l'expéditif du démenti faisait que Victorien peinait à le croire. Sans même dire que, lorsqu'à quinze ans il avait grandi comme un périscope et que les commerçants s'exclamaient : "Il vous dépasse, maintenant, M. Vonnevy !", celui-ci répondait, en abaissant le regard sur ses pieds : "Ce sont les semelles de ces grotesques baskets ! Nous avons la même taille." Victorien le dépassait d'une tête. J'ai décidé de le rendre à lui-même, enfin à ce qu'il me semblait devoir devenir. On lui a inculqué qu'il avait toujours tort. Il s'excusait d'exister. Et moi j'ai fait en sorte de devenir sa sœur. Attention ! pas sa petite sœur, sa *grande* sœur. J'ai agi, sans jamais rien annoncer, expliquer, analyser, rappeler, contredire, posant des faits, de manière à lui prouver ses qualités. Il devait apprendre à oser ; il l'a fait comme il a pu. Ses couettes sont des pirouettes. Tu t'en fous, de ce que je raconte, hein ? Tu écoutes ma voix en rechargeant tes couilles, rameur de mon vagin ? Je me fous que tu t'en foutes. Je procède à une mise au point pour moi-même. C'est plus facile à voix haute. Ça chasse les imaginations délirantes. Ainsi, d'être par bouffées amoureuse de lui, me persuadant avec une vanité propre à mon sexe quand il se croit l'axe du monde (vous c'est le machisme, nous, le vaginisme) que je pourrais le convertir. Étant plus intelligente que vaniteuse (contradiction immédiate !), je sais que c'est impossible. Tu as vu, j'énonce *et* je commente mes énoncés. Deux pour le prix d'une ! Je pourrais te montrer une photo de lui dans mon téléphone, mais je préfère te dire : il ressemble au nocturne en mi bémol majeur n° 9 de Chopin. What ? Me, a poser ? Come on, ne me dis pas que tu es un de ces descendants d'immigrés qui se rêve Anglais *de souche* ! Le défaut des Anglais est de haïr toute apparence d'intelligence, ce qui les rend souvent inintelligents. Ceci était une observation de ma grand-mère, à demi-anglaise. Pauvre grand-mère ! Maman qui lui court après ! Ma pauvre grand-mère déchétisée ! » Et elle raconta que Gabrielle avait appris que le Centre du don des corps avait laissé se décomposer des centaines de cadavres, dont celui d'Ismena (« Oh ! I know this one ! It's a Scottish name »). Plusieurs avocats avaient déposé des plaintes, la police avait enquêté. Résultat macabre. Le macabre est maussade. Dans des dizaines de pièces à la peinture écaillée, avec des appareils d'où des câbles pendaient et des salles de réfrigération dont les portes ne jointaient pas, on avait retrouvé, dans des sacs déchirés, des cadavres rongés par des souris : une demi-joue ici, un quart d'oreille là, des excréments sur une bouche. D'un flanc dévoré pendait un gros organe violet. Une tête détachée d'un corps, au teint verdi, reposait par terre, sur le côté, un œil ouvert ne regardant rien. La saleté incrustée dans le carrelage l'avait rendu marron. Aux bas des murs, de petites virgules noires : excréments de fourmis. Sacs-poubelle traînant çà et là, certains noués à la main (la négligence ajoutait à l'horreur), contenant des paquets de chair avariée. Sur des claies fendues, des cadavres posés les uns sur les autres, de travers. Une main détachée reposait sur un visage, dans une posture grotesque, comme un clown muni d'un bras factice mimant le doute. Des insectes galopaient hors d'orbites vides. Des vers grouillaient dans des ventres dont les peaux béantes souriaient. Paris, capitale de la civilisation, qui s'indigne des cadavres dans les rues de l'Inde ! Gabrielle avait dû reconnaître, sur une photographie, le corps d'Ismena intact mais gris. Bien entendu elle savait que ce corps inerte n'était plus « sa mère », il ne restait pas moins qu'il l'avait été. Ce corps n'était pas *un* corps, une chose, c'était, *il* était l'ancien réceptacle d'une vie. Irène et Gabrielle avaient l'impression qu'on avait souillé leur mère et grand-mère. Ce n'était pas une impression. Si on ne prend pas soin du mort, on ne prend pas soin du vivant. Ce n'était pas une personne qu'on avait bafouée, c'était l'humanité. Les débuts de l'enquête prouvaient que, voici plusieurs années, une fuite de formol combinée à une fuite de gaz réfrigérant avait entraîné l'évacuation du bâtiment ; et rien. Que des agents administratifs, pas plus gênés que cela, accomplissaient des travaux de paperasse entre des corps mal emballés dans les chambres froides qui ne l'étaient pas ; et rien. Que des médecins venus s'exercer à des dissections étaient repartis avec des morceaux de cadavres ; et rien. Que des préparateurs de corps ôtaient un œil, un cœur, un foie, pour les vendre à des médecins de leur connaissance ; et rien. Que le président de l'université, de qui le centre dépend, avait été alerté ; et rien. Sans Gabrielle et quelques scrupuleux, les trafics auraient continué, la barbarie, l'orgueil. Comme parmi ces gens on trouvait des syndiqués et des puissants, rien ne se passerait. L'orgueil ne serait pas puni.

Le grand velu déplia son corps, se leva, fouilla dans une poche de son blouson et roula un pétard pour Irène, qu'il ne croyait pas, la caressa, et la vie vainquit la mort ou, suivant ce que croyait cet homme, le fantasme. Dans la lucarne, on ne voyait qu'un ciel nocturne de Paris, qui n'est jamais noir et n'a pas d'étoiles, quel besoin cette ville en aurait-elle ? La nuit finissait. Le violine pâlissait. Le ciel se lave. Le jour se lève.

Nulle affiche sur la porte d'entrée n'avertissait : « Ce chat *[photo imprimée]* a été perdu entre tel et tel jour. Toute personne le ramenant ou pouvant signaler sa présence recevra une récompense. Merci. 06... » Gabrielle avait pris parti du départ de Xanax, et de quelqu'un d'autre, ouf c'était fait. Montant vite les marches du théâtre en retenant son étole en soie prête à s'envoler, la sonnerie retentissait, elle ne vit pas l'ouvreuse qui l'arrêta, oh pardon, voici, voici. Son quatrième doigt portait un solitaire. Il avait appartenu à Ismena. Sur sa longue main maigre, ce gros diamant produisait un effet très noble. Elle avait encore minci, Victor le lui avait dit : « Il manque cinq centimètres de Gabrielle de chaque côté. » Sa tenue avait minci également et, dans sa robe droite, flottante et taupe, elle était d'une élégance typiquement parisienne d'alors. Fi des robes du soir, des bariolages, des bijoux ethniques ! À l'orchestre, plusieurs membres du public tournaient le dos à la scène afin de photographier le plafond. Tout lieu qu'on va voir pour le lieu et non pour son contenu est la province, pensa Gabrielle. C'est sa force. Versailles a toujours été province, d'où la force de Louis XIV. La France sentait que ce n'était pas snob. C'était pire, mais vu qu'on y recevait aussi le populaire qui venait visiter, comme aujourd'hui, il se sentait flatté.

Elle prit place à la corbeille, pleine de gourmandise pour le spectacle qui allait commencer, puis sentit une violente douleur à la poitrine : de l'autre côté de la salle, à la corbeille également, se trouvait son amour d'il y avait encore quelques semaines. C'est moi qui lui ai fait connaître cet endroit, se dit-elle, et il pose au vieil habitué en prenant bien soin de ne pas regarder autour de lui, à côté de… mais oui, c'est le vieux Kleinberg… Il lui caresse la main ! Il fait ce qu'il faut, ce garçon. Il a fait ce qu'il fallait avec moi. Trop. Trop flatteur, trop absolu, trop borné, avec des bouffées de prétention. Prétention sans raison, au reste, il est assez bête, ce que je ne pourrai confier à personne sous peine de révéler que j'ai mal jugé quelqu'un que j'ai tellement recommandé, ou de lui donner de l'importance. A-t-il appris à Kleinberg que Gaspard n'est pas son prénom, que c'est moi qui lui ai conseillé de se débarrasser de Jordan ainsi que de son accent de Valence et de ses arrosages de parfum ? Kleinberg m'avait dit qu'après son stage il l'embaucherait, je ne pensais pas que ce serait dans tous les sens du terme… Comme il a vite appris la cruauté de Paris ! Il est venu alors qu'il savait très bien que c'est le jour de notre abonnement... Les lumières furent baissées. Gabrielle accepta que la personne derrière elle prît la place de son sac, sur le fauteuil qui aurait dû être celui du petit tapin d'en face, qualificatif en son for intérieur dont elle se voulut presque aussitôt : ne pas devenir comme celui qui nous a nui. Elle ne regarda rien des mouvements sur la scène, sinon quand, par une espèce de devoir machinal, elle en capta deux ou trois dont elle sut qu'ils formaient de la danse mais sans comprendre ce à quoi cela pouvait servir ; et elle se retournait dans la direction de Gaspard et du vieux Kleinberg, vieux mais de belle allure, il fallait le reconnaître, malgré la couleur brillante de sa pochette assortie à la cravate et le comique de sa posture de varan, nez en l'air, fanon provocant. Son assurance et son audace lui ont permis de mieux réussir que moi... Sa galerie... *ses* galeries, puisqu'il vient d'ouvrir à Shanghai, après Miami et Londres... L'éclairage du spectacle fut réduit à une colonne de lumière sur un corps enroulé qui palpitait. Les yeux de Gabrielle n'étaient plus assez puissants pour voir dans la corbeille opposée autre chose qu'une forme fumeuse qu'elle reconstituait en partie grâce à sa mémoire : ces contours, c'est bien lui, mais je veux voir le visage, ces cheveux rêches que j'aimais déranger, à son exaspération ! Sous l'ombre se refusant à elle se mouvaient à une vitesse infinie des atomes formant un corps qu'elle avait serré nu dans ses bras, dieux, dieux, tiendrai-je encore un corps nu contre mon corps nu ? Pourquoi avez-vous inventé les peaux ? On se contentera de payer, M'ame Mattromer. Je me suis juré de ne jamais le faire, mais que s'est-il réellement passé d'autre avec Gaspard, même si c'était sous d'autres manifestations que des enveloppes ? Moi aussi, j'ai été hypocrite, au moins c'était envers moi-même. Au-dessus de la corbeille où le trentenaire et le septuagénaire se tenaient, des atlantes dorés soutenant le balcon supérieur semblaient l'empêcher de s'écraser sur ces triomphateurs ; derrière eux, les vitres des portes des loges filtraient une lumière bleue, et ces carrés, devenant trapèzes suivant leur emplacement dans la courbe de l'étage, étaient pareils à des fenêtres de paquebot dans une comédie musicale, aussi artificieuses que l'amour qu'il… Ces gnagnateries ne sont pas le genre de la famille, Gabrielle Mattromer ! Il ne s'agirait pas de glisser dans la peur ! Je suis lourde d'une peine, mais allégée d'un salaud. Il y aura un autre amour. Elle poussa un profond soupir qui fit se tourner vers elle d'un air exaspéré la voisine à qui elle avait offert son fauteuil. Se penchant pour ramasser son sac par terre, elle lui dit : « Si je n'étais pas là, je me demande ce que je deviendrais », et sortit.

Victorien dans son studio, dernier étage, trois au-dessus de son père. Ses cheveux tombent en cloche sur les épaules, de leur châtain naturel, dont les reflets blonds sont peut-être dus à un shampoing à la camomille. Il porte sur son torse nu un blouson-montgolfière à manches gigot d'un tissu blanc imprimé d'éléphants lie-de-vin tête-bêche, et un caleçon. Il observe, au bout de ses longues jambes glabres, ses pieds dont il remue les orteils. Heureusement qu'il y a ces étages entre mon père et moi. Je ne supporterais pas l'idée que mes bruits lui fournissent des indices de mes actes. Ni moi d'entendre France News + qu'il écoute toute la journée ! Ah, Lip Sync avec ses bajoues de mastiff déplorant « la décadence », suivi d'autres chiens de niche aboyant contre la « dictature », petit a, de la monopensée, petit b, de la bien-pensance, petit c, du terrorisme intellectuel, petit d, des élites déconnectées de la réalité, petit e, des éléphantistes, et on reprend, from the top, five, six, seven, eight, la comédie musicale des mini-intellectuels ultra-organiques ! Son ordinateur portable diffuse une playlist de chansons dansantes qu'il a intitulée « Barbe-à-papa ». Posant une joue dans sa longue main, coude sur la table, il consulte dans son ordinateur les derniers essais pour son examen. *Biographie de notre année* comprend des photographies (qui seront de grand format) en plan large, lisses, contrastées, de bon goût, parfaites, atroces. En s'approchant on se rendra compte qu'elles ont été retouchées pour créer des effets de lumière spectaculaires et des couleurs « élégantes » ; c'est alors que, grâce à un capteur de proximité, l'image se mettra à bouger. La vue urbaine se resserrera sur un mur d'école grumeleux portant des graffitis, d'authentiques graffitis créés par Victorien : « MAIS NON ? » ; « DU COUP » ; « PAS D'SOUCI » ; « ÇA MARCHE. » Là, une rue luxueuse, devantures brillantes. L'image bougera, et : Manolo Blahnik – Cucinelli – Ralph Lauren – Moncler – Prada – Vomir. » Il remplaça « Prada » par « Vuitton », puis supprima cet essai. Ses graffitis, il les effectuait au blanc d'Espagne pour qu'ils puissent s'effacer, non par souci écologique, ni respect de la propriété, mais par conscience de l'*œuvre*, qui ne devrait être que filmée. C'est ce qu'il expliquait dans une interview à *BUTT*. Ce bisannuel en langue anglaise de dix-sept centimètres sur vingt-quatre, quatre-vingts pages d'interviews imprimées sur papier rose, photos en noir et blanc, était le *Harper's Bazaar* du queer. Le directeur avait remarqué Victorien sur Instagram et l'avait interviewé lui-même ; une interview typique de ce magazine, franche, crue et intéressante, parce qu'elle ne concernait pas une célébrité.

« Victorien Vonnevy est un brillant jeune étudiant de Paris. Mignon, avec le plus beau des sourires, angoissé, cachant ses jolis traits sous des coiffures ouvragées, des blousons à capuche ou du maquillage. Comme je lui demandais s'il était non-binaire, il a répondu : "Je suis ultra-binaire !", avant de me prier d'effacer sa réponse et ma question. Il a dit refuser d'admettre des catégories imposées par "la pensée aboyeuse mainstream". J'ai bien aimé cette expression, de là que je conserve et ma question et sa réponse. Nous nous sommes rencontrés à Paris, dans son atelier aux Beaux-Arts de Paris. Il faut traverser une cour d'honneur, puis une cour dite du Mûrier, puis une autre cour contenant une statue de Poilu, que Victorien adore, puis des couloirs et des escaliers encombrés de châssis, de toiles à l'envers, de torchons, enfin, dans la partie auparavant connue sous le nom d'hôtel de Chimay, on arrive à une série de petites cabines, les fameux ateliers. Victorien dort (ou non) dans un minuscule appartement sous les toits d'un immeuble hideux – probablement le seul du quartier – près du Panthéon où, je suis sûr, il ne finira pas, étant un jeune garçon immoral. En tant qu'homme de mon âge, je dois dire que ça doit être la première fois dans l'histoire récente que les gens de vingt ans sont radicalement différents des gens de trente. Les gens de trente ans sont bien plus proches de leurs aînés – et essentiellement réactionnaires –, les gens de vingt ans ont un ensemble d'idées totalement différentes[1]. »

---

1. Ceci et la suite sont traduits par Wilson lisant l'article à Nathan. Wilson a quitté son minuscule studio et loue pour à peine

— Tu es porte-parole du Parti de l'Éléphant. Qu'est-ce que c'est, ce parti ?

— Nous avons eu en France la fameuse affaire de l'éléphant, qui a agité le pays pendant des mois. Le malheureux animal s'est laissé mourir de tristesse une fois qu'on l'a ramené au zoo. Une belle atrocité a été celle de l'extermination de quinze millions de visons sur ordre du gouvernement danois de crainte qu'ils ne propagent le covid à l'homme. Notre parti, c'est la guerre de l'horizontal contre le vertical. Ils peuvent bien se répandre contre Deleuze et Guattari, ils ont gagné. Nuit debout c'était ça.

— C'est un parti très jeune. Toi-même tu as vingt-deux ans.

— L'âge le plus difficile. On désire quelque chose, la société ne veut pas le lâcher. À Paris, il faut prendre ce qu'on ne veut pas vous donner.

— En même temps, tu es le fils d'un écrivain assez connu.

— L'important est de résister au cynisme. Dès qu'on croit savoir comment les choses se passent dans la ville, on entre dans un circuit et on est mort. J'ai une chance, c'est que mon père n'aime pas ce que je fais… ni sans doute ce que je suis !

— Tu es étudiant en troisième année aux Beaux-Arts de Paris. Tu fais des interventions graffitesques qui

---

plus cher, avec Nathan qui a lui aussi déménagé, un petit appartement de deux pièces près de la Goutte d'or.

te servent à composer des photographies en mouvement très originales. J'ai adoré celle d'un profil Grindr qui, quand on s'approche, transforme un beau cul pommelé en vieux cul fripé comme de la peau de lait. *(Rires.)*

— Paris est si hétéronormé ! C'est pas New York.

— Tu ne trouves pas que ça fait domination inconsciente d'étudiants hétéro, ces couloirs sales et encombrés ?

— Si on laissait les homos gouverner le monde, il serait mieux rangé ! *(Rires.)*

— C'est toi qui as fait le graffiti "Like a pornstar" en bas de l'escalier ?

— Non, moi j'ai fait "Au secours, la peinture revient !"

— Quelles sont tes couleurs ?

— En peinture comme en vêtements, le kaki, le brun, le violet, les couleurs éteintes.

— Et le rose ?

— Le rose, ça fait héréro.

— Les drag queens ?

— Je ne fréquente pas les gens normaux.

— Comment ça ?

— C'est très mainstream, les drag queens. On les montre aux enfants !

— Ce qui est marrant c'est que tu es à la fois très de ta génération et pas du tout : beaucoup de jeunes aujourd'hui récusent le jugement, par crainte de ne pas être cool. Au maximum, ils disent : « Il est problématique. »

— C'est peut-être parce que chaque génération invente son lexique classifiant et que tu n'as pas l'habitude du nôtre ? Quand nous disons de quelqu'un qu'il est problématique, ce n'est pas du tout une prudence ! Voilà pourquoi je travaille aussi sur les mots. La plupart des violences naissent de mésententes sur leur intention. L'important, à mon avis, est de ne pas se juger soi-même moral. Toute personne qui se croit bien est mal.

L'interview comprenait trois photos pleine page, l'une où Victorien est assis par terre contre une cloison de son atelier, portant un T-shirt « Votez Éléphant », les jambes en grenouille, la tête baissée cachée par la masse de ses cheveux en cascade ; l'autre où il se tient debout, nu, de face, tête de côté, tenant une cigarette roulée entre le pouce et l'index, un œil plissé par la fumée qu'il souffle, laquelle distrait un instant de son érection[1] ; la dernière où, marchant droit devant lui sur le quai Malaquais, il lève la tête en souriant.

Ayant dézippé son blouson, il FaceTime avec Thimotée. Thimotée est assis à une table de cuisine et mange à la cuillère dans une boîte de conserve. Entre deux bouchées, ayant aspiré un filet de sauce rouge, il dit : — Les raviolis en boîte, c'est comme Alexandre Dumas. On ouvre, c'est replet, dans une sauce couleur joujou, on en mange, on en mange, on en mange, on ne trouve pas ça si bon, mais on se force un peu, à la fin on

1. La photo n'a donné lieu à aucun commentaire ni réprimande de l'École.

est un peu déçu, mais on l'oublie parce qu'on se rappelle le début et la promesse.

Victorien : — Comment ça s'est passé avec Manon, mon kangourou ?

Thimotée : — Elle a dit à un pote : "Thimotée a brisé ma vie." Qu'est-ce que ça veut dire ? Il y a eu un baiser entre nous et rien d'autre !

Victorien : — Histoire du garçon qui brisait les vies. Il était si beau qu'il brisait la vie de tous les gens qu'il embrassait. Car il ne faisait que cela. Les allumeurs sont des criminels. Quelques années après ses brillants débuts dans Paris où il avait allumé un flamboiement d'admiration, il laissait une traînée de haine. Son meurtre sordide a été compris par tous.

Thimotée : — Je hais la fidélité, qualité de chien.

Dans la lucarne au-dessus de la tête de Victorien, un nuage en forme de tête d'Athéna casquée abaissa la tête : son examen serait un succès.

Le dîner de prévernissage chez Gabrielle se donne au premier étage de son appartement, sur la très longue table en bois qu'elle dresse elle-même. Sa marque, pour les gens qui jugent d'après ce genre de choses, sont les services de table qu'elle chine aux Puces et dépareille avec art. L'assiette de propagande napoléonienne voisine avec le Havilland fleuri à cause d'une certaine nuance de bleu apparaissant dans telle fleur et telle vareuse ; les couverts à manche d'ivoire font suite aux couverts à manche d'ébène ; les verres (sans pied) se répondent face à face selon qu'ils sont à bulbe ou concaves ; seules la nappe et les serviettes restent assorties, en fil crème rebrodé aux coins d'une minuscule rose, « hommage à ma grand-mère qu'à cause de son teint délicat on qualifiait, l'expression existait encore, d'English rose ». (Ismena avait un soir haussé les sourcils après avoir entendu cette explication.) Une composition se révélait, une œuvre d'art pour un plaisir fugace (j'ai oublié de dire que les chaises obéissaient à ce même désordre ordonné). Aux murs, le grand art. Un Van Dongen où une femme nue aux yeux cerclés de noir dansait avec un homme en habit. Un Paternosto étroit comme une croix gothique blanche, mais dont les côtés étaient tatoués de petits carrés de couleurs primaires. Un Zurbaran (ou atelier de Zurbaran) montrant un moine encapuchonné de profil qui était plus qu'un moine, une étude de triangle, de même que le précédent était moins un exercice cinétique qu'une tentative musicale. L'unité de ce disparate finissait de se révéler grâce à une sculpture murale en fil de fer de Brigitte Schwacke qui avait l'air d'une couronne de diadoque de l'Antiquité. Et puis, seul sur un mur et dont le génie attirait les regards au détriment de tous les autres, pourtant si réussis, un petit autoportrait de Francis Bacon, où sa souffrance de bon garçon se révélait par les déformations de chair et, plus encore, les touches de pastel Sienne sur la joue et de bleu glacial au bout du nez, variations de texture révélant les incertitudes de l'être. « Les chats peuvent ça, peut-être ? », avait un jour dit Victor qui n'avait pas voulu venir ce soir. Le tableau était si absorbant que Gabrielle le voilait dès que les invités avaient pris place à table. Les vingt-quatre personnes buvaient du champagne, debout, par petits groupes. L'une chuchota à une autre, qui venait pour la première fois, en désignant une troisième d'un haussement des sourcils : « Tu verras, il va dire qu'il est humble, parti de rien, un p'tit gars du Sud et qu'il a bien connu Andy Warhol. » Ce commissaire d'expositions, avec un sourire hésitant et un regard précis, attendit une question pour prendre la parole et parler infiniment de lui. On entendit : « Je suis humble, parti de rien » ; « moi, un petit gars du Sud » ; « moi qui ai connu Marcel Duchamp. » Sa femme (« Elle est très riche, trais traiais riche », avait prévenu le chuchotant) prit la parole (« Le classique relais deux fois cent mètres de gloriole ») et annonça que son mari organisait un accrochage à Venise. « Vous voyez, la douane ? Eh bien en face, il y a écrit en gros "Curated by Pier Partet". » Il avait ôté les deux dernières lettres de son prénom.

Assise sur un coin de fauteuil, dans une robe à col et poignets ruchés, les mains alanguies sur les cuisses, les sourcils en arc en plein cintre et les paupières à demi fermées comme les stores d'un palais de Sicile au soleil, une femme âgée avait un air à demi ennuyé, à demi étonné, qui lui donnait l'aspect d'un dogue qui s'est assis sur le canapé en sachant qu'il a commis une faute. Le Virgile guidant le Dante de la soirée (ha ! exilé de cette société après l'avoir trahie, rendra-t-il compte de la soirée dans des mémoires où il jettera dans des cercles infernaux des gens qui n'avaient fait que le traiter comme il le méritait ?) expliqua qu'il s'agissait de la descendante d'un Napoléon et de quelques rois d'Europe qui n'achetait rien mais sortait tous les soirs, « elle vaut cinquante mille euros de publicité ». Elle expliquait les culottes de Napoléon à un vieillard impassible et flasque dont le visage s'était allongé avec l'âge, le faisant ressembler à une planche en bois ligné plantée sur une plage.

Ce grand collectionneur courtisé par tous les directeurs de musées du monde pour qu'il leur lègue ses œuvres (un conservateur du Musée national d'art moderne, qui en possède déjà trois de l'artiste célébré chez Gabrielle ce soir, le salue d'une manière grave pour ne pas paraître obséquieux) apprenait que la famille Napoléon conserve des caisses entières de sous-vêtements ayant appartenu à l'empereur, n'osant ni les jeter, ni les vendre. « Nous avons aussi, dit la princesse d'un ton magistral qu'elle employait même pour demander du sel à table, des cheveux de lui prélevés sur sa dépouille. Un de mes cousins qui vit en Suisse vend des montres tout en or et pierres précieuses sur le cadran desquelles il insère un quart de ces poils de notre parent. Chères, très chères... Oh, plus ! plusieurs centaines de milliers !... Et tu sais qui a été le premier acheteur ? – Poutine. – Poutine. » L'un et l'autre, grands dîneurs, ne sortant de leur mithridatisation mondaine que pour des anecdotes sur des gens qu'ils considéraient comme élégants, puisqu'ils les fréquentaient, ne jugeant jamais, regardèrent passer d'un œil neutre l'homme qui éternuait de l'or. Après avoir acheté les plus beaux meubles Grand Siècle du monde, ce jeune Émirati obèse portant autant de bagues qu'un rappeur avait décidé de constituer une collection d'art contemporain. C'était une folle exquise, tendre, adorable, tentant de faire oublier les deux gardes du corps qui l'accompagnaient le plus discrètement possible, c'est-à-dire indiscrètement. Cet obèse avait une toute petite voix. Il possédait en rêve un pinson à l'intérieur de son gros corps et parlait selon ce pinson, suivant ce rêve. Un fat bouffi, veste cacatoès, foulard lapis-lazuli, souliers marron à lacets bleus, bouche en queue d'andouillette, s'approcha de la princesse. Il prononça les mots : « La campagne anglaise » en abaissant les yeux, d'un air de partager un secret avec lui-même, et on eût dit qu'il présentait un morceau de la Sainte Croix sur un coussinet du Vatican. Virgile expliqua à Dante que cet homme dirigeait un magazine qui avait été influent et qu'il fallait se fader, non seulement sa présence, mais ses péroraisons flûtées. Il passait pour envoyer des lettres anonymes. Une vieille amie sans emploi que Gabrielle nourrissait en lui faisant faire un peu de secrétariat lui demanda : « Tu auras *Le Jour* ? – Ah non, je refuse d'offrir des tableaux pour obtenir des articles. » Elle ajouta qu'elle avait failli arriver en retard au prévernissage, car, se trouvant en taxi, elle avait jugé si intéressantes les histoires que lui racontait le chauffeur sur les coups d'État dans sa Guinée natale qu'elle lui avait fait faire un détour. « Je me cultive dans les taxis. Je ne sais rien, moi, je suis idiote. » Ses yeux se dirigèrent d'un coup vers un grand bel homme un peu gras d'une quarantaine d'années portant un costume sombre et un fin pull à col roulé qui donnait à sa tête à barbe en pointe une allure Renaissance. « Ah, Carlo ! Venez, venez ! », dit-elle de sa voix grave. Elle présenta l'artiste à son amie. Avec une exagération dont tout le monde remarqua la politesse, il répondit que, grâce à Gabrielle qui le représentait depuis ses débuts, Paris avait fait son succès et qu'il resterait toujours reconnaissant à cette ville. Il n'est pas faux, chuchota Dante, qu'elle a convaincu deux acheteurs du milliardaire X... (l'un est d'ailleurs là, je ne le vois pas, mais tu le reconnaîtras, jeune, mince, pâle, austère, dans un costume bleu-noir très ajusté) de visiter sa galerie, et, chose extraordinaire pour un artiste à moins de cent mille euros, il en posséderait maintenant plusieurs. Le peintre louait Manet, dont une rétrospective se tenait en ce moment. Gabrielle : « À part que vous êtes romain, vous le rappelez, Carlo. Vous n'avez pas eu peur. Lui aussi a peint longtemps des choses dont les malins ricanaient, mais les malins ne sont que malins. Il a continué et il a gagné. Lui aussi un homme exquis, ajouta-t-elle en lui serrant fortement le bras pour retenir la protestation qui allait sortir de sa bouche, avec de parfaites manières, intransigeant pour l'art sans affecter le genre artiste. Quoi ?... Une capitale est une ville avec des monuments et des artistes. Les artistes deviennent parfois des monuments. Manet, bourgeois parisien bien élevé, était tellement Paris que, le jour de sa mort, Monet s'est installé à Giverny. » Baissant la tête et secouant sa frange comme pour se donner de l'allant, elle prit l'artiste par le poignet et, cabotant de l'un à l'autre, le présenta, le vanta, le fit valoir. L'amie sans emploi dit à Irène : « Je ne vois pas Xanax ? – Il est parti. Je le soupçonne de n'approuver que l'art égyptien. » Irène prit un bout de table, personne n'étant placé, mais il y avait des placements implicites. Elle dit à son voisin de droite, un nouveau, le Dante, vilain petit chauve sans lèvres et au regard acide qui, oui, trahirait Gabrielle et tant d'autres dans un gros livre amer, verbeux, mensonger, persifleur et invendu, la littérature a ses égouts : « Bien sûr que les animaux parlent. Il y a quelques jours, me voyant entrer à la cuisine, par là-bas, le chat de ma mère m'a interpellée et s'est approché en parlant. Positivement, il parlait. Son langage n'était pas le mien, mais il ne m'était pas beaucoup plus étranger que le turc. "Eh ? Tu as quelque chose à manger ? Eh ! Je te parle !" Je lui ai répondu, dans notre langue : "Non, je n'ai rien", et il est parti. Nous nous étions très bien compris. C'est très exagéré, la séparation des langues. » Le Dante eut un sourire en acier. « C'est le *plus un*, et même le mari d'un chroniqueur d'art qui l'a amené sans prévenir ta mère, souffla à Irène, assise à sa droite, l'amie sans emploi. Regarde ses yeux bridés et son sourire de cobra : je suis sûre qu'il a la langue bifide. » Irène désigna du menton un grand homme à la moustache tombante, d'une trentaine d'années au plus, blond, la peau mate, les yeux verts cernés de cendre, dans un costume en velours vert sombre. « Qui est cet homme à la beauté porno ? De qui est-il l'escort ? – De personne. C'est un Brésilien modérément riche qui collectionne Viciani depuis des années. Alors qu'il le connaît personnellement et pourrait lui acheter directement des œuvres, il a l'élégance de passer par maman, qui lui fait un prix. – Ah, c'est celui à qui elle a offert une petite photo de Sophie Calle qu'il adore ! » Le prince des Émirats racontait avec timidité qu'on l'avait amené visiter l'atelier d'un sculpteur sur bois à Bourron-Marlotte, village près de Fontainebleau. Il y eut quelques exclamations. « J'y suis allé, c'est ravissant, dans le genre géraniums et truite au bleu. » « C'est Olga Puskarenko qui s'y est établie la première, il y a quatre ou cinq ans. Il y a un fondeur pas loin. » « Tout le monde est à Bourron-Marlotte, en ce moment. » « Dans deux ans il y a un reportage dans le *Vanity Fair* américain, et c'est foutu. » Avec un sourire satisfait, le directeur de magazine chantonna « Bourrons Marlotte, bourrons Marlotte, bourrons… » La princesse le fixa d'un regard on ne peut plus terne.

Le catalogue de l'exposition était imprimé, Gabrielle en avait fait porter un exemplaire aux invités la veille. Au centre de la table, en face d'elle, l'Émirati lui en faisait des compliments, ainsi que la princesse à sa droite et plusieurs autres. Viciani se dit honoré d'avoir une préface de Vonnevy, qui se faisait si rare. On opina. Quel dommage… Que… Comme… On ne le voit plus ! « Qu'il pouvait être drôle ! Tu étais là, non, à un dîner chez Charlotte, quand quelqu'un parlant du marchand de journaux de la rue Monge ayant fermé a demandé ce que c'était devenu ? Victor, d'un ton lugubre : "Un marchand de macarons." Un peu plus tard, quelqu'un évoque le bâtiment du Conseil régional rue de Babylone vendu, mais à qui ? Victor, lugubre : "Un marchand de macarons." Plus tard encore, quelqu'un demandant ce qu'allait devenir Kleinberg (cette affaire de blanchiment qu'il a réussi à étouffer, il n'est pas inutile d'avoir une fille chef de la commission des Finances à l'Assemblée), Victor, lugubre : "Marchand de macarons." Toute la table a éclaté de rire. » Un homme excessivement bien habillé, mais avec les plus beaux yeux gris-bleu de l'univers, disait à son vis-à-vis, un grand barbu roux en costume prince-de-galles que la princesse surnommait le général Dourakine (il était russe) : « Celui que le fils de Victor surnomme Lip Sync a dit : "J'ai mal à la France." Dourakine : — Il confond avec son estomac. Le nationalisme est une maladie digestive. Quand tu penses que Vonnevy est tombé là-dedans ! Aller donner son avis dans cette émission pour bilieux ! Yeux gris-bleu : — J'ai lu sa préface au catalogue de Gabrielle, il ne s'est pas foulé. Dourakine : — "Je n'ai rien à dire, je vais parler de moi." Yeux gris-bleu : — Il paraît qu'il boit. » Une voisine : « Que vous êtes méchants ! » L'un répondit qu'on appelait méchants ceux qui relevaient la méchanceté, et l'autre, que Paris était la glorieuse continuation d'Athènes : « Un certain Chamailéon prétend qu'Eschyle écrivait saoul. Sophocle qui était là, un dîner comme ce soir, je présume, a répondu : "Même quand il fait bien, c'est sans le savoir." Les vacheries n'enlèvent rien au génie de celui qui en est l'objet. – Génie, génie !, retorqua la femme. – Vous voyez ! », dirent les deux hommes en chœur. Elle rit, ils se promirent de dîner ensemble.

Gabrielle racontait la remise de décoration à Victor. Khadija Hubert-Bouzeydi avait prononcé une allocution qui, à quelques expressions près suggérées par le récipiendaire, était de la propagande électorale. La politique admirable de la majorité municipale, ses décisions futuristes, la mauvaise foi de ses adversaires, non sans d'infinis caprices de protocole. Comment ?... Se penchant par-devant son voisin, elle répondit : « Des artichauts mimosa. Mi-mo-sa. Avete la stessa parola in italiano, esatto ? » Alessandra Viciani avait une beauté de sainte. Visage ovale, cheveux tirés en arrière, gestes mesurés, elle semblait recueillie, jusqu'à ce qu'elle se mette à parler, et alors elle était la vivacité, la finesse et la moquerie réunies. Tout le monde devenait amoureux d'elle. « Ma femme lèverait une armée en une heure », disait Viciani. Elle rappela avoir lu dans un livre de Victor, bien ancien maintenant, un chapitre où il proposait de donner à un pont de Paris alors en construction le nom de « pont des Italiennes » en hommage à la gaieté rusée dont, selon lui, elles illuminaient Paris, « je me rappelle encore cette expression, "gaieté rusée". Vous voyez qu'il n'a pas eu raison, puisque je ne serais pas rusée de révéler ma ruse. Ou si ? » En se rendant au prévernissage, elle était passée par la place Saint-Germain-des-Prés encombrée de curieux : on célébrait les funérailles d'une très vieille et très illustre chanteuse qui, dans les temps des caves à be-bop et des cafés enfumés où l'on s'enflammait sur telle ou telle idée littéraire, avait été une chérie du quartier, qu'elle avait chanté, qu'elle avait aimé, où elle avait vécu. Elle avait épousé un coureur automobile, un duc portugais, un philosophe gros fumeur, un acteur imbécile et, à cinquante, soixante, soixante-dix, quatre-vingts, quatre-vingt-un, quatre-vingt-deux, quatre-vingt-trois ans, sa pure voix s'aggravant sous l'effet de l'appel caverneux de la tombe qui s'impatiente, toujours adorée, avait chanté. « Qui aurait cru que les rossignols allaient à l'usine ? », avait-elle dit lors d'une de ses dernières interviews. S'extirpant d'un abysse où l'on n'aurait rien trouvé, la princesse dit : « Elle avait le pied parisien », puis replongea dans un état végétatif. La chanteuse était morte d'un arrêt cardiaque dans une chambre d'hôtel, à Brest, sa ville natale où elle était en tournée, ce que la légende, qui est le désir d'être trompé, transformait déjà en : morte sur scène. Comme le cercueil était porté hors de l'église, le millier de personnes présent sur le parvis avait doucement entonné, les lèvres fermées, l'air de la chanson qu'elle avait si souvent interprétée, « Il n'y a plus d'après à Saint-Germain-des-Prés ». C'était bien joli, trouva-t-on, à part Dante. (Il était jaloux. Comment peut-on être jaloux de quelqu'un qui n'a rien à voir avec vous ? Parce qu'on est un jaloux. Toute gloire lui était une usurpation.) La femme de l'artiste conclut : « En Italie, nous aurions démonté les roues du fourgon pour le porter sur les épaules jusqu'au cimetière ! » Cette phrase marcha sur les pieds d'une autre, entamée par Pier Partet : « … il y a quelques années, l'exposition anti-Picasso au musée de Brooklyn, qui en avait confié le commissariat à une comique de stand-up dont le dernier spectacle s'intitulait *I fucking hate Picasso !*, cela parce qu'il n'aurait pas été gentil avec ses femmes (qu'il a épousées, rendues milliardaires et qui savaient se défendre). – C'est l'art dégénéré !, s'exclama Viciani. Cent ans après, et avec les mêmes ! – Picasso était en effet dans l'exposition *Entartete Kunst* des nazis en 1937, dit le conservateur du Pompidou à voix basse. Non que je veuille critiquer l'exposition de Brooklyn qui tente de rendre justice aux femmes, mais enfin, les œuvres de femmes qu'elle a choisies pour les opposer à celles de Picasso ne sont pas exactement, comment dire… La princesse l'interrompit : – Elle aura l'air malin, dans cent ans, la comique. » Gabrielle, remuant la frange, dit d'un air d'hésiter (mais ce n'était qu'un air, souffla quelqu'un) que, en vieillissant… « Atroce expression !… C'est à cause des photographies, non ? Les miroirs, on s'en arrange, ils nous reflètent à l'envers, c'est déjà un moi qui n'est pas nous, alors que les photos, sans arrêt, sans arrêt, nous pincent la peau du bras : tu as vu comme tu étais plus fraîche, hier ?… – Et donc, maman ? dit Irène de son bout de table, car la voix grave quoique chuchotée de sa mère avait conduit toute une partie de la table à se taire pour l'écouter. – Et donc, ma chérie, j'ai décidé de prendre modèle sur Picasso : plus il vieillissait, plus il rajeunissait. Je pense que la jeunesse a nécessairement raison ; je le dis bien sûr en général, non pour toi en particulier », conclut-elle avec un sourire affectueux. Le vieillard grand collectionneur, jusque-là resté à peu près muet et pareil à un cierge, raconta, les coupoles de ses gros yeux presque entièrement recouvertes par les paupières, articulant à peine, pour sa seule voisine peinant à comprendre (pas la princesse, mais, de l'autre côté, la femme la plus mal élevée de Paris, une petite boule sur une grosse boule qui toisait l'univers d'un regard de chameau et investissait une petite partie de la fortune que son père avait constituée en fabriquant des poupées dans l'achat de figurines nigérianes en plastique tressé), que le président de la Colombie du temps du narcotrafiquant

Escobar, César Gaviria, possédait la plus grande collection d'art d'Amérique du Sud, constituée grâce à une entente avec Escobar au moment où il lui avait accordé d'être prisonnier dans une prison par lui-même construite. « Me trouvant à la présidence, un bunker surprotégé, je le vois *[vouâââ]* arriver au dîner, qu'il passe sans dire un mot, r'gardant son assiette. » Je coupe le traînant parler de cette lente ruine : Escobar venait de s'évader, et la seule chose qui détendit le président de cette piteuse république (« Non qu'la nôtre soit en position de donner des l'çons ») fut de faire de la plongée dans la piscine toute la nuit, entouré d'agents des services secrets en combinaison de néoprène virevoltant autour de lui comme des morses. Non loin de lui, Viciani accueillait avec gêne des compliments sur son œuvre (« Oh ! œuvre... ») et la façon extraordinaire qu'il avait d'inventer un art de la disproportion, chacune des figures étant représentée en fonction, non d'on ne savait quel réalisme, mais de son importance dans l'imagination du sujet principal (« J'ai adoré l'énorme petit chat au pied de l'épousée dont le mari est nain ! »), le tout sur des fonds de style numérique. Il coupa court en disant qu'il trouvait inquiétante la vente des deux tiers de la galerie Kleinberg : c'était la première fois dans l'histoire des galeries qu'un fonds d'investissement achetait tout ou partie d'une galerie : « L'art rapporte, est fiscalement intéressant ; bien plus qu'un placement, qu'il était déjà pour tant d'investisseurs, il devient un produit financier. » L'acheteur du milliardaire qui possédait des Viciani dévia la conversation : « On me dit que Kleinberg, qui reste à la tête de la galerie, vient de s'équiper d'un garçon de grand talent, un Gaspard quelque chose. » Gabrielle en face se penchait en arrière pour écouter ce que le maître d'hôtel lui disait à l'oreille.

Du côté de la fenêtre par où l'on voyait le clocher de Saint-Germain, un bout de table dégustait un secret dodu. « Tu as vu ce prof de droit que ses fils accusent d'inceste ? – Louons les hommes pour leurs vices. Ils nous donnent des sujets de conversation. » Un timide qui pensait qu'il fallait rire rit. Il le faisait à tout propos, et même hors de propos, d'un rire atonal qui le conduisait à se pencher en avant et revenir en arrière pour se repencher en avant comme un jouet dont les piles s'usent. Tout d'un coup il s'arrêtait, ses lèvres se refermaient. Quelle angoisse doit être la sienne, pensa le conservateur du Pompidou, qui se dit que son portrait ferait la paire avec le Bacon de Gabrielle. Celle-ci s'amusait de la quantité de ses confrères qui prétendaient être fils de chauffeurs de taxi. « Je peux vous assurer qu'Amine Mahjoubi ne l'est pas du tout, au contraire de ce qu'il répète à chaque interview : son père est médecin en banlieue. L'un ou l'autre, il a réussi sans connaître personne, et c'est pour cela que les envieux médisent. Un envieux admet l'aristocratie ou ce qu'il en reste » (elle jeta un rapide regard vers la princesse qui, tournée de l'autre côté, ne l'avait pas entendue), « car il peut toujours prétendre que s'il n'a rien accompli c'est qu'il n'en fait pas partie, mais un Mahjoubi arrivé tout seul de nulle part est une insulte. Je me demande s'il n'aurait pas tenté de se protéger en s'inventant cette histoire de chauffeur de taxi. Quoi ? » Le chroniqueur d'art repartit : « Paris est rempli d'escrocs rappelant qu'ils ont eu un grand-père résistant, de voyous chantant leur père démissionnant de l'armée à cause des tortures en Algérie, de cyniques pleurant leur mère chassée d'une multinationale parce qu'elle était communiste. Des profiteurs de ce qu'ont fait les autres. » Gabrielle, en secouant sa frange : « On n'est pas responsable des fautes de son père, mais on n'est pas non plus successeur de ses vertus. » Le directeur de magazine expéditeur de lettres anonymes dit avoir entendu un ami de Mahjoubi colporter d'atroces insinuations à son sujet. « On ne peut faire confiance qu'à ses ennemis », dit Gabrielle. Soudaine ébullition de rumeurs de Paris. Ces enchères de on-dit n'avaient d'autre motif que de suggérer que leurs émetteurs étaient *au courant*, panique spécifique de notre chère ville. Et donc ce soir-là, le président de la République sortant appelait secrètement ses partisans à voter contre le candidat de son parti ; *tout le monde* avait vu un certain acteur en conversation téléphonique avec la fille du président son ancienne maîtresse, s'emporter contre le candidat du parti… L'acteur X… couchait avec le ministre de la Culture… Hélène de Z… avait barré du prix du NFT d'art contemporain Victoire de B… parce qu'elle rêvait d'en être… Au même moment, il se racontait des choses identiques à Rouen au sujet du président de la chambre de commerce, du bâtonnier et de la présidente des Soroptimist, et, dans le village d'Urt, des braconniers de truites sauvages, du fermier Antoine et de la vieille Etchebarne. Le monde est une marmite de commérages. Dans chacun de ces endroits, on commentait différemment le mensonge d'une réalisatrice de documentaires qui venait de dire, pour la troisième ou quatrième fois de sa vie : « On m'a demandé d'être ministre de la Culture, j'ai refusé. » Chez Gabrielle où il se trouvait quelques avertis personne n'y croyait, à Rouen on le tenait pour un fait, à Urt on s'en fichait. Ce qui n'est pas dit peut être aussi révélateur que ce qui est dit. Et ce qui n'était pas exprimé, ce soir-là, était le jugement esthétique. Lors d'un autre dîner, j'ai entendu deux des convives de ce soir-là égorger Anselm Kiefer : « artiste académique faisant du bien peint de maintenant, c'est-à-dire du réalisme flouté pour ne pas avoir l'air bien peint » ; « moins on à dire, plus on s'étale : son idéal serait de peindre une croix gammée de dix mètres carrés dans le brouillard » ; « sa curieuse fascination pour ce sujet : son antifascisme ne peut qu'être le fait d'un fasciste terrifié », etc. Exacts ou erronés, ces propos étaient dicibles parce qu'ils n'étaient pas tenus au cours d'un dîner de milieu. Aussi brillante qu'était la soirée de Gabrielle, elle restait contrôlée par la prudence. Dans un même milieu, tout le monde se connaît, tout le monde rapporte, tout le monde veut des places, toute parole peut nuire. Gabrielle elle-même, marchande, ne pouvait se permettre d'avoir un goût. Tout au plus passèrent des racontars sur la vie sexuelle d'un certain vidéaste, qui firent dire à la maîtresse de maison, d'un air rêveur, comme pour elle-même, sa grave voix à peine élucidable : « Le ragot a été inventé pour rabaisser l'esthétique. » Dourakine cita le mot d'un homme qui n'avait pas été reconduit au gouvernement : « On sait qu'on n'est plus ministre lorsqu'on s'assied à l'arrière de la voiture et qu'elle ne démarre pas. » Deux souris se décollèrent d'un dessin d'Egon Schiele et se faufilèrent sous un meuble pour parler peinture.

À l'autre bout (le bout Irène), Dante qui venait de décider : « Suçons donc le ragot », se tourna vers Irène et, rond, sucré, l'air passionné, la fit parler de choses de corruption, d'imposture, d'usurpation, il raffolait de ces notions. Elle répondit n'importe quoi. (C'est lui qui a lancé la rumeur de Kleinberg ayant proposé de racheter la galerie Mattromer. Elle a d'autant mieux pris qu'elle n'avait aucune vraisemblance.) Le chroniqueur demanda à Viciani : « Vous n'êtes pas découragé par Paris ? Tous ces immenses artistes avant vous ? » Viciani répondit avec un sourire patient : « Cela me donne du courage, au contraire. » En partant, Dante dit à Virgile, à voix assez haute pour être entendu : « J'ai failli ne pas venir tellement j'ai trouvé le tableau du carton horrible, mais j'ai bien fait : c'est pire. »

Irène resta un moment avec sa mère, qui fouillait dans un tiroir. « Ah, il en reste. » La fumée de la cigarette diffusa une odeur de clou de girofle. « Ça fait dentiste », dit Irène. « Et d'ailleurs », répondit Gabrielle en désignant d'une main son propre corps assis dans un fauteuil, jambes étirées, tête posée en arrière sur le dossier. « Tu es contente de ton studio, ma chérie ? Tu veux que je t'envoie Marcela ? – Maman ! Mon désordre est un ordre. – C'est ce qu'on dit. Ça doit être faux. » Irène jugea la soirée « gentille », immense compliment chez les snobs, dont elle n'était pas, mais sa grand-mère si, à qui, l'adorant, elle avait pris cette expression.

Gabrielle, *soufflant de la fumée au plafond* : — Le jules du chroniqueur d'art n'a pas l'air d'une charité excessive, dis-moi.

Irène : — Je me suis divertie à l'abreuver de faux ragots qu'il a bus avec passion. Comme il s'avançait à débiner Viciani, je lui ai dit : "Vous ne seriez pas un peu vipère, vous ?" Eh bien, au lieu de s'offusquer, il a souri : il savourait ma remarque. Il est si méchant qu'il aime la méchanceté même quand elle s'exerce à son endroit.

Gabrielle : — Pour ces gens-là, la méchanceté est un art.

Des confidences ? Ce n'était pas le genre Mattromer, et elles y tenaient, à ce genre. Leur seul manque d'originalité, selon Victor.

Irène : — Si Xanax ne revient pas, tu voudrais un nouveau chat ?

Gabrielle : — Non, merci, je vais mieux. Il doit rester de l'eau gazeuse dans le réfrigérateur, tu ?…

Irène, *ayant refusé d'un frémissement de la tête aux yeux fortement plissés* : — Quelles nouvelles de Victor ?

Gabrielle : — Ça sent la dépression. À la sortie de l'Hôtel de Ville, il m'a cité Racine (il a fallu qu'il m'apprenne que c'était lui, tu t'en doutes, moi qui ne connais que Céline Dion !) : "Je vois mes honneurs croître, et tomber mon crédit." Il ne croit plus en Paris.

Irène : — Ouïe !

Gabrielle : — Et Victorien ?

Irène : — Il prépare son examen, il lui restera encore deux ans, il m'a montré des choses très chouettes.

Gabrielle : — Un jeune prometteur est une porcelaine qui n'est pas sortie du four. Comme c'est fragile ! Ceux qui demeurent des chefs-d'œuvre après l'âge de trente ans sont des héros.

Irène : — Grâce à lui, j'ai compris qu'on ne voit que ce qu'on est porté à voir. On était côte à côte au café. Il se tourne vers moi : "Tu as vu ?" "Vu quoi ?" Juste devant nous, un des garçons avait pincé les fesses d'un autre en pensant qu'on ne le voyait pas. Je ne l'avais pas vu. Et si je l'avais vu, je ne l'aurais pas retenu.

Gabrielle : — Voilà pourquoi Dieu qui n'existe pas a créé les artistes, ma chérie : pour nous faire voir ce que nous ne savons pas voir.

Les extras finissaient de débarrasser. « Vous m'enverrez la note, M. Nawaz ? » Irène qui s'était déchaussée manipulait ses orteils, assise au pied de sa mère. « Quels beaux cheveux tu as !… », dit Gabrielle. Elle les caressa un moment sans rien dire. Penchant la tête en arrière, Irène demanda : « Tu ne trouves pas que Dourakine accuse son âge ? – “Âge, levez-vous !” Allez, au lit ! »

Gabrielle fuma dans sa chambre, assise exactement au milieu du lit. « Je suis seule avec ma tristesse. Au moins ça fait deux. »

Wilson ne voyait plus Nathan. Son complexe (quelle idée d'avoir des complexes !) le rendait serré, « je ne peux pas dire autrement, serré », expliquait-il à Victorien qu'il avait tenu à rencontrer dans l'intention de parer les éventuelles calomnies du Strasbourgeois. Il l'avait trop entendu découper froidement des absents. « Et puis il a tellement de préjugés ! Paris ne lui a pas ouvert les yeux. » Il sembla à Victorien qu'il le draguait, posant la main sur son avant-bras, ôtant de son col une miette inexistante. Comme le Brésilien avait changé ! Finis les pantalons d'allumeuse et les polos ajustés au col ouvert sur une poitrine rasée ! Cheveux coupés court avec raie sur le côté et mèche sur le front, pantalon à larges pinces très évasé en bas, T-shirt « Whitney » de la tournée 1987 acheté sur Internet et une surchemise en tissu léger. « Quel besoin d'une surchemise, sous cette canicule ? – Ne me parle pas du temps. Une capitale est une ville qui n'a pas de climat. » En même temps que le mémoire qu'il préparait pour l'École nationale d'histoire de l'art, Wilson y travaillait comme bibliothécaire à mi-temps, les papiers ayant été fortement accélérés grâce à Pierre.

Wilson : — Je n'ai pas aimé ce que Nathan m'a dit sur lui. "Les accusations de ses fils laissent *quand même* des soupçons." Quand même quoi ? Deux petits salauds qui s'entendent avec leur mère pour tenter de le voler, car la maison lui appartient. Tu vas voir, cette maison, c'est un film sur Paris !... Elle se trouve une rue derrière la place du Tertre. Tu vois, j'ai fini par comprendre que pour beaucoup de gens, y compris bien des Parisiens, Paris réside dans les endroits évidents. Il me semble qu'on comprend mieux cette ville quand on se rend compte que Paris, c'est toujours la rue derrière.

Victorien : — Nous avons arrêté nos agit'prop de genre avec Nathan, ça devenait trop rigide. Toujours tout prévoir. Aucune improvisation. C'était pas les ballrooms !

Il ne disait rien à propos de Thimotée.

Ayant quitté l'appartement que Wilson gardait pour lui seul, ils arrivèrent en haut du boulevard Saint-Denis, entre des salons de coiffure africains aux vitrines montrant de haut en bas des flacons de shampoing (HOMME FEMME ENFANT 10 €), des marchands de bijoux en or (SAINT-DENIS JEWELLERY DEPUIS 1997) et des supermarchés indiens, dans l'un desquels (NEW ASIA MARKET) Wilson avait voulu entrer par curiosité,

Victorien continuant à parler sans s'intéresser aux rayons. « Tiens, dit-il alors même qu'ils en sortaient et auraient pu y rentrer aussitôt, peut-être qu'ici je pourrais trouver des bains moussants. Mon père, quand il était encore marrant (vaguement), disait : "La France est morte quand les bains moussants ont disparu !" Il paraît que ça produisait des Himalaya de mousse et rendait l'eau bleue comme un cocktail. » Tout en marchant, il jaugeait la photo prise par Wilson à la sortie du supermarché. Le néon avait fait de son corps une créature nouvelle. L'artifice de l'éclairage, la couleur des cheveux soudain verts, le T-shirt blanc devenu violet, le pantalon imprimé Keith Haring dont les motifs semblaient runiques, le tote bag jeté sur le dos comme une capuche de moine : « Un Greco de la Goutte d'or ! », dit Wilson d'un ton qui parut exclamativement flatteur à Victorien. Il l'observa. Le regard du sexe, ou le simple noir profond de ses prunelles ? Wilson détourna les yeux. Ils marchèrent. Victorien ne disait rien à propos de Thimotée. Il s'écarta pour dessiner à la bombe, sur une palissade, un poisson de profil avec une prunelle d'être humain au milieu, surligné d'une sentence en sourcil : « L'ŒIL EST UN POISSON. » Comme ils venaient de passer au-dessus des voies ferrées du boulevard de la Chapelle, un miaulement strident retentit. Ils se retournèrent, observèrent de tous les côtés, froncèrent les sourcils, levèrent la tête : à la fenêtre d'un vilain immeuble en plâtre, une petite fille noire à tresses en panier d'osier hurlait plutôt qu'elle ne chantait : « Libérée, délivrée, c'est décidé, je m'en vais ! » Victorien lui tendit un pouce en l'air. Place Blanche, un groupe de garçons hâves à effilochages de barbe portant des pantalons froissés et de filles à grosses hanches et cheveux retenus dans des foulards chantait en demi-cercle, se tenant par la main, sous la conduite de l'un d'eux. « Jésus t'aime, / Aime Jésus ! » ; à côté d'un éventaire présentant des revues, des livres et des Bibles, une femme blonde très apprêtée et une Antillaise portant des boucles d'oreilles en forme de crucifix tendaient des prospectus aux passants. Victorien bondit. Tout en détachant le chignon noué au sommet de son crâne, il chanta, d'une voix suraiguë : « Le petit Jésus-u-u m'a montré son cul-u-u, la Vierge Marie-i-i a vomi du riz-i-i ! » Il faisait des moulinets avec les bras, secouait sa chevelure en roulant des yeux, souriait de manière encore plus extatique que les chanteurs, lesquels s'étaient interrompus. La femme blonde s'approcha et, d'un geste net, prit la direction du chant. Les passants s'éloignaient rapidement. Les nuages gris qui s'étaient rassemblés en boule depuis leur arrivée explosèrent les uns après les autres, libérant une pluie décevante ; les quelques grosses gouttes tièdes qui percèrent l'atmosphère bouillante s'interrompirent vite. « C'est vrai qu'il fait chaud ! », dit Wilson qui noua sa surchemise autour de la taille puis tira Victorien par le coude : « Qu'est-ce que ça peut te faire ? Il y en a plein au Brésil. » Un lévrier passa entre eux, ses griffes faisant sur le goudron un bruit de clavier d'ordinateur. Victorien poursuivait bonds et chanson.

Deux jeunes policiers s'approchèrent en roulant des épaules. On lisait un acronyme dans leur dos. Une drag queen saoule surgit en chantant le *Veni Creator* qu'elle conclut : « My name is Divine !, cria-t-elle. Deuvaïne, Deuvaïne, Deuvaïne ! En montmartrois, Divine ! Je suis la Toute-Folle ! » La cheffe de chœur serrait les lèvres, dirigeant de plus en plus sèchement les choristes de plus en plus exaltés, Victorien tirait la langue en écartant les lèvres de ses doigts aux ongles vernis d'or, les policiers consultaient une tablette, Divine cria : « Tiens, voici ma mère ! Jésus-la-Caille ! Elle m'a eue par le siège ! » Un jeune garçon mince aux hanches larges approcha une pommette de la pommette de Divine, tous deux pointant la bouche et disant « Smack ! Smack ! » Un tout jeune adolescent frêle qui l'accompagnait chuchota : « M'sieu la Caille… – Oui, la Puce ? – Si vous voulez, je peux commencer à faire le trottoir ici… » Wilson rougit. D'un rez-de-chaussée d'immeuble couvert de graffitis, sortit un gros homme engoncé dans un costume pied-de-coq qui chanta en roulant les r : « Aujourd'hui partout l'on voit, la tata, la tapette, / C'est un jeu des plus adroits, la tata, la tapette en bois ! » Les policiers levèrent les yeux au ciel. L'un s'humidifia le bout de l'index et s'en servit pour effacer une tache sur la pommette de l'autre qui le remercia d'un baiser à distance et ils partirent. « Quel panier de tantes, ce quartier ! dit la Caille. Bon, je te laisse, smack, smack, je vais vite fait préparer un rosbif au gamin. » Une très jeune petite femme aux cheveux courts, le visage fermé, les jambes arquées dans un jean large, suivie d'une bise glaciale, tira d'un coup sec sur la laisse d'un chien trapu dont la queue recourbée sur ses reins gras avait l'air d'un filet de poisson. Des glaçons tombèrent du ciel, et chacun, qui serrant une étole en peau de lapin sur sa poitrine, qui posant une surchemise sur la tête, qui en donnant un coup de pied à l'éventaire des choristes, courut à la recherche d'un refuge. « La maison du Professeur est tout près », dit Wilson à Victorien. Il fallut descendre très tard dans la nuit et avoir bu quantité de mimosas pour que celui-ci, allongé au pied d'un canapé, explique à Pierre et Wilson que Thimotée, la veille, comme il tendait sa main vers la sienne, l'avait retirée. « Il ne faut plus. – Il ne faut plus quoi ? » Plusieurs fois, marchant dans Paris, Thimotée s'était retrouvé attiré par la statue étrangement érigée, non au milieu, mais à un bout du pont de la Tournelle, tout en haut d'un pilier, raide, droite, évoquant moins une personne qu'une épée. C'était sainte Geneviève, la protectrice de Paris, celle qui par le simple pouvoir de sa parole avait galvanisé les habitants de la ville investie par Attila, lequel avait levé le siège. « J'ai à peine pu lui dire qu'on n'est même pas sûr de son existence, dit Victorien la voix emmêlée d'alcool, il n'écoutait pas. Il m'a montré son avant-bras : il s'y est fait tatouer un Christ en croix. » La congrégation évangélique qu'il avait rejointe lui ordonnait de vouer sa vie à l'abstinence, du moins jusqu'à ce qu'il trouve une femme, que Dieu mettrait sur son chemin. Pour son examen de deuxième année (il était un an avant Victorien), il avait changé de projet de portfolio d'accord avec le théoricien qui le dirigeait : à partir de sa propre scarification, dont il avait décidé qu'elle était un signe de Dieu, il développerait un projet d'analyse de la représentation des stigmates.

Victor sortit de sa chambre, en regardant, au-dessus du lit, grand comme un tableau de bataille, le portrait d'un dalmatien. « Jamais eu ce que je voulais. » Le cauchemar le laissa hébété jusqu'au milieu de l'après-midi. Oh les séductions atroces : son foie grossissant hors de son corps jusqu'à prendre les proportions d'une planète qui retombait sur lui pour l'absorber dans un bruit de succion ; une mouette rieuse ayant la tête de son éditeur qui tournait au-dessus de lui en tractant une banderole imprimée des mots VONNEVY IMPUISSANT ; lui-même devenu ours portant une chemise de smoking et en barbouillant le plastron de mayonnaise avant que ne survienne Victorien qui lui sciait le sexe avec un disque en vinyle. Le rêve travaille dans le plausible pour l'assouvissement de nos désirs et de nos peurs, pensa-t-il. De désirs, voilà longtemps qu'il n'en est plus apparu dans mes nuits. Où sont tous mes nichons ?... Mmm... Quand je pense que je craignais que Victorien se drogue. Peu après l'avoir récupéré de sa mère, il l'avait amené place Stalingrad : « Dans ce jardin, derrière la rotonde de Ledoux, s'exhibe un chef-d'œuvre d'anti-néoclassicisme. » Et il le conduisit sans autre commentaire parmi les garçons hâves, sales et courbés sur leurs avant-bras où ils plantaient une aiguille, les filles maigres aux yeux exorbités inspirant de l'éther dans des sachets en plastique, les voix graillonneuses réclamant de l'argent et les injures consécutives au refus, les couteaux sortis en éclairs sur les passerelles, les chats efflanqués passant entre les jambes des spasmodiques. Victorien, arrivé de province et dans un lycée sans le moindre ami, avait couvé seul cette violence. « Aurait-il mangé de la merde pour m'expliquer que la coprophagie n'est pas bien ? », demanda-t-il à sa mère au téléphone, elle lui répondit : « Il faut que tu saches ce qu'est la vie, mon chéri », avant de lâcher un râle et un « arrête ! » chuchoté. Victorien ne l'avait plus jamais appelée.

Dans le bar de l'hôtel de luxe extrêmement climatisé, une assez jeune femme consultait un téléphone portable qu'elle tenait près du visage. La lumière blanche s'y collait, comme la tournée d'inspection de la mort. Victor se palpa brusquement le cou. Il regarda son verre avec haine. Reprenant sa conversation avec lui, il dit : « Qu'est-ce que je fous dans ce palace ?... Tout gris... Intérieur de tombe... Fusiller le décorateur !... C'était plus sexy avant, grelots en plastique ambré et divans grenat de Slavik... Alain Delon entre dans la brasserie... Une fille bien roulée le toise... Il défouraille... De nos jours, les bien roulées, mon cul ! Poil aux pattes !... » Guillaume, allongé au pied de sa chaise, leva la boule d'un sourcil. « T'as raison, on y va. »

Vu du coin de la rue de Sèvres, le square Boucicaut avait un air vietnamien. C'est tuant, pensa-t-il, ces endroits où les capitales sont autre chose qu'elles-mêmes, des échappées. S'échapper !... Pff !... Un bébé dans une poussette observait le monde (neutre neutre vif terne oh ah terne) derrière une taie en plastique. Pareil adultes. Créons taies. Il regarda pesamment la chaîne d'une borne en béton échouée sur le trottoir. Mmm... Un bon assassinat, c'est ce qu'il m'aurait fallu. Excellent pour la postérité !... Comment disait... ? Souviens pas. Si je me mets à oublier mes citations !... Vieille histoire, marcher, hé, vers quoi ? mon bon Guillaume, ma seule amour ? Au bout de la laisse tendue, le teckel avançait. Il tirait vers une odeur. Sûrement pas celle de ce Bon Marché que j'ai connu vendant des ampoules électriques et maintenant c'est marbre et parfums ! Vise-moi ce qui en sort, une Chinoise au cul plat comme une poêle dans un short en cuir noir et deux testostéronés arabes à contour de barbe épilé. C'est d'un plouc, le luxe !... Où sont les choses de vieux Parisiens, comme disait Ismena ?... Du square mijotant dans les 35° de température émanait une odeur de poussière, d'herbe séchée et de pipi. Les odeurs de Paris... Disparues... Tout neutre... Tout gris... Nos grands-parents, nos arrière-grands-parents avaient dans le nez des odeurs de crottin, de viande, et ces gens si raffinés...

« Va mourir ! », hurla par sa fenêtre le chauffeur d'un VTC qui avait dû ralentir pour le laisser traverser hors des clous.

Passé le carrefour de l'Odéon, il longea la statue de Danton en pensant à une certaine pièce de théâtre, mais une traction de Guillaume fit sauter sa remémoration. Il s'arrête. Regard circulaire, Napoléon Bérézina, long silence, chien tête interrogative tournée façon salamandre François Ier, alors lui, s'étant proclamé roi de rien et empereur de merde, marmonne : « Naguère, trois librairies ici. Maintenant, Aroma Zone, Victoria's Secret, Starbucks Coffee. Paris ville des arts, etc. Pff !... » Remontant la rue de l'École de Médecine, il repensa à Danton ainsi qu'à tous les révolutionnaires qui avaient habité ici, « Fabre d'Églantine auteur de la chanson "Il pleut il pleut bergère" et qui a voté la mort de ce blanc mouton de Louis XVI, Marat, assassiné par sainte Charlotte-Corday, on devait boire des chopes de sang, dans les bistrots du coin ». Au comptoir du Sorbon, il commanda une vodka ; teinte générale jaune, ventilateur au plafond. Une femme assise se tourna en moulin à poivre vers le comptoir pour expliquer au patron l'œuvre d'un cinéaste ancien projeté dans le cinéma en face. Affichette vin cuit 1920, fac-similé. Serveur rougeaud bague dorée petit doigt. Je pourrais claboter ici, mais ce serait une fin pour auteur de polars 1970. Guillaume fit un bruit de basket qui crisse. Le garçon lui avait effleuré le pied. Allez, on rentre. À gauche une librairie il y avait. Victor ne voulut pas la longer car, malgré son antique entraînement au mépris, les vitrines happeraient son regard et il serait malheureux. Je rationalise à l'excès une sensation qu'il ne formula pas : il eut simplement un accès de colère contre Guillaume, dont il tira la laisse dans le sens opposé au chemin que le chien reconnaissait.

Au moment où il s'apprêtait à tourner dans la rue de Seine, en jaillit une grande vieille femme maigre à tresses en panier d'osier qui progressait appuyée sur deux longues cannes en fer. Elle le fixa d'un œil sanguinolent et venimeux puis l'écarta d'un coup de canne au genou. Il tituba, surpris par la force que la femme avait actionnée. Se retournant (elle avait disparu), il passa le pouce et le majeur dans une des deux profondes rides de ses joues. Qu'est-ce que c'est que toutes ces Érinyes sur mon chemin ? Elles me croient superstitieux ? J'ai perdu des joues. Vodka ou cancer ? Il pénétra dans une de ces rues de Paris que l'on dit secrètes parce qu'elles sont en plein centre et qu'on ne les emprunte jamais, leur attribuant une qualité venue de notre distraction. Reliant la rue de Seine à la rue Bonaparte, étroite et bordée pour l'essentiel de sévères maisons classiques en pierre blonde, elle porte le nom de Visconti, un architecte de Napoléon III qui n'a fait de notable, mais alors notable de hideur, que ce tombeau de Napoléon aux Invalides qui ressemble à une toque de cuisinier. Qui prend la rue Bonaparte ou la rue de Seine en voiture n'a aucune raison de tourner rue Visconti sauf s'il y habite, quant aux piétons on y en trouve très peu pour cause probable d'exiguïté des trottoirs. (Elle est située à cent cinquante mètres de la galerie de Gabrielle, deux minutes à pied, cinq de son immeuble ; je viens de lui téléphoner, elle voit très bien où elle se trouve mais n'a pas le souvenir de l'avoir prise, du moins récemment.) Quand elle se nommait rue des Marais, elle était protestante ; fallait-il que les huguenots aient perdu pour qu'un enfant de Port-Royal s'y établisse ! Racine a vécu les dernières années de sa vie au numéro 24, n'écrivant plus, allant tous les matins à la messe à Saint-Sulpice. Épaules appuyées sur le mur d'en face, Victor examina la maison, petite, avec un porche en pierre, une simple fenêtre et une porte noire sur la rue, tout en tournant entre le pouce et l'index, dans la poche de son pantalon bleu impeccablement repassé (chemise blanche et cravate, veste couleur taupe, un panama), son porte-clefs en forme de balle de fusil. « Je crois que c'est là qu'est né son fils Louis Racine sagesse d'un Louis Racine je t'envie », dit-il à Guillaume qui observait également la maison. Lui qui avait un temps entrepris d'éduquer Victorien en le conduisant à des déroulés[1], il ne lui avait jamais montré cet endroit. C'était son secret, sa dévotion, son réconfort. « Réconfort, today, que dalle. » Il regarda à gauche, à droite, au-dessus de lui. Il avait assez vu de gamins rouler des pétards sur la

1. Gabrielle avait refusé qu'Irène les accompagne. Elle avait horreur du passé. Peut-être n'a-t-elle pas eu une enfance aussi heureuse qu'on le croit.

place de l'Estrapade après s'être inquiétés des éventuels passants mais pas des habitants des étages. Dévissant la balle de fusil, il en tira une minuscule cuillère en métal d'où il aspira de la cocaïne. « Lis donc la plaque en pierre encastrée dans la façade toute simple : "ICI MOURUT RACINE LE 21 AVRIL 1699." Quelle sobriété. Quelle élégance. Mieux que le Panthéon. Quand on a été Jean Racine, besoin de rien d'autre. Moi il me faudrait vingt lignes et un QR code. Victor Vonnevy, écrivain, auteur de..., né à... Du reste, zéro plaque. »

Les gens du présent ne pensent pas qu'ils puissent être l'objet de la curiosité du passé. Sous Victor, un gratté cristallin du XVIIe siècle l'observait par-dessous, s'étonnant peu, non à cause de la perpétuation des maisons, mais parce qu'on s'habitue tout de suite à l'existant. C'est la tragédie de l'humanité. Ce qui existe gagne. C'est ainsi que les coups d'État ayant dépassé un mois d'existence durent un siècle, que les coutumes tyrannisent, que les majorités tolèrent. Des paysans vêtus d'écru, puisque seuls les riches pouvaient s'offrir des teintures, n'étaient pas surpris de voir vêtus de noir des presque pauvres de Paris dont, du temps de Victor et dans ce quartier-là, il y avait très peu, l'électricité et les automobiles ne les arrêtant pas plus d'un instant. Grâce à l'odorifère, ils estimèrent que la ville du XXIe siècle puait. « Les rues parallèles à la Seine sont les plus charmantes, disait Victor à Guillaume. Ce sont les ridules des yeux de ses îles. » Il détacha son index et son majeur serrés du front : « Salut Jeannot ! » puis reprit la rue Visconti par où il était venu, ne tenant pas à croiser Gabrielle, il lui avait parlé ce matin au téléphone.

Gabrielle : — J'ai déjà vendu la moitié des tableaux de Viciani, avec un intérêt du Musée national d'art moderne, si je peux me vanter. C'est grâce à toi. Il a été enchanté par ta préface, il aurait été ravi de te rencontrer[1].

Victor : — À Paris, adorer veut dire estimer, ami veut dire fréquentation et esprit veut dire ricanement.

Gabrielle : — J'ai récemment rendu des services à quelqu'un d'ambitieux, lui donnant ceci, lui présentant ceux-là, et je le paierai, j'en suis sûre. Pourquoi faut-il que l'avidité se double de la trahison ?

Victor : — Parce qu'il ne s'agit pas de quelqu'un de qualité, sans doute. Je me demande si je ne couve pas un cancer.

Elle doit être bien amochée, avait-il pensé, elle qui ne faisait jamais de confidences, même par allusion.

Gabrielle : — Comment ?

Victor : — Vous avez voulu l'égalité, vous l'avez. Il y a vingt ans, on était plus déférent envers les femmes.

Gabrielle : — L'âge d'or dans le passé, c'est piquer des pâquerettes dans les trous des yeux d'un squelette.

---

1. Enchanté était une politesse. Viciani trouvait que, sous prétexte de le présenter, Vonnevy passait beaucoup de temps à ronchonner sur la modernité.

Victor : — Et comment, que c'était mieux avant ! Tout le monde n'était pas à poil dans la rue avec des tatouages.

Gabrielle : — Hélas, il y a les souvenirs... Pendant une insomnie, j'ai regardé un concert à la télévision. On filmait la scène avant l'arrivée des instrumentistes. À côté des violons et des flûtes, la harpe avait l'air d'une princesse héritière obèse en visite dans une école.

Elle croit qu'une pirouette chasse le drame, se dit-il, sans être trop sûr de son analyse, brouillé qu'il était par les lambeaux de ses rêves et les stations de son périple.

Victor : — Tu aurais dû être écrivain. Tu adores former des phrases : tu les noues en parlant, tu les perfectionnes... Mmm... Non. Tu les déplies. Tu as pensé avant de parler. Tu es un écrivain qui n'écrit pas. Pas un mot de plus !

Gabrielle : — Il y a des gens à qui, parce qu'on les aime, on prête plus de talent qu'ils n'en ont. Ce n'est pas tant qu'on veuille justifier son amour, on n'est pas toujours si bête, c'est qu'on espère une fleur, et même qu'on veut l'aider à éclore. Et puis on se rend compte que ces gens sont décevants. Ce n'est pas pour cela qu'on est déçu. L'amour *nous* pousse. L'être aimé reste où il a toujours été. Il faut se résoudre à le laisser derrière. C'est triste. Le restaurant japonais de la rue des Ciseaux, qui marchait si bien, a fermé. Sais-tu ce qui s'est passé ?

Victor : — La mort.

Elle écrasa sa cigarette par terre, *comme un mec*, décida-t-elle, ajoutant en elle-même : « Je me laisse contaminer par la dépression de Victor. Je devrais lui téléphoner moins souvent. “Apprends à être égoïste, disait maman. Tu ne vis qu'en fonction des autres.” Ça, la chérie, ça ne lui est sûrement pas arrivé ! »

Il marcha. C'est ce qu'il se dit en marchant, de cette façon-là, « il marcha », et ajoutant aussitôt : « écrivit Flaubert. – “Il marcha”, écrivit Flaubert. » Pour une dissertation, jadis, il avait expliqué à Victorien que cet écrivain adorait ce que lui, Victor, appelait les passés d'ennui. « Flaubert les croyait bibliques, mais ils ne reflètent que sa morne tendance au fatalisme. » (18/20, avec triple trait marginal approbatif à côté de l'expression « passé biblique ». Victorien n'avait fait connaître sa note à Victor que quand il la lui eut demandée.) Et c'est sous 35° qu'il marchait, dans la ville vide, lentement quand il fouillait dans ses pensées, rapidement ensuite, et boitant. L'incroyable encombrement de la place de la Concorde traversée par un simple bus le frappa. Les statues des villes ; les colonnes rostrales ; les lampadaires ; l'obélisque : « C'est hideux. » Il chercha de la fraîcheur dans l'église Saint-Philippe-du-Roule. Assis au bout de la longue nef, seul, il se demanda s'il était permis de faire entrer un chien dans une église. Un grand clochard surgit entre deux colonnes : « Fait même pas frais ! » Pendant que Guillaume compissait une colonne Morris où tournait l'affiche d'un film comique français, il nota du regard un mât publicitaire pour un livre de romance mythologique. Dans le café à lumières parme qui avait l'air d'un bar à putes sans putes, il pensa qu'il y en avait peut-être eu dans les années 1970 et la gloire du VIIIe arrondissement, et aussi bien les fantômes de certaines demeuraient, assis sur un tabouret comme le sien. Il se déplaça légèrement. Guillaume lapait dans une soucoupe que la serveuse avait déposée contre la barre repose-pieds. Comme il sortait, une plaque de marbre commémorative s'écarta de la façade, et du mur surgit le buste d'un écrivain du passé : « Au travail, Vonnevy ! » Il sursauta. Un autobus klaxonna à la façon d'un paquebot qui accoste, le rejetant sur le trottoir où il tomba sur les fesses. Une jolie jeune femme lui proposa son aide : « C'est la chaleur, monsieur ? Il faut boire ! » Il repartit en pestant contre « les cuistres de rue ».

Il descendit du bus place de la porte Maillot, vide, en travaux, inachevée. Je l'ai toujours connue vide, en travaux, inachevée. Son centre est un disque vierge. On devrait l'appeler place des Travaux perpétuels. D'ailleurs, c'est la seule où l'on n'organise jamais de déroulés. Heureux l'écrivain qui est la place Fürstenberg (Musset), la place des Vosges (Corneille), la place Dauphine (tous les immeubles se lorgnent… une pipelette Ancien Régime… comment s'appelait l'indic de police, déjà ?…). Je suis la porte Maillot. Quel échec que ma vie, se dit-il avec un sourire.

Assis sur les toilettes du café (inhalation de coke après vodka au comptoir), coudes sur les genoux et joues sur les poings, il observait les lattes du parquet. Il retrouvait dans les veines du bois une cuillère de cuisine, un cubitus, un profil de Guillaume. Un songe (me devrais-je inquiéter d'un songe !) entretient dans mon cœur un chagrin qui le ronge : Victorien me tuait. « Et moi je lui tendais les mains pour l'égorger ; / Nanana nanana nanana, / Des lambeaux pleins de sang, et des membres nana / Que des chiens dévorants s'arracheraient entre eux... » Il se releva en soupirant. Se lavant les mains, il dit à voix haute en se regardant dans le miroir : « Tu t'ennuies, Victor ? »

Les lignes du panonceau flottaient, mais, en se rapprochant, il s'assura que le jardin du Luxembourg fermait à 21 h 30. J'ai plein de temps ! Il retourna boire un verre, et même deux, puis entra dans le parc, détachant Guillaume. Sans s'en rendre compte, il fit tomber la laisse en tentant de l'enfiler dans une poche extérieure de sa veste, bien froissée maintenant et dont la poche intérieure était boursouflée par la cravate qu'il avait ôtée. Le plastron de sa chemise portait la trace séchée d'un filet de vodka. Personne ; la chaleur n'avait pas diminué. Se penchant sur un bassin, il pensa : « C'est effrayant ces carpes. Ça tourne lentement, c'est gluant, c'est comme les angoisses. » Un grand poisson glauque et gras posa sur lui son gros œil fixe et Victor entendit, explosant hors de bulles : « Vous nous croyez muets, vous n'êtes que sourds ! » Il haussa les épaules. Boitant et piétinant, il se dirigea vers un banc, sa démarche était tout à fait erratique, à présent. Il ôta sa veste, la roula en boule dans son poing, la jeta par terre. Il s'était assis sur un excrément de pigeon. Mon livre ! J'y suis presque. J'ai un sujet ! En somme, je suis Paris. Biographie de Victor Vonnevy en forme de Paris. « Son VIIe arrondissement (le poignet à boutons de sa manche de chemise) dit un jour à son Marais... » Chapitre Père-Lachaise : un enterrement ; il sera interrompu par de la publicité. Livre pas luxueux... Bouts de ficelle... Génial quand même... Choses minables exprès, alternées avec... Grands effets somptueux qui enrouleront lecteur dans longue cape de soie... Possible passage prodigieusement ennuyeux auquel le lecteur s'admirerait d'avoir survécu... Ou bribes, d'avoir déduit... Le Héros aura des grincements... Dans son lit d'hôpital, avec des cernes de panda, il... Impossible dans son état de s'abandonner à la confiance qu'est le sommeil... Cauchemar d'où il se réveillera avec un « Ha » caverneux... Assis, les yeux comme des assiettes, la bouche ouverte, aveugle et muet, stupéfait de ce qu'il aura vu en rêve... Il enfoncera une aiguille infectée dans la joue de sa fille... Il... Il... Victor se lève d'un bond, se dirigeant le dos courbé vers un bosquet écarté contre lequel il pisse. D'entre les branches du buis un minuscule personnage ailé surgit et observe sa queue, se redresse en souriant méchamment puis se renfonce à l'intérieur du buis. Victor se souilla en se rebraguettant. Un arbuste eut un frisson. Victor s'approcha : un homme penché sur lui-même se masturbait. J'en aurai vu ! pensa Victor. Et moi donc ! répondit le lampadaire. Victor marmonna : « … Le peuple de Paris est tellement sot, euh… badaud et stupide, qu'un bateleur, un porteur de reliquailles, un… je ne sais plus quoi… un… merde, un… payer à boire, mais ce ne sera que par ris… Il ouvrit sa braguette et, sortant sa verge, les compissa si bien qu'il en noya 2 165 423. Fin des par ris, fin de Paris ! » Le ciel était rouge comme s'il saignait de devoir laisser la place à la nuit. Il fut réveillé sur son banc par Guillaume lui grattant les genoux. « Où étais-tu, petit con ?… Tu crois que je te loge gratis pour tes beaux yeux ?… Mmm… Glob… glob… » Il serra les mains autour du cou du chien, qui poussa un jappement. Il serra plus fort. Guillaume se débattit, se libéra, aboya d'un ton très aigu puis alla s'allonger à quelques mètres, l'observant. Victor s'étira en levant les yeux. Au-dessus de sa tête, des idéogrammes de branches lui parlaient : « Presque, presque ! Tu y es pressssque ! » Il bascula, se rattrapa au bord du banc et pensa : « Le mot le plus atroce : presque. Ma devise : trop tard. L'expression la plus vaine : à l'aide ! Victor, où est ta victoire ? » Passa un chat à tête de vieille actrice sourde. Les chats nous haïssent, se dit-il. Il éternua. Le chat s'enfuit avec un crachat. Victor s'essuya les narines du dos de la main. « La vie est un éternuement. » Il rit, en pouffant d'abord, puis en toussant.

Le matin approchant, la nuit se décharnait. Le soleil apparut tout au fond ; pâle encore, il déployait ses doigts. Certains nuages restaient immobiles, s'attardant jusqu'au dernier instant. La plupart étaient déjà partis pour les douze heures à venir, laissant l'espace au grand fanfaron. Il bandait maintenant ses biceps, ce playboy de plage, ce moniteur de ski qui s'arrête d'un déhanchement, ce vieux lézard de yacht, jonquille et victorieux, semblant apporter le bonheur avec lui. Un gardien du jardin du Luxembourg venant d'ouvrir sa grille fut attiré par un teckel aplati par terre qui gémissait. Il trouva le corps de Victor assis dans une guérite, de travers, une épaule sur la paroi.

IV

VI

Vous êtes prié.e.s à la

CÉLÉBRATION DU MARIAGE
DE DOMINIQUE MATTROMER
ET DE CLAUDE LONG-NHAN

péniche de la Victoire *quai Victorien Vonnevy, Paris*

— C'est ton cadeau ?

— Non, un livre de Vonnevy que j'ai trouvé sur les quais en venant.

— Victorien Vonnevy a écrit des livres ? Comme Salvador Dalí ?

— Mais non, son père, *Victor* Vonnevy ! Un auteur du XXIe siècle qui a failli devenir célèbre suivant un processus qui n'est pas rare chez les Français narcissiques : une fois leur moi asséché, ils passent à la morale. Ce qui reste une façon de mettre son moi en avant. Hélas pour lui, il est mort avant que ça ne s'enclenche vraiment. Ou plutôt tant mieux : ça lui a évité d'entrer dans une catégorie. Toute personne qui peut être réduite à une catégorie est moins intéressante qu'une autre. On juge donc Vonnevy sur ses seuls livres, avec la part de beau risque que ça comporte. À ce sujet, il existe un très bon essai littéraire de Jeanne Wong. Elle y place un Vonnevy au-dessus de tous les autres, louant ce qu'elle appelle « la mélancolie fouetteuse » de cette *Dernière ville avant la fin du monde*. Il y fait dire à quelqu'un, ce qui pourrait passer pour de la prémonition et qui n'était peut-être qu'une conjuration : "Un seul livre suffit, vous savez. Il suffit que ce soit un chef-d'œuvre." Selon Wong, sa déchéance a été annoncée par ce titre même, "dernier", et "fin du monde". Il se serait préalablement donné l'excuse de ne pas tenter mieux ensuite. Je voudrais l'y voir, la Wong ! Le fils de Vonnevy a surpassé son père en génie et en gloire. Il en aurait été heureux, sans doute. Nous avons accompli des progrès considérables. Comment faisaient-ils avec leurs mains pour attraper leurs livres poussiéreux ?

— Et les pieds ! Heureusement qu'à force de ne pas servir ils ont rétréci.

— Victorien Vonnevy, quel artiste ! Tout ce que Paris lui doit !

— Tu ne trouves pas que par moments il torchonne ?

— Comme la plupart du temps il est d'une dextérité stupéfiante, il devait le faire exprès. Qui voudrait de la perfection ?

— C'était le vice de son époque.

— Quels emmerdeurs !

— Les Parisiens étaient hargneux par dépit. Leur nation, suivant un mot d'alors, avait perdu trop de guerres. Ils rêvaient de force, ils l'ont obtenue, les malheureux.

Penchés au-dessus de la paroi transparente à double fluide qui englobait la Terre, de grands êtres amusés observaient les mouvements des humains sur la péniche s'éloignant sur la Seine. Une voix émit des hypothèses sur les comportements de leur siècle : « Ils se croyaient très moraux, comme tous ceux qui exercent sans y réfléchir une suprématie sociale, les Victoriens avant eux, par exemple, et ont été très cruellement jugés, comme les Victoriens. Les sociétés sont toujours condamnées pour ce qu'elles croyaient avoir de plus moral. Et ces humains-là qui se jugeaient supérieurs d'avoir pratiqué des greffes oculaires afin de préserver la variété des couleurs d'iris dans le monde sont conspués pour leur cruauté, après avoir été moqués pour leur sottise. » Les passagers de la péniche regardaient, grâce à un déroulé subaquatique, un jeune garçon de leur passé, grand, portant du rouge à lèvres safran à droite, émeraude à gauche, à l'inverse de son fard à paupières émeraude à droite et safran à gauche. Il leva la tête et prit pour un soleil couchant la tête du rossignol géant qui l'observait au-dessus des invités à la noce, lesquels, leur déroulé subaquatique fini, se concentrèrent sur leur présent. Comme la péniche longeait l'emplacement où s'étaient trouvés les bureaux d'un puissant réseau social, l'un dit : « "Avant." À part les conditions matérielles, en quoi l'"avant" était-il différent ? » Dans le groupe d'humains et d'animaux qui l'écoutaient, l'un des premiers répondit : « C'était le temps de l'anthropocentrisme honteux. Les humains croyaient s'occuper d'autre chose que d'eux-mêmes en prenant supposément soin de viels, les animaux, ils ne faisaient que masser leur ego différemment. » Un lama répondit, dans la langue désormais comprise des humains : « Sur le moment, on est tellement dans la chose qu'on n'en voit pas la part d'ineptie. Elle n'est pas plus inepte que l'ineptie suivante. Croyez bien que nous avons trouvé, comme chaque période, le moyen de nous sentir moraux. Que faisons-nous d'inepte qui nous sera reproché ? » Au-dessus d'eux tous, le rossignol géant sourit et, se penchant sur une immense clef à molette, lui dit, dans un ravissant chanté : « Si elle est inatteignable, il n'est pas moins habile de désirer l'harmonie. » La clef à molette bâilla. Toute conversation avait cessé sur la péniche, où les mariés et leurs invités dansaient en souriant sur le szapăt de l'été, « C'était le temps ».

C'était le temps du pétrole
C'était le temps du bifteck
C'était le temps du tatouage
C'était le temps du tribal
C'était le temps du plaintif

Qui regrette ça ?
Qui regrette ça ?

Dans la couche de temps où se trouvait le garçon au maquillage bipartite, on entendit : « Le Lion d'or de la Biennale d'art de Venise est attribué à Victorien Vonnevy ! » Le garçon monta sur la scène en retenant les flots de sa longue jupe. Victorien, c'était bien lui, passa la main sur son crâne rasé, feignit d'hésiter, prononça un discours éloquent mais pas trop, puis appela « mon amie Irène Mattromer, qui a remporté hier le prix spécial du jury au festival de cinéma ». La petite rousse aux yeux ardoise monta les marches puis courut vers Victorien dont le sourire saisi par une multitude d'appareils téléphoniques devint un triomphe mondial. Il faisait suite à cette phrase elle-même beaucoup reprise, et qu'il refusa toujours de commenter : « Les dieux n'y sont pour rien. C'est ça, Paris ! » Au même moment, un skieur au nez rouge et à la peau rêche portant un pull de laine étoilé éclata de rire dans une auberge de station de sports d'hiver bondée de clients joyeux. Ils ne savaient pas qu'ils seraient les derniers skieurs. Que leur importait ? Pierre, parmi eux, après avoir remporté son procès familial, passait une semaine d'autant plus charmante que Wilson venait de se casser un bras et qu'il le soignait avec délices. Au même moment, dans un hôpital à sol de linoléum gondolé, Gabrielle silencieuse avançait en poussant un chandelier de perfusions. Quoique ce ne fût pas grave, elle avait ordonné le secret à Irène, puisque, suivant la maxime Mattromer, « à Paris, quand on a un rhume, on est mort ». Au même moment, assis par terre sur le parvis de la gare de l'Est, des adolescents à piercing entourés de chiens fébriles se donnèrent du feu pour allumer des cigarettes ; parmi la bande de manifestants à brassard noir et jaune qui leur criait des slogans hostiles, un bras plié au-dessus de la tête comme dans un film de gladiateurs, se trouvait Nathan, qui avait fait le voyage de Strasbourg où il était reparti vivre. Au même moment, à São Paulo, un jeune neveu de Wilson décida que de lever une cuisse de son short était devenu impossible et alla à une fête avec une chemise dont il avait décousu un bras (fils pendants) ; son oncle avait accepté de l'héberger pendant qu'il tenterait une école de mode à Paris. Au même moment, un avocat new-yorkais à qui tout réussissait se rendit à sa maison de Long Island, prit son bateau à voile puis, en pleine mer, avala une boîte de médicaments ; Irène ne prévint pas sa mère. Au même moment, à la vitrine d'une librairie du boulevard Saint-Germain labouré de sirènes de police, on installait un récit sur l'abrutissement des enfants par les réseaux sociaux écrit par une mère de famille abrutie par la télévision. Au même moment, à Union Square, Manhattan, non loin de la filiale américaine de la galerie Mattromer, un homme-sandwich exhibait une affiche selon laquelle les extraterrestres avaient créé l'humanité scientifiquement. Il était borgne. Au même moment, une hirondelle qui semblait l'ombre d'un jet volant au-dessus d'elle surplombait un chat en train de se lécher la queue d'un mouvement qu'un cygne aurait trouvé gracieux, mais pas une tortue, et qui avait tort ? Au même moment, un chimpanzé jetait ses déjections sur une scientifique qui pensait l'avoir persuadé de composer un menuet. Au même moment, dans un hangar du boulevard de la

Villette où se donnait une fête itinérante, deux garçons ivres dansaient lentement, minces, torse nu, pantalon de jogging brillant laissant apparaître la ceinture élastique du caleçon, l'un derrière l'autre qui tenait une bouteille de bière entre l'index et le majeur, l'entourant d'un bras autour du cou. Au même moment, une procession de collégiens déguisés en bagnards faisait sourire une vieille dame coquette. Au même moment, au parc Montsouris, un chêne crispa ses racines dans la terre. Un anneau de feuilles s'enroula vivement autour de son tronc, des milliers de plantes se tournèrent vers lui, ainsi que ces herbes que les humains disent mauvaises, ces pollens qu'ils disent menacer leurs bronches et ces algues des bassins que leurs enfants disent sales. Tous et bien d'autres végétaux écoutèrent, audibles d'eux seuls, les paroles du grand arbre qui leur dirent que ce qui se tait a tort, même si c'est malgré lui, et que le monde ne sera accompli que quand chacune de ses composantes aura accès au langage. Ce bruissement fut son triomphe.

I

III

IV

DU MÊME AUTEUR (*Suite*)

Les Écrivains et leurs mondes, Bouquins/Robert Laffont
New York, noir, Blaizot
À propos des chefs-d'œuvre, Grasset et Le Livre de Poche
Pourquoi lire ?, Grasset et Le Livre de Poche
Encyclopédie capricieuse du tout et du rien, Grasset et Le Livre de Poche
Dictionnaire égoïste de la littérature française, Grasset et Le Livre de Poche
La Guerre du cliché, Les Belles Lettres
Il n'y a pas d'Indochine, Les Belles Lettres puis Grasset et Le Livre de Poche
Remy de Gourmont, Cher Vieux Daim !, Les Belles Lettres puis Grasset et le Livre de Poche

formes d'anthologies

Anthologie des écrivains français racontés par les écrivains qui les ont connus, Les Belles Lettres puis Les Cahiers rouges, Grasset
Anthologie de la poésie grecque antique (dir.), Les Belles Lettres
Remy de Gourmont, *La Culture des idées*, Bouquins / Robert Laffont
Marcel Schwob, *Œuvres* (dir.), Les Belles Lettres
Voltaire, *Poésies* (dir.), Les Belles Lettres

formes de traductions

Francis Scott Fitzgerald, *Un légume*, Les Belles Lettres puis Les Cahiers rouges, Grasset
James Joyce, *Les Chats de Copenhague*, Grasset
Robert Ross, *Aubrey Beardsley*, Les Cahiers rouges, Grasset
Oscar Wilde, *Aristote à l'heure du thé*, Les Belles Lettres puis Les Cahiers rouges, Grasset
Oscar Wilde, *L'Importance d'être Constant*, Les Cahiers rouges, Grasset

Cet ouvrage a été achevé d'imprimer sur Roto-Page
par l'Imprimerie Floch à Mayenne
pour le compte des Éditions Grasset
en décembre 2023

Mise en pages
PCA 44400 Rezé

PAPIER CERTIFIÉ

Grasset s'engage pour l'environnement en réduisant l'empreinte carbone de ses livres. Celle de cet exemplaire est de :
1 kg éq. CO_2
Rendez-vous sur www.grasset-durable.fr

N° d'édition : 23001 – N° d'impression : 103588
Dépôt légal : janvier 2024
Imprimé en France